21th

1998-2018

太阳鸟文学年选

2018 中国最佳中篇小说

主　编 | 王　蒙
分卷主编 | 林建法
林　源

辽宁人民出版社

图书在版编目（CIP）数据

2018中国最佳中篇小说/林建法，林源主编．—沈阳：辽宁人民出版社，2019.1
（太阳鸟文学年选/王蒙主编）
ISBN 978-7-205-09505-5

Ⅰ.①2…　Ⅱ.①林…　②林…　Ⅲ.①中篇小说—小说集—中国—当代　Ⅳ.①I247.5

中国版本图书馆CIP数据核字（2018）第275374号

出版发行：辽宁人民出版社
地址：沈阳市和平区十一纬路25号　邮编：110003
电话：024-23284321（邮　购）　024-23284324（发行部）
传真：024-23284191（发行部）　024-23284304（办公室）
http://www.lnpph.com.cn
印　　刷：沈阳新天地印刷有限公司
幅面尺寸：170mm×240mm
印　　张：16.5
字　　数：255千字
出版时间：2019年1月第1版
印刷时间：2019年1月第1次印刷
责任编辑：高　丹
装帧设计：丁末末
责任校对：耿　珺　郑　佳
书　　号：ISBN 978-7-205-09505-5
定　　价：55.00元

太阳鸟文学年选
编辑委员会

叙事的归来

黄 平[1]

我们这一代“八〇后”文学批评者，对于当代文学现场的重要了解渠道之一，就是林建法老师每年编选的最佳中篇、短篇小说选。林建法老师对于当代文学批评建设的成就蜚声海内外，于此同时，他也是重要的文学选本大家，对于当代文学的发展做了无数的幕后推动工作。故而，有机会为这套有长久历史与重要影响的选本写序，对于我既荣幸又惶恐。林老师身体欠安，我不敢推辞，只好勉力为之，谈一些对于今年所选作品的浅见，以及对于2018年小说的整体印象，以此就教于各位读者。

尤凤伟《验明正身》一篇，体现出老作家的现实主义立场与现实主义风格。小说从一桩案件开始，从局宣传处副处长位置上调刑侦大队任副大队长的汪一明，在审讯一桩贩毒案件时，对一名身材瘦小、满脸稚气的嫌犯小龙的年龄产生怀疑，不满18岁是不能执行死刑的。由这个点开始，作家从汪副队长对于小龙年龄的调查，带出超生后上不了户口的“黑孩”现象。小说情节并不复杂，带有传统现实主义作品浓郁的人文关怀，将文学写作向社会公共议题敞开，显示出文学回应现实生活的有机活力。

皮皮《房屋曾安静 世界曾安宁》一篇，据文末标注写了长达五年，在柏林与沈阳两地完成。这篇小说的形式较为独特，以女作家Y与大学女教师X跨越

① 黄平，华东师范大学中文系教授，当代文学研究者。

欧洲与中国的网络通信展开，同时穿插多个亚文本，比如Y写的小说《花开花落》、X写的《关于策兰》、X关于电影《撒旦的探戈》的影评等等。很难概括这篇小说的完整情节，其核心线索是Y与X谈论各自遭遇的爱情，以及对于奥斯维辛、波兰起义、哲学、电影、舞蹈等等的交流。这篇小说是皮皮小说中较为成熟而展现出阔大气象的一篇，尽管部分叙述有些沉溺，但还是较为深入地从知识女性的角度，探索现代人的精神困境。小说展现出我们这个时代的文学较为罕见而珍贵的思想性，比如X和Y对话中提到的，“试一试， 离开‘我’，不提‘我’， 不想‘我’，忘‘我’”、“你不能把创作当做生活的支撑，我倒觉得应该是反过来的。生活是创作的前提”，这些看法所触及的从狭小的“自我”中解脱出来，以及重申文学与生活的关系，对于当代文学乃至于当代中国的精神生活，都有及时而切题的启示意义。

裘山山《失控》一篇，也是从一桩案件开始。小说的五节，除了最后一节即死者周德伦的自述外，都是拟审讯实录。小说从当晚旅行社团队中的董事长周德伦充满悬疑的猝死写起，通过身边人从各自角度的叙述，还原周德伦的生活与婚姻。这篇小说面子上是一篇多视点叙事的凸显技术的小说，但是在里子上还是围绕现实生活展开的世情小说，展现出每个人物各自生活的波澜沧桑。

王手《平板玻璃》是一篇散文化的小说，在艺术的控制上较为成熟。小说笼罩在“我”即一个六十出头的事业有成的玻璃商人的自述与回忆中，作者从“我”来ZD大学参加玻璃领域的学术研讨会开始，回忆1979时青年的“我”从温州闯上海贩玻璃的经历。小说的情节单拎出来看是很凄凉的，但是叙述人始终在克制任何矫情或自怜自恋，很平静地叙述父亲之死、母亲信教离家、自己在上海的奔劳、和上海女人陈优犁的感情、阿芬失败的婚姻等等。和在“我”的回忆中始终出现的温州到上海之间等级鲜明的客轮一样，“玻璃”在小说中也象征化了。“玻璃”代表着命运中隐形的障碍，在上海与家乡之间，在“我”和上海籍的女人之间，在阿芬与她求而不可得的幸福之间……令人感佩的是，在这篇小说中，叙述人以平静的叙述承担了这一切，在无数的失败与最终已无意义的成功之后，以叙述撑起了尊严。

须一瓜《甜蜜点》是本书中篇幅最长的一篇，约8万字。须一瓜近年来因小说《太阳黑了》（改编为电影《烈日灼心》）声名更盛。《甜蜜点》延续《太阳黑子》这一类型展开，湿地公园月圆夜，扫黑大队的公案彭景妻子被离奇杀害，自己反而被怀疑成凶手，陷入警方的审讯与追击之中。在逃亡以证清白的过程中，彭景遇到了一位神秘的青年女子，由此牵扯出龙庭村的陈年冤案……对于《甜蜜点》这样的作品，已经很难用纯文学或者类型文学这种固有的标准来评价，小说的可读性非常强，悬疑丛生，节奏紧张刺激；同时小说的推进方式，比如故事的展开、场景的转化、人物的对话，具有浓郁的影视化特点，很便于影视改编。同时，《甜蜜点》塑造出较为生动的人物形象，对于人物的命运饱含情感。最后，在主旋律的意义上，《甜蜜点》也完全吻合当下公安领域“扫黑除恶”这一主题。这是一篇比较圆熟的面面俱到的小说，对于须一瓜这一类型的写作而言，可以被视为《太阳黑子》之后的又一个高峰。

限于篇幅，以及不能在读者读这些精彩的作品之前“剧透”，笔者只能概览式地逐一介绍本书的五篇小说。管中窥豹，当下小说的故事性明显在增强，本书中的五篇小说有三篇小说不约而同地选择以探案作为叙事线索，由此可见一斑。在影视、网络等文化媒介的叙事性越来越强的今天，文学界显然感受到了强大的压力，重新找回讲一个好故事的能力，无疑是对题中应有之义的回应。但需要说明，文学永远比故事多了一点什么，这多出的一点，非常考验作者的能力与天赋。

此外，当下小说的思想性也在凸显。和故事性一样，在比较极端的纯文学框架看来，思想性一度被视为和文学关系不大，仿佛文学和哲学分家之后，文学会发展得更好。然而如果当下的文学无法接入当今世界的思潮流变，无法回应当代人的思想焦虑，其生命力与艺术价值实在值得怀疑。本书中的几篇小说，大都在回应当今的一些公共议题，以文学的方式给出另一种思考。因此说，一些媒体上流行的所谓当代文学抱残守缺，跟不上时代的发展，实则是一种偏见。如果以本选本乃至于林建法老师二十年来的年选为参照，当代文学自有生生不息的气象，在时代的大潮前，文学的各种探索与回应，始终在暗流涌动。

验明正身

◎尤凤伟

一

汪一明从局宣传处副处长位置上调刑侦大队任副大队长，立刻投入对一个案件的审讯。几乎没有例外：将嫌犯抓捕归案后立即进行审讯，通称突审。突审是关键一环，趁犯惊魂未定时单刀直入，十有八九就招了，事半功倍。如果过了这个时间节点，待嫌犯缓过神来，认清了形势明确了利害，从而有了应对策略，审讯便难度倍增，甚至陷入泥沼，所以需趁热打铁。

摆在眼前的这个案件，看似简单却十分重大。简单是说单纯地贩运毒品，重大是数量甚巨。依照法律规定，如无特殊从宽情节，结伙主从二犯均可判死。这是一方面，另方面须令嫌犯尽快交代出上家下家，以扩大战果一网打尽。

正因为案情重大时间紧迫，分局刑警一、二把手齐上阵，寇彬队长带一名警员审讯一犯，汪一明副队长带一名警员审讯另犯，天色已晚，顾不上吃饭，说挑灯夜战当恰如其分。

当汪一明副队走进审讯室，副手小丁已坐在桌前等候，汪一明说讲讲大体情况。小丁说情况有些复杂，汪问怎么复杂？小丁说犯罪嫌疑人身份不明。汪一明问怎么不明？小丁说身份证是假的，这样上面的相关信息不能判断是真的。汪一明“哦”了声，这时门开了。刑警将一名身材瘦小满脸稚气的嫌犯带进屋，坐下后汪一明扫了一眼发问：知道到了什么地方？

知道。年轻嫌犯埋着头回答。脸上的肌肉紧绷。

小丁开始记录。

知道为什么进来的吗？汪一明又问。

知道。

知道很好，下面如实回答问题。

是。

你叫什么名字？

……潘光明。

这是身份证上的假名字，我问你真名。汪一明盯着这个自称潘光明的年轻嫌犯。

你们知道潘光明是我的假名?！嫌犯抬了抬头又重新垂下。

知道，我们什么都知道，所以你必须说真话。

是。

你的真实姓名？

这个……我没有名字。

什么？没有名字?！汪一明首先想到的是嫌犯想隐藏自己的真实姓名。遂抬高声音：不许耍滑头，说出你的真实姓名！

我真的没有名字。前年办假证的时候临时起了个潘光明……

我有个小名，叫小龙。

小龙？光有小名？你上学没有大名？

没上学。

什么？没上学？文盲？汪一明有些惊讶，仍然认为“小龙”的回答有诈。

我真没上学。小龙又说一遍。

为什么不上学？

没户口，学校不收。小龙说。停停又说，俺是超生的黑孩儿。

汪一明的心咯噔了一下，他自然知道中国有“黑孩儿”这么一个特殊群族，父母不遵守计划生育政策，超生又不交罚款，于是孩子便成了黑孩儿，黑孩儿的一切得不到保障，许多流落到社会上无法生存，便走上犯罪的道路，不用说没户口的眼前这个小龙完全被排除在社会之外，便属于这种情况。

他问：你的家是哪个省？

小龙答：不知道。

小丁插问：你身份证上不是写的云南省吗？

小龙说：云南也是办证时胡说的。

你家里有什么人？汪一明问。

不知道。

不知道？这怎么能不知道?！汪一明拿不准对方是不是在要花招儿，就算是没有户口的黑孩，终归是父母生下来的吧？他又不明白他为什么要全盘否认自己的真实存在呢？目的是什么？

他问你是说你没有父母？

小龙说父母哪个能没有？可我不知道他们是谁，现在在哪里。

面对小龙的一问三不知，汪一明意识到自己的预审遇到了障碍，公安预审就是把相关案情搞清楚，然后移交检察院，由检察院向法院起诉。到此，他仍然不明确是不是该犯罪嫌疑人的反侦查策略。

他有些不悦，抬高一些声调，盯着小龙说：你已经犯下严重的罪行，如果不配合，下场将很可悲，懂吗？

我懂，我配合、配合，一定配合。小龙连忙表白，抬头瞄了眼黑着脸的汪一明。从小龙瞬间移开的目光，汪一明体察到的是真实与无奈。

他缓和下来说：既然有这个态度，那就先把不知道的放一边，把知道的全部交代出来。

小龙交代自己的身世，爹妈先生了他姐姐，还想要个儿子，又生，就生出他和双胞胎哥哥。交不上两份罚款，就把他卖了，卖的钱给他哥哥上了户口。

哦，汪一明不由“哦”了声，这是谁告诉你的？

养父母。

你养父母在哪里？

不知道。

又不知道？

嗯，老挨打，受不了就逃出来了。

那时你多大？

五六岁，记不准了。

你养父母家在哪儿？

不记得了。

什么都不记得了？

只记得是一个小村，村东有条河。河坝上长柳树和杨树，风一吹，树叶哗哗响。

汪一明眼前就出现如小龙所描绘的那样一个小村庄，恰恰是他对自己胶东家乡的记忆。

他又想，小龙是不是自己的胶东老乡？当然这不重要，与自己审理这个案件没有什么关联。有关联的是要把他身世、来处等个人信息弄清楚。他再问：你离开养父母家，后来去了哪里？

小龙答：说不准。

怎么说不准？

流浪。满世界跑，爬火车、大卡车，哪儿下来哪儿就是家。

家？

我是说桥洞底下、水泥管里，要是刮风下雨就到车站候车室在长椅上睡，在那儿很享受了，能要到吃的东西。

要是要不到呢？汪一明问。

偷。小龙不隐瞒自己有盗窃史。

孔乙已说偷书不算偷，那么流浪儿偷吃食算不算偷呢？他心想应该算不上，好像有人说过，儿童偷食品错误在国家。咳，小龙犯下的是贩毒大案，什么偷啊抢啊已算不上什么了。依寇队长的说法，单这一条就要了他的命。

汪一明的心揪了一下，叹了口气，再问你流浪了多少年呢？

不记得了。

不记得，不记得，那你到底能记得什么呢？汪一明问。

就记得东跑西窜，一门心思找东西填肚子，填了肚子再寻睡觉的地方，一天一天就是这么过的呀。

就是一头小兽啊。汪一明想，一头孤孤单单的小兽在天地间奔走活命，一个人可以在这种情况下长大真是不可思议呵。他轻轻叹了口气，不由联想起自己上中学的女儿，被全家人当成小公主，遵循“女儿要富养”的原则，被照顾呵护得无微不至，脾气大说一不二。前天晚上睡觉前喊着要吃哈密瓜，他只好开车上街寻找还没收摊的水果摊。

他陡然没来由地问句：你吃过哈密瓜吗？

哈密瓜？

对，产于新疆的哈密瓜。

没，我吃过甜瓜，比甜瓜好吃？

好吃。

我吃过西瓜，比西瓜还好吃？

好吃。

想象不出能好吃到什么程度。

你吃过什么水果？

杏、苹果、梨、葡萄……啊，就坦白都是在园子里偷的。

不偷不得食，用胶东话说叫“吃打食”。他心想“吃打食”的孩子能活过来真是不易啊。他觉得可以趁这个机会多问小龙一些相关事宜，为今后写这类流浪儿题材的小说积累些资料。这些年他写过一些文艺作品，但没有写过儿童文学，看报刊上发表的描写儿童的作品他觉得大部分是在胡扯，要么人为拔高突出正能量，要么隔靴搔痒离现实儿童生活十万八千里。自己的女儿宁肯看成人小说看手机微信也不看印刷精美的儿童读物。

但没等他继续往下问，身旁的小丁递给他一个纸条，上写：汪处，下面是不是集中问一下与案件相关的问题？

他陡然意识到“审讯”跑偏了，源于自己的不专业及写作者的感性。太不应该！他立即纠偏，转入正题，问：犯罪嫌疑人，详细交代你的犯罪过程！

是，就交代。

二

审讯后半程进展顺利，犯罪嫌疑人小龙全招了，专业的说法是供认不讳。大功告成，小龙被带走后汪一明长长吁了口气，心想交代了好啊，坦白从宽抗拒从严，这会减轻一些刑罚的。

刚要起身离开审讯室，寇大队长和他的审讯助手小吴推门进来了 ，当是那边的审讯业已结束。

“把苗通拿下了，乖乖投降。”寇队语气轻松地说。他知道苗通是小龙的同案犯。

“老汪，你这边情况怎样呢？”寇队问。

“很好，也全部交代了。”汪一明回答。

“那好，咱今晚加加班，把情况汇总一下。”寇队长说着拿把椅子坐下，说下去：“这是个重大案件，须尽快把材料准备好移交给检察院，根据以往经验，法院年前会判决执行一批罪大恶极的凶犯，不能耽误在咱这里。”

他自然明白寇队长说的意思，问句：“什么时候移交？”

寇队长说：今天是周末争取下周吧！给检方法院省出点儿时间。

他迟疑一下说：这么快，能行吗？

寇队长说：案情重大却不复杂，又都交代了，没问题的。

他问：你认为法院会怎么判这个案子？

寇队长掏出烟递给汪一明一支，汪一明摆摆手，寇队长便给自己点上，吸了口说：应该都是极刑吧。

死刑？交代得好也判死刑？汪一明的心不由一沉。

问题是数量太大。按法律五十克以上便可判死，他们是这个数的十倍啊，你让法院怎么判？再说同类案件最近有上升的趋势，必须控制下去，当然最终还是看法院怎么权衡了。

他想想说：据小龙交代，苗通是主犯。

寇队说：苗通讲小龙是主犯。采信谁？

小丁说：小龙不可能是主犯，他是受苗通诱惑。

寇队长问：为什么这么认为？

小丁说：苗通有前科，他比小龙大……

寇队长说：这不一定说明问题。对了，小龙今年多大岁数？

小丁说：身份证上注明是1998年出生。

寇队长说：那就是19岁了，苗通也是19岁，两人一般大。

汪一明说：可小龙的身份证是假的。

寇队长问：与公安网比对了？

汪一明说：比对过，是伪造的。

寇队长说：他自己交代是哪年出生的？

江一明说：他记不住了。

寇队长问：自己的出生年月日记不住了，这可信吗？

汪一明：应该可信，他是个黑孩儿、流浪儿，稀里糊涂长大又稀里糊涂走上犯罪歧途。

寇队长把烟蒂掐灭，摇摇头说：稀里糊涂不是理由啊，他自己不否定……哎，他自己否定出生年月是假的吗？

小丁说：没有，可要真是记不准了也无法否定呀。

寇队长问：那么他办假证时，怎么写上了98年，而不是99年、00年？

小丁说：他交代说办假证的人当时问过他的年龄，他说不记得。办假证的看看他说按19岁吧，这样找工作好找。他同意了。

汪一明说：我看他的模样还孩子气，肯定不到19岁。

寇队长摇摇头说：有人老相有人嫩相，看模样看不出三两岁的差别。再说我们也只能以身份证上的标准为准。

汪一明说：年龄这事儿杠上杠下关乎生死，必须落实，不能马虎。

寇队长想想：能落实当然落实。打电话给他的出生地公安查询一下，这也简单。

汪一明闷闷说：说简单也不简单。假证上标注的出生地也是他瞎编的，到哪儿查询？

寇队长一怔，问：这么说所有信息都是假的？

汪一明点点头：可不是，连名字都是假的。按道理讲黑孩儿犯法应该先上户口，有个真名实姓，受审判刑才名正言顺，否则……

寇队长说，你讲的也有一定的道理，但道理不等于法律。

汪一明问：那法律对这种情况是怎样规定的？

寇队长说：只要查实是本人犯的罪，便可采用其自报名起诉。

自报名？瞎起的也可以？小丁问。

可以，以前都是这么执行的。寇队长说。

汪一明不吭声了。

寇队长笑笑：说老汪写小说，不是也随心给人物起名字嘛，起啥就是啥了嘛。

汪一明想：人命关天怎么能和写小说等同呢？可他没说出口。

三

回到家不久，寇队长打来电话，先打了几句哈哈，接着就今天的审讯关照说：如今咱们搭班子，该说的我就要说了，你别介意。汪一明说我不介意，况且你是一把手，该指示的就指示。寇队长一笑，说指示说不上，只能说是交流。汪一明也笑笑说：行，那就交流。寇队长说汪处你是咱局里的文化人，中文系毕业，一直干宣传，还业余写小说，总起来说素质很高，可话说回来，咱们干的毕竟是公安，真刀实枪地同坏人干，心慈手软不行。温情主义是我们这个行当的大忌。汪一明已很清楚寇队长心中的意思了。尽管有教导的意味，可他并不反感，也难得他能把想说的话讲出来。便说寇队长说的是，犯人犯了法，危害了社会，理应受到法律的制裁，这没问题。

寇队长笑说好啊，你已经转轨了。别的我就不多说了，这个案子，尽早不尽晚，下周一二就移交出去，这样检察院也好法院也好，能从从容容在年底走完程序，大家皆大欢喜。

电话挂了。寇队长最后的话让他心里咯噔一下，有一种很不舒服的感觉：所谓走完程序，就是把人犯处决。讲结了案子完成了任务可以，讲皆大欢喜我他妈的有些冷血了，人头落地啊。

妻子李环从厨房出来，擦着手问句：谁的电话？他说老寇。李环在沙发上坐下，说刚离开机关，又有什么事？汪一明说案子的事。李环又问案子怎么了？汪一明本懒得说，刚要说别问，转而又改了主意，便把自己调到分局遇到的头一个案子的大体脉络讲了讲后发牢骚说，再急着结案，也不能马虎从事啊！犯人的许多情况还是未知数，就要结案了啊！李环叹了口气说，小黑孩儿真可怜，来到这世界上没得一天好，就……要送命，不去比富贵人家的孩子，就是比比咱们李雯也亏大了。汪一明也叹了口气，说当然了，可怜归可怜，亏归亏，毕竟犯了法，得接受刑责，问题在于我们不能剥夺他本应得到的宽宥。李环说我明白你的意思了，说到底是个实际年龄问题。公安本事大，难道就没办法搞清楚吗？汪一明摇摇头说情况也是太特殊了，就像从山里跑出来一条流浪狗，谁有办法弄清楚它是啥时候出生的？李环陡然想起什么，说那小黑孩儿不是叫小龙吗？小龙就是蛇，是不是他属蛇才得名小龙呢？汪一明愣怔一下，拍一下手说可不，俺们老家属蛇就叫属小龙。幸亏你提醒我，你算算，属蛇的是哪年出生？李环说不用算，咱雯雯属猴，04年，属蛇就是01年的。汪一明眼前亮了一下：01年就是17岁了，行了，这遭行了，不满18岁不能判死刑了！李环也跟着高兴，说这太好了。汪一明想想说也别高兴太早了，毕竟是我们的猜测，还得落实。说罢从沙发上摸起手机拨号，大声讲，小丁，明天一早来接我，一块儿去拘留所……

放下电话，雯雯从她房间里出来，问句爸爸，明天你去找小黑孩儿哥哥吗？汪一明明白刚才和她妈的谈话她都听到了，遂点点头，问干吗问这个？雯雯说别忘了带一个哈密瓜去呀，他与李环相视无言。

四

一如预期，汪一明与小丁在第二天上午赶到位于市郊的看守所，再次提审了犯罪嫌疑人小龙，却没有达到预期所愿：小龙说不出自己究竟是属什么的，甚至没意识到两个审过他的警察，再次赶来追问这个事项对他意味着什么，就像一个站在悬崖边上的人不知是该向前还是向后那般懵懂。而也正是这种“看不开死活眼”，才牵引他走向了贩毒这条不归路。汪一明心里又急又气，若不是职业纪律，他真会对他讲明这其中的生死攸关，导他胡诌出一个对自己有利的属相。

却没有，事情自有其自身逻辑走向，不以人的意志为转移。不过尚有一获：小龙忽然记起养父母那个小村叫杏村。呵，“山重水复疑无路，牧童遥指杏花村”，假如找到这个杏村，就能找到小龙的养父母，由此又有可能找到其生父母的下落？

回程路上，小丁边开车边说：汪处，小龙说的那个杏村是不是在海阳啊？

汪一明问：海阳有个杏村？

小丁说：海阳县城就叫杏村。

汪一明说：不大可能是县城，再说小龙的口音不像海阳一带，倒像是鲁南那边的。

小丁：鲁南？沂蒙山区？

汪一明：差不多。

小丁：可以在百度地图上查查。

汪一明：好的，你回去就查，要是有个杏村，我们就去一趟。

小丁：好的。

过会儿小丁又问：汪处，时间能来得及吗？

汪一明反问：怎么来不及？

小丁说：寇队的意思是下周将案件移交，可要是去沂蒙山……再说，要是找到了小龙的养父母，兴许还能找到他的生身父母，又不能不找，再去找，时间就难讲了。

汪一明说：只怕找不到，时间是人掌握的，不能为赶进度而赶进度。

小丁一笑：寇队倒有点儿赶进度的意思。

汪一明说：那就本末倒置了，要是个判三年五年的普通案件还不打紧，小龙闹不好可是要脑袋搬家的啊。

小丁说可不。

都不吱声了。

回到家不久，小丁来电话讲查到蒙阴县有一个杏村，还查到沂南县有一个杏村。汪一明不由一震，大声喊：好，太好了！做好准备，周一出发！小丁问那么寇队……？汪一明说：既然有了线索，他会同意的。

他随即给寇队长打去电话，讲了情况及自己的意见。寇队打了个哏儿，还是同意进一步侦查，只是讲下周要开支部会，他得留下，让小丁和小吴两人去，他觉得亦无不可。

他分别给小丁和小吴打了电话，叮嘱了相关事项。

五

然而寇队变卦了，周一小丁、小吴出发前被他拦住了，同时把汪一明叫到办公室，讲昨天他见到检察院分管刑案的赵副检察长，顺便将刚破获的贩毒案讲了，赵很兴奋，当即电话汇报给政法委郑书记，郑书记十分重视，指示这起案件与另起抢劫杀人案必须在年前宣判执行，以遏制恶性案件频发的趋势。这样，赵检察长就要求公安方面在本周移交，以保证他仍在下周向法院起诉。

不用说，按照这个进度必须终结侦查，杏村就去不成了。

汪一明不说话，小丁和小吴看看他又看看寇队，不知如何是好。

汪一明说：你俩先回去吧。

小丁和小吴退出门去。

寇队指指沙发，让汪一明坐下，问老汪有问题吗？

汪一明反问句：老寇，你觉得有没有问题呢？

应该没有。

应该？

应该说这是个特事特办的案件。

汪一明心里清楚，寇队的“特事特办”是指领导督办的案件。而该督办者正是统管公检法，掌握生杀大权的政法委书记，而他也晓得郑书记刚到任不久，急于建立业绩也是题中应有之义。寇队讲赵检察长听到案件兴奋不已，“兴奋”二字倒真是传神，有言靠山吃山靠海吃海，有了战争才有人能吃上战争饭，有了各种违章才有各种罚款收益，同理有了案件才有了公检法强力部门的饭碗。经济案件都希望是巨额标的，刑事案件比如贩毒，希望能缴获成吨海洛因，如此才有干头儿，才能得到政绩奖励。显然这是一种不正常心态，然而却暗含了畸形的职业心理。于是就有了好大喜功，就有了刑讯逼供，从而有了冤假错案，有了屈死鬼。

他说上级领导越是关切这个案件，我们越要把案子办好，办成铁案……

寇队打断说：几公斤毒品的铁证，难道还不是铁案？

他说这是一方面，另方面程序上还有瑕疵。

寇队问你说的瑕疵是指犯罪嫌疑人小龙的相关信息没完全落实吧，即使他的情况特殊，也不是我们的责任。

他说以前是这样，没有线索，现在有了线索，不去查实就是我们的失职。

寇队火刺刺，能肯定是有价值的线索吗？要是他胡说呢？

他说只有去查了，才知道是不是瞎说。

寇队长摇摇头。

他说犯罪嫌疑人小龙对自己一无所知，身世、名字、年龄，案情已定，前面两项缺失不会影响判决，而年龄很大程度上决定他的生死，人命关天，去年平反的聂树斌案、呼格吉勒图案件，前车之鉴啊！

寇队不语。

他又说死刑执行前还要验明正身，防止杀错人，而本案尚为侦查阶段，是万万不可马虎从事的。一个闪失便是一条人命，作为老刑警的寇队比我要清楚得多。

他清楚话说得很重，却也只能这么说。

寇队闷了一会儿，搔搔头，欲言又止。

他继续：退一步说即使本周移交，时间也是没问题的。开车去蒙阴去沂南找到两个杏村，三四天足够，无论结果怎样，周五前移交也没问题。

寇队看看他问：有把握？

他说没问题。

寇队想想说就按你的意见办吧，说到底谁都想把案子办成铁案啊。

汪一明松了口气，对寇队笑笑，说当然当然。

寇队也笑了笑，只是笑得有些勉强。

六

小丁和小吴出发后，汪一明并没有感到轻松，不断通过微信与他们联系获取信息，发出指令。可以说一切在他的把控中。

现在到了哪里？路况好吗？

看到蒙阴县城了，汪处，柏油路，车辆不多，放心。

好的，进了城就去市局，我已同宣传处的刘处长通过电话，请他协助。

明白，汪处。

我们已经离开县城向杏村出发，刘处派他处里的小颜陪同。

吃过午饭了吗？

刘处和小颜陪我们在局食堂吃过，没问题的，汪处。

好的，提前和村里联系了吗？

小颜给村头打过电话，询问小龙的养父母，因不知名字，只能到了后再核对。只能这样。

汪处，我们刚见过村支书，说了说情况，他说村里共有三户收养了孩子，一男两女，男孩刚上大学。当然不是小龙，看来不是这个杏村。现在我们已经在去沂南的路上，小颜和沂南公安联系了，那边说那个杏村离县城八十多公里，是山区，路不好走，当天赶不到，得住下。

好的，那就住下。休息休息。

知道了，汪处。

事实上休息得不好，几桩事在脑中缠绕，女儿数学又考了个不及格，看来得请个家教一对一，李环掌握的情况是两节课三百元，一周四次一千二百元，加上学琴每周四次每次三百，两项两千四；老父突然觉得肝区疼，怀疑是肝癌，很紧张，得尽早上医院检查。再就是小丁他们，在沂南县那个杏村能不能找到小龙养父母尚不得而知，如找不到，线就彻底断了，本局的侦查只能到此结束，小龙的命运就掌握在检察院和法院手里。当然，法院会替他请个公益律师，但也只是走走程序，不会出现奇迹……

上班后，长山路派出所齐所长打电话汇报，讲昨晚接群众举报一私营小旅馆进行卖淫嫖娼勾当，突击出警，果然就从床上揪到一对赤身裸体男女，正是捉奸见双，没说的，带到派出所审讯，那老男人是河北来出差的，住在本旅馆，小姐是旅店老板打电话招来的。老套路情况，自可按老套路办法处理：拘留罚款。问题是比照公安网那小姐亮出的身份证是假的，问她是怎么回事，她承认是在街上办的，问她真证在哪里，她说她是超生，办不了身份证。请示怎么处理。

无独有偶！汪一明脑子里跳出这个词，这种情况怎么处理？他刚到刑侦队还真不清楚，遂问：以前有这种情况吗？齐所说不仅有，还很多。他问一般怎么处理的？齐所讲也没定罚款加拘留，有的身上没钱，哭得哇哇的，说不可怜是假的，也就放走了事。汪一明甚至想都没想放出句：也只能这样了。挂了电话。

中国黑人，不知咋的，他脑子又跳出这几个字。这个特殊的群体，可以说是低端人口中的低端，不可能有正常职业，也就没有正常生活，男盗女娼，更多是无奈选择，甚至是唯一选择。奈何？

不管怎么说，刚才顺水推舟放了一个黑小姐，让他心里多少有些欣慰。这时微信铃响，是小丁。

汪处，我们正向山区进发，风景好啊！不是有幅名画叫《万山红遍》嘛，真的是万山红遍哎，我们大约中午以前能赶到。

好的，向小颜道声辛苦。

小颜回蒙阴了，现在是沂南公安的小孙给我们当向导。

那就向小孙道个谢。

好的。

杏村在哪个镇？

在河西镇，去杏村路过。

先在镇上找家饭店把午饭吃了，再进村。

好的，谢谢汪处关心。

小丁再来微信就是下午了：

汪处，我们正在村支部喝茶，文支书说按照咱讲的情况，有一个能对上号，多少年前收养了一个男孩，乳名叫小龙。五六岁时跑了，养父母外出找过，没找到，又回来了。

这不重要，赶快见见他养父母……

这不可能了。

怎么不可能？

文支书说小龙养父母一起进城打工了，留下一个空房子。

去了哪里？

不知道。

村里没别人知道？

好像没人知道。

好像不行，去每家每户问。

明白了。

傍晚，小丁的微信再来：

汪处，问了个遍，也没问出个所以然来。

真奇怪了，出去一户人家，就像掉进了一个黑洞，杳无音讯了？

不过倒有一个线索，小龙在村里有一个玩伴，小名叫二民，前几年有人在镇上看见小龙和二民在一起……对了，二民也是个没户口的黑孩儿。

能找到二民吗？

能，二民爹说在山里的滑石粉厂干活。

找到二民，一定找到他，他应该知道小龙的情况。

好，那我们进山了，不过今天来不及了。

是来不及了，到镇上住下吧。

好的，明天一早就去。

考虑到小丁他们进山去时间会很紧张，第二天汪一明没再主动联系，他们也没来微信。刚来队不久许多工作插不上手，只能在办公室枯坐。不知怎么他想起那部反映二战英美联军在诺曼底登陆的影片《漫长的一天》，他觉得这也是自己漫长的一天，当然心里还是惦念着丁、吴杏村行会是种怎样的结果。不过，时而也反思：在这件事情上自己是不是有些走偏，无论怎么说小龙是重罪犯，对社会造成极大危害，绳之以法是应该的，而自己过于关注小龙的生死，是不是有些本末倒置呢？寇队说是温情主义，通常的说法是感情用事。哇噻，细想想这也是很牵强的啊，自己与小龙素昧平生，非亲非故，无恩无怨，又有何感情可言呢？那么是怜悯？不能说没有这个因素，但怜悯是有尺度的，自己并不赞成废除死刑，便是对十恶不赦这一原则的体现，那么，哦，对了，他冷不丁意识到事情的症结：小龙的罪行是否已达十恶不赦，“不杀不平民愤”的地步？他不承认这一点，甚至对涉毒五十克便可判死刑的法律亦同样不认同，过于严苛。况且本案中的小龙很可能尚未成年，只是由于他自身的特殊原因难以认定，于是便形成目前这种凶险局面，而小龙本身已无能为力。即使自己相助，也只能靠冥冥中尚未可知的运气了。

傍晚才接到小丁的微信，讲他们已离开沂南县往回赶，是现在向您汇报情况还是等回去？汪一明想想说回来吧。又说直接把车开到老地方，一起吃个饭。

七

老地方是分局附近的一家小饭店，警员每当赶不上食堂饭点便到这里用餐。汪一明下班后先赶过来，号下一个小单间，点了几样菜，然后坐等。这时才想起应该给李环打电话告知晚饭不用等，李环说正好，闺女早就想吃肯德基，这样晚饭就不用做了。

小丁小吴风尘仆仆进到饭店，已经快八点了。汪一明由衷说辛苦辛苦。待两人坐下，便叫服务员上菜，这个点灶上已经清闲了，很快菜就上来了。

打开一瓶52度本帮琅琊台，白酒中的战斗机。点这款是因为店里保证是从厂家进的真酒。丁、吴一起敬了“汪处”，汪一明干了，急不可耐：说说情况。

情况是他们在滑石粉厂没有找到二民，二民刚走。

汪一明的心往下一沉，急问：走了？去哪儿了？

小丁说：听工友讲去山旮旯一家鞭炮厂。

汪一明问：鞭炮厂比滑石粉厂好？

小丁说：好不到哪儿去，唯一的好处是得不了矽肺病。

矽肺病？

滑石粉厂粉尘严重，戴几层口罩都不管用，干上三两年肺就得病了，喘不动气，最后憋死。这活没人愿干，厂主专门招用那些没有户口的黑孩子。

为什么？

有账算呀。没身份证就没法签劳动合同，病了，一脚踹出去。死了，也没人找，白死。

汪一明感到惊奇，问：几年前全国搞人口普查，没户口的不是都解决了吗？

小吴说哪里，超生个还得交罚款，交上才能上户口，可很多人家交不上，孩子继续黑，小龙和二民应该就是这种情况。

汪一明不吭声了，自己端杯一饮而尽。心里闷闷地想，这怎么可能呢？一个活生生的人没身份是完全没法生存的。他问，这种情况普遍吗？

小吴说普遍。

小丁说听向导小孙讲，据不完全统计，沂南有几千黑孩儿，到处流浪，或打工，或采用不正当手段谋生。

汪一明自然清楚所谓不正当手段谋生的实际是什么。小龙不是在眼前摆着的吗？开始打流流，然后小偷小摸，后来就……就犯了大罪。

他叹口气，问：到鞭炮厂找到二民没有？

小丁说找到了。这个厂和滑石粉厂的情况差不多，用的也全是黑工，一旦爆炸死人，没人追查，在山根底下挖坑埋了，一了百了。问二民既然知道是这种情况为什么还在这干，他说活着也没劲，早死拉倒。

小吴说很悲观。

小丁摇摇头：能不悲观吗？

汪一明问：言归正传，那二民知不知道小龙的下落？

小丁：不知道。

汪一明：那他知不知道小龙多少岁？

小丁：不知道。

汪一明：二民知不知道自己的岁数？

小丁：这个他知道。

汪一明：多少岁？

小丁望望小吴：他说他属大龙，18虚岁。

汪一明问：18虚岁是哪年出生？

小吴说：〇〇年。

汪一明问：问没问他比小龙大还是小？

小吴说问过，他说小龙喊他哥，比他小。

汪一明：小几岁？

小吴说这个他不清楚。

汪一明知道这是个关键处，再问：没让他好好想想？

小吴说问了好几遍，没用。

操！汪一明在心里骂句：寸、寸、寸，他寸一块儿去了，本来一个完全不成问题的问题始终糊涂着，弄不清楚。

喝酒喝酒！他端起酒杯，并不看小丁小吴，一口干下去。他已经很清楚，盼了一天，结果是竹篮子打水。说起来也真怪不了别人，只怪小龙倒霉。人最怕什么？最怕倒霉。

也许是都清楚小龙没得救了，再说也白搭，话题便又出去了。小吴说：汪处，这一趟沂蒙山你应该去的，采访采访，写一篇关于黑孩儿群体的作品，一定会引起反响，也有助于这一社会问题的解决。

汪一明哭笑笑不置可否。

小丁说：小吴说得对，这的确是一个社会问题，或者说是中国特有的社会问题。沂南小孙讲他们县有一千多个黑孩子，那么全省、全国又有多少？相信是一个庞大的数字。这些人被完全排除在社会之外，其情况与山林中的兽类没什么不同。按照丛林法则，他们只能以背离人类生存法则的方式来谋生。你能说黑瞎子去地里偷苞米吃不合理，能说狼吃羊不合理？小龙就交代说他是在饿了好几天肚子的情况下才答应替毒贩子运毒，或许不贩毒还会去抢劫什么的，反正得让自己活下去啊！

小吴说这个问题确实应该得到解决。

汪一明问：怎么解决？取消罚款一说，全部给上户口？

小吴说从人道主义的高度……

人道主义？小丁打断说即使从“兽道主义”高度也是应该解决的。

汪一明说这个问题很复杂，从“主义”上说不现实，不从“主义”上说又不合理，怎么办？假如我们是政策制定者怕也不好办，计划生育还搞不搞？

小吴说即使搞，也要摆对法理、事理，不管在什么情况下，小孩子一旦出生……

汪一明打断说，明白，有一部墨西哥老电影叫《生的权利》讲的就是这个。

不一样，不一样。小吴反驳说，那部电影讲的是社会伦理问题，而且是个案。而我们这里就是一个社会法理问题，两股道上跑火车。

汪一明说：正因为这种事情就复杂难办，所以小龙的案子自始至终是作为一个个案来对待，也只能这样，问题是到目前为止已无能为力。

小丁摇头自语：听天由命。

八

小龙的生死确实要听天由命了。所以周一上班在对寇队把案子移交的督促时，汪一明无话可讲。自然也做了最后努力，比较建议在案件上注明“年龄不确切”这一条，提请“下家”检察院法院留意。让寇队给否了，笑说自己承认工作有瑕疵吗？要是打回来重新侦查，还让小丁小吴白跑一趟沂蒙山？

汪一明无言。

案子移交走，如果检察院不提重新侦查，公安方便是完事大吉。后面便是在年前的某一天法院对案犯做出宣判，这便意味着警方办成一桩铁案。因是大案要案，分局及汪一明与相关办案人将立功受奖，这自是后话了。

一天，小吴敲门来到汪一明办公室，神情有些异常。汪一明问他有什么事，小吴吞吞吐吐说，听中级法院一名办苗通与小龙贩毒案的法官朋友讲，该案正赶得上惯常年前执行一批死刑犯的节奏，而苗通、小龙在其列。汪一明倒不怎么吃惊，问句什么时候宣判？小吴说很快。汪一明便不言语了。过会儿望望小吴又问：就这事儿？小吴犹豫了一下，说想和汪处谈一个情况。汪一明问什么情况？小吴说可能会改变小龙命运的情况。汪一明的心跳了一下，盯着小吴：快说什么情况？小吴说其实测一下骨龄是可以落实小龙真实年龄的。汪一明瞪圆了眼：测骨龄？有这一说？小吴说有的，大家也都知道，只是汪处从事文宣工作不太清楚。汪一明问能测准吗？小吴说基本是准的，上下浮动一般不超过半年。又问：也可以做法律依据？可以。汪一明的血涌上头顶，厉声问道：那为什么不早讲？现在讲不晚了三春?!小吴唯唯诺诺地说：汪处，我，我怕寇队怪我多事……所以……

所以个啥?!汪一明一吼，他妈的人命关天，怎么是多事！你现在才告诉我，什么意思啊？

小吴说：要是现在往后扳，也还来得及。

汪一明问：你刚才不是讲，就要宣判了吗？

小吴说：毕竟还没宣判嘛，即使宣判了还可以上诉嘛。

应该怎么操作？汪一明问。小吴虽被冠以“小”字，毕竟算老公安，自己再不爽也是要向他请教的。

小吴说：这事得通过小龙的辩护律师，让他向法庭提请测骨龄申请。

汪一明问：法庭会接受吗？

小吴说应该会接受，不过……

不过什么？

一旦法院退回让我们补充测骨龄报告，就算是我们的工作失误，寇队……

明白了。他说明白，而他却不明白：寇队为什么要忽略这么重要的一个环节？

汪一明打听了一下，得知替小龙公益辩护的是大成所的张涛律师，一表人才，大背头，戴宽边眼镜。也是个业余作者，写诗，在本市小有名气。他认识，他们常在作协一些活动中碰面，但没什么私交。他开始查看手机，倒是查到他的电话号码。

拨号的时候，他还是犹豫了一下，轻轻咳了一声，随之按下发射键。此时他意识到事情已不可逆转，自己将与寇队甚至与整个警方面临一场龃龉。

电话通了，他听到了诗人律师或者说是律师诗人张涛洪亮的声音：哪位？

汪一明。

哦，汪大处长，不对，现在应该称汪大队长……

准确的称呼是汪副大队长。汪一明说。

从处长到副大队长，升了还是降了？张涛问。

以前也是副处，不升不降。汪一明一本正经回答。

还有时间写作吗？张涛挺关心。

忙得一塌糊涂，还写啥啊。汪一明一笑。

可是，上回作协开耿老的作品讨论会我没见你参加嘛。

哦哦，汪一明不想再扯这些不沾边的事了，说今晚要有空请你吃饭怎样？

吃饭？张涛反问。

怎么？

哈！公检法人士请律师吃饭，这可是太阳从西边出来啊。

少阴阳怪气的，汪一明怼句，心里却知道张涛说得不错，在公检法面前律师永远是孙子。

他说有头一遭就有第二遭，说今晚怎么样？

遗憾遗憾，今晚还真不成，约好请区院一位法官，不能变。张涛很坦诚：咱们之间不用客气，不吃饭也能办事，有什么事你只管说。

那好，我问你，一个叫小龙的犯罪嫌疑人的案子你辩护？汪一明直接问了。

是啊，怎么了？张涛问。

汪一明意识到将是一次漫长的通话，先端杯喝口茶润润嗓子，然后问：阅过卷子了吗？

阅过。怎么？有什么问题吗？张涛略微有些惊讶。

一时汪一明不知怎么说了，顿了顿然后说：不是你有什么问题，而是……

对公检法而言，主动承认自己的工作失误是不易的。又顿了顿说：那个小龙的实际年龄问题最后还是没有砸实，而这个问题对判决又至关重要……你发现这个问题了没有？

张涛没马上回应。可能也需要加以思考。

实话实说，汪一明说。

可以这么说吧，张涛似自语，又重复句“可以这么说吧”。

怎么？

年龄问题，说有问题也可以，说没问题也可以。张涛说。

汪一明不接话，等他说下去。

张涛说：先说问题。小龙的身份证是伪造的，他本人也承认年龄是胡写上去的，且是听从了制假证者的劝告多写了几岁，这样便不能确定他的实际年龄到底是多少。

汪一明说：按说最具法律效力的是出生证明。但找不到这个，甚至当初是不是在医院出生的都不知道，当然他的生身父母会知道，可已经找不到他们了。退一步讲，就算找到了他们，当得知年龄影响判决很可能说谎，少说几岁，因此在法律上说也不能予以采信。

张涛说：是这个问题，但不管怎么讲，小龙的实际年龄并未最终确认，如果以身份证上的登记作为判决的依据，很可能出现差错，这差错将直接决定生死，这就很严重了，法律在十八岁上划了一道杠杠，如果小龙真的不足十八岁，而判了死刑，便侵犯了他的人权。因为未成年享有免死的权利，是任何人无权剥夺的。

汪一明说：这一点明确无疑。那么你说的没问题又怎么解释？

张涛说：什么事都是一体两面。比如一个人犯了法，隐瞒自己的真实姓名。

汪一明打断说：小龙不是隐瞒，而是根本不知道。

张涛说：一回事啊，这种情况按法律规定，就以本人的自报名为准。

汪一明记得寇队长也说过这话，便说其实名字真伪并不重要，反正是犯了罪就要受到惩处，而年龄不同，它直接影响判决，决定小龙的生死。但是对本案来讲，既然已无法弄清楚小龙有法律依据的年龄数值，也就只能以身份证上的登记年龄做数。从这个角度上说，你们的侦查终结也是没问题的。

是的，寇队也说过类似的话，看来他也不是乱来。

汪一明说：对了，小龙的名字很可能来自他的属相，小龙就是蛇的别名，由此可见，小龙很可能是属蛇，今年17虚岁。

有这个可能。张涛说，但于事无补，因为“可能”不作为法律依据。

那么，要是小龙自己讲已想起来是属蛇的呢？汪一明问。

那也不行。就算翻供，同样也不能作为法律的依据，所以最终还得按照假身份证上的登记做数。

他妈的！汪一明忍不住爆了粗口，这一切并不是小龙的错呀，他愿意当黑孩儿吗？愿意被转卖吗？他的倒霉身世，已让他无法证明他自己，陷入万劫不复中。

可不是，张涛说，按老百姓的说法只能按倒霉处理了！

按倒霉处理！汪一明自语。

稍等稍等，张涛说。

怎么？

等我喝口水。

汪一明的嗓子也干了，也端起茶杯喝了几口。他觉得应该与张涛说正题了。

好了，好了。张涛的声音。

汪一明问：张律，你是法律工作者，精通法律，像小龙这种情况可不可以通过测骨龄来查明实际年龄呢？

张涛似乎怔了一下，反问：测骨龄？

对。

当然可以了，我阅卷后也发现这个问题。张涛说，又问，汪副大队长怎么……

汪一明打断说：我刚到一线，对许多法律问题生疏，测骨龄的方法也是刚刚听说。

明白了，别的你也不用说了。张涛说，前面我说过，按照你们移交出来的案卷在程序上也是过得去的。假如你不给我打电话……

汪一明：作为小龙的律师，你……

张涛笑笑说，你既然能冲破“行规”行事，那么作为小龙的律师当然会做自己分内的事。这么说吧，我会向法庭提出补测骨龄的申请。对了，我不会说你给我打过电话，放心。

汪一明勉强笑笑，问：法庭会采纳吗？

张涛说有句话叫“民不告官不究”，既然正式提出申请，法庭没道理拒绝，当然不敢说其中不会有周折。

汪一明说：是的是的，不是还有句话叫好事多磨嘛。这样吧，张律，改日咱们还是见见，商量商量做一下必要的应对。

张律说：行啊，有必要的话我请你。

汪一明说：我请，也应该我请。

张涛笑了，说你请就你请吧，只是不怎么习惯，有些受宠若惊啊。

汪一明也笑，说少来，不过地方你找，你们律师都是吃家。

行，去“诗与远方”吧。

“诗与远方？”有这个酒店？

有啊。

在哪儿？

梦想家园呀！

尾声

过了阴历小年，按惯例处决了一批死刑犯。之前汪一明在内部通报中看过名单，有贩毒主犯苗通，没有小龙。

未成年犯罪嫌疑人小龙被判处无期徒刑。

腊月二十八，张涛打来电话，讲小龙马上要被押送到服刑监狱，他要去办理相关手续，问汪一明有没有什么事儿。

汪一明打个怔，说倒有一件事儿。

什么事儿？

替我买一样东西带给小龙。

什么东西？

哈密瓜。

啥？张涛似未听清。

汪一明再重复一遍：哈密瓜。

（稿于2017.12.8）

房屋曾安静　世界曾安宁①

X To Y To X通信

◎皮　皮

要是笑过了头
你就会飞到天上去
要想回到地面
你必须做一件伤心事

——向作者朵朵致敬

Y to X

你说，是上帝把加缪给撞死了，是因为他把活着这件事儿，说得破绽百出，上帝不喜欢。

你说得漂亮，我已经抄入到我的佳句选中。

但我还是忍不住想问你，另外那些夭折的人，上帝也插手了吗？

比如，罗兰·巴特，他也是被卡车撞离世界的，因为他太思念去世的母亲了？他的《哀痛日记》，太哀痛了？上帝太可怜他了？只让他痛苦了三年，就让他与母亲团聚了？

假如上帝可以插手，可以到处插手，我这个昏暗的角落，他会不会也来过？用CT扫描一下我的心灵，看看那里的灰尘，是否有上帝之手的拂痕吧……

别担心，我都还好，有安眠药，日出即起，日落而“熄”，基本可以避免闭着眼睛清醒，肯定不会被失眠谋杀。

我这个“会”写作的作家，每天写，第二天删，橡皮和我的对峙，进入僵持状态。一年来，写作尝试，像把影子钉到墙上一样徒劳。有时候好沮丧，想放弃写作，试试干点儿别的，但又舍不得。这么多年，一直陪着我的就是写作。别的不是抛弃我了，就是被我抛弃了……到了这个年纪，写作已经与理想

① 引用华莱士·史蒂文斯的诗句。

无关，是营生——经营着我的“生”。

年轻时成为一个伟大作家的梦想，现在，飘落到了脚下，散发着老朋友般熟悉的气息。虽然还能驱使我坚持、前行，但那些被橡皮擦掉的成千上万的文字，像心里的结石，每天碾压心绪。最近，我开始担心，写作阵地会不会失守。

史蒂文斯说，高妙的形态里没有愤怒。我现在没有愤怒，但肯定也没在高妙的状态里。

也许，我可以搬到尼采最后住过的那个小城——瑙慕博格，在那里开一个卖馅饼的小店，每天十一点开始，卖到下午两点，卖一百张猪肉大葱的馅饼，一张馅饼卖三欧元……

……每天下午，五点以后，喝过茶，把卖馅饼的劳累，休息掉，然后开始写作……

X to Y

你神经病！

创作危机？我看你就是闲的，你要是像我这么累，连创作时间都没有，谈何危机！

刚从学校回来。评职称。烂事儿一堆。

连吃两顿盒饭！盒饭才是真正的垃圾食品，比垃圾还难吃。

我从不担心，你的写作阵地会失守。我担心，你肚子里的故事，这辈子讲不完。这是我第一次见到你，你留给我的印象。

你还记得那个小院儿吧？拆掉十七年了，有时候我还能梦到那棵紫丁香的味道，还有月季淡淡的幽香……当年，你坐在那堵砖墙下，年轻、沉默，好像年轻根本不用说话。总有人在说着什么，你只是听着，好像正在把世界装进你的脑海。

你发现我看你，就看看我，目光那么随意，根本不传达什么信息……现在回想仍让我感慨：年轻真好！

现在，你看你堕落得每个目光都变成了一个句子。你别怪我奚落你，除了我，也没人爱干这事儿吧？

第一次带你来我们家的那个男人跟别的女人结婚后，你好像就变了，开始说话，说个没完。但你不说日常发生了什么，你说的好像都是故事。我和我丈夫都觉得，你也结婚了，跟故事结婚了。

你是我认识的女人中，最热衷讲故事的一位。

昨晚才得空看哈内克（Michael Haneke）的《爱》[①]。

你说得对，我也看得震惊，因为我们都老了，越来越容易成为这样故事的主人公。

假如，我得了这样的病，也希望有人能杀了我，最好是你来下手……哈哈哈哈……

哈内克是一个凶猛彻底的导演，他不惧怕真相。他那么轻易地把老夫妻退休后的高雅生活，用疾病的小刀划开，多像外科手术的开刀！疾病让生活中的败絮越来越多地展露出来，直到最后，让人感觉生活是悲惨的。

最终，赢的还是——爱！

老太太病了，老教授试图用爱去战胜困境，用照料战胜疾病。很快，困境和疾病频频击败它们的对手。老教授带着溃败下来的爱情，用枕头杀死了老太太，也杀死了困境和疾病……爱，在死亡中，赢了！

这是我最佩服哈内克的地方，他不怕死，怕输。

你说得对，这的确是一部关于爱的电影，生死不过是它的衬托。很牛逼！

这两天，我也挺不好过，看了这个电影，心情更低沉。……我还是告诉你吧，于音自杀了……

---

① 奥地利导演迈克尔·哈内克的电影作品，曾获戛纳金棕榈奖。

Y to X

啊!

X to Y

你还记得，陵后的那片林子吗?

我们第一次在那里野餐，于音也去了。

没想到，最后一次，她是独自去的。中间隔了二十年。

警察说，她被落叶盖住了，一条狗咬出她的一只绣鞋，狗的主人报的警。

淡灰色的绣鞋，淡粉色的绣花，你还记得吧?她喜欢穿带刺绣的衣服，她的眉眼儿很端庄，很配穿华丽的衣服。

当年，她一个人安葬母亲，墓园像拍电影的片场;她穿着黑色的长裙，戴着墨镜和白色的花环，周围忙碌的是雇来的人。她像是一场墓园戏的导演……我后来听一个朋友说这些事情时，不觉得滑稽，倒是很佩服!

有人说，灵魂上满是他人的吐沫星子，于音算个例外吧?哈内克的电影把我惊着了，像惊马，蹄子朝天。于音的了断，又轻轻拍了拍我的肩膀，你能想象我的心情吗?你要是在这里，我们肯定会大醉一场。

除了喝醉，好久了，我几乎没有别的排解的办法。虽然过了不惑之年，仍然有太多难以消化的“精神零食”，如鲠在喉。

Y to X

为每个我们知道名姓的人的离世，深深鞠躬时，我们从死亡那里瞥见了什么?死亡唯一无法剥离抹去的东西，是每个人的满意，你说对不?满意，是我们穿越生死唯一可以方便携带的东西。

我现在追求的满意是肚子的满意，口福的满意。

我每天早晨，六点半出门，去艾玛的面包店买新鲜出炉的小白面包、牛角包，一样一个。回到家里，一杯黑咖啡，就着还温热的小面包，就着夹上了橙子果酱的牛角包，听着Info-radio的广播，即使在创作危机中，在活着的虚无中，这顿早饭仍能让我感到满意。我一个邻居说，他坚信，这样的满意，在临终一刻里，定能化成唇边的一抹笑意……我倒是有点儿担心，临终前想不起来这件事，它太不起眼儿了。

早晨的柏林大街，格外昏暗，偶有汽车经过，也是沉默的。绿森林大街更是昏沉，仿佛还在苏醒中……走到马丁·路德大街感觉上甚至有些凄苦了。这条大街好像因为马丁·路德的长久缺席变得嗔怒。路边的楼群，因为脏旧，失了体面和亲切，但却有破而不败的冷漠，仿佛用丑陋也可以向世界宣战。

……每天，我经过这些街道，经过这样的氛围，走向艾玛的小白面包，就像走向某种希望似的……看到这里，你会条件反射般地嘲笑我，没关系，这也让我高兴……你说，生活中是不是那些无用的无意义的琐事，更能带来生命力呢？

X to Y

你在危机中脱胎，重生了——彻底疯了。我都能看见你的脑白质正在重新组合！

现在我也明白你为什么创作危机了？！你太不用功了，生活中的细碎麻烦都被你放大，作为理由和借口利用上了。你这个拧巴人儿！

现在中国都到处是面包店，每个面包店都有烤箱，每个面包店都散发着新鲜面包的香味儿，何必经过那么多沉重的大街，去艾玛的面包店？

Y to X

因为这里多数面包店卖的面包，都是工厂流水线生产的。那些面包、牛角包，午夜开始被制作，凌晨被运送，早晨在面包店里被二次烘烤，假装新鲜……夜里，戴着塑料手套塑料口罩的男人们，把面饼卷成牛角面包时，估计也把对生活的厌恶卷进去了。我不相信，一个半夜工作的人，能满怀爱意和兴趣！

所以这样的面包，都像被诅咒过了，散发着与面包无关的味道。

在艾玛面包店，我经常遇见一个早起遛狗的男人，坐在店里的圆桌前。他的黑色牧羊犬崇拜地仰望他，他们一起等待第一炉面包。

跟上！男人拿到第一炉的小面包，对狗发出命令。

他的狗毫不犹豫地跟上去，显然知道要去哪里。

我要是跟自己也能有这样的关系，多好。我是我自己的狗，我对我说，对我身体里的狗说：跟上！我就跟上了，要是这样，还有什么危机或者痛苦呢?!

清晨里，浓重树影中的艾玛面包店是一个明亮的小岛，坐在里面的人，无论早起的还是一夜未眠的，都散发着霍普画笔下孤独的味道。他们等待艾玛的面包出炉，好像顺便也等了等自己。

我决定去波兰看看，理由以后再告诉你。

你不忙的时候，跟我说说于音。

X to Y

假如于音像花朵，你像石头，我像花朵和石头中间的泥土。我永远变不成花朵，也变不成石头，这两者的柔软和坚硬，我都不具备。我接下来的主要任务，是提防自己干涸，变成土块儿。

为什么忽然想去波兰?

在基耶斯洛夫斯基，斯科利莫夫斯基，安杰伊·蒙克，瓦伊达[1]呼吸过的空气里，嗅嗅他们当年的气息?

说起波兰，我想起一些无法忘却的电影，比如《卡廷惨案》《十诫》《与安娜在一起的四个晚上》……好多电影给了我一个印象，那里总发生大规模的伤害，仿佛有了一种“底罪”，一种无法根绝的罪行，因为无法宽恕，无法原谅，所以总在。那里的艺术家的创作，因此有了世界上其他艺术家无法企及的沉重和力度。法国的自由并没让基耶斯洛夫斯基拍出更好的作品，他的“蓝白红”绝对没超过《十诫》。

一个艺术家聚会上我曾这么提过，一个男艺术家差点儿打我。他说，没有自由没有民主，艺术家根本不能创作！说真的，我倒不这么觉得，没有胆量没有见识，比没有自由和民主更致命。这样的艺术家，有了自由，我都担心，他们最后会在自由的寒冷中冻死。这是罗伯特·瓦尔泽[2]的观点，他说，自由是一种寒冷的、不能长时间享受的东西。

---

① 均为波兰著名导演。

② 瑞士作家。

关于于音去陵园前的那个晚上，或者那一天，那一段时间里，发生了什么，我不能去打听，我宁愿去想象。我几次梦见了于音，像在电影院里，我坐在暗中，她在银幕上……我要把这些整理一下，写好之后发给你。

下面是我最近读到的一段话，之后想起，不知为什么，总有些坐立不安。

“主要的是避免说谎，不说一切谎言，特别是不对自己说谎。留心提防自己的虚伪，每时每刻都小心监视它。”[①]

我觉得陀思妥耶夫斯基这段话，尤其针对了那些没看见和故意看不见的人。

Y to X

你在影射我吗？

X to Y

我影射你了吗？

内省这种行为之内，也隐含着某种危险，比如，面对什么样的镜子，去反观……

这会不会是我下意识想说的东西？

Y to X

波兰的第一站——奥斯维辛集中营。

随便你怎么说吧，反正我现在照的镜子不是你说的那个。一路上，我一直在想于音，她真的像你说的那样，沉默不语，活得像花朵……我几乎坚信，只有这样，才能专心倾听自己的内心。人间的聒噪，已经把生命弄成了一片喧哗；我好像正在从喧哗中跑开，真还有些自欺欺人的感觉。喧哗的正中很可能是寂静的，关键还是心的安宁。你向生活展示什么，生活就给你什么。我这危机，真是活该！

但我没后悔来了奥斯维辛，有些情形，尽管是人类所为，仍是人类无法想

① 选自陀思妥耶夫斯基的《卡拉马佐夫兄弟》。

象的。我不知道，奥斯维辛算不算生命不能承受之重中的之最！

奥斯维辛集中营的停车场，让我想起敦煌的停车场，让我想起意大利庞贝古城的停车场，它们都很像。停放的旅行客车和从车上下来的游人也很相似，其实，他们是相同的一群人——游人！我也是游人之一。

阳光下的草地是规整的，阳光下的房屋同样规整，德国式的规整，因为是德国人建造的。今天，德国的游人会不会有到家的错觉？

铁丝网下延伸出去的原野，把参观人群的沉寂也带向了远方。沉默的观者，像一队队送葬的人群。德国人表情肃穆，他们不露心迹，他们深知Verdrängniskultur（佯装文化）。其他国家的人也都沉默着，似乎同样不知道该说什么。

一个说俄语的女人心脏难受，大喊一声，跑到日光下喘气。

正午的阳光，把寂静变成死寂。这里不是阴间，也不像阳界；现在是白昼，又像暗夜；奥斯维辛的杀戮混淆了这些的界限！

从四一年兴建到四五年被解放，有一百多万人（绝大多数是犹太人）被杀，另有说法是四百多万。

成吨的头发，成堆的眼镜、假肢、鞋子、皮箱……无法随死者死去的残留，堆出了另一个死态，更难忍受。它们不能像死者一样被埋葬，它们必须裸露着，因为它们是罪行的证明。

……

参观毒气室时，我差点儿像那个俄国女人一样跑出去。那些窒息而死的人，在我的想象中复活了，他们最后时刻里的身体感受，仿佛把眼前的一切都抽成了真空，我立刻心悸气短，长吁两口气，才缓和下来。

杀死一个人之后，再杀十个，再杀一百个……杀人的质感会不会发生变化？不然怎么能做到杀人如麻！等返程车时，我想起鲁道夫·胡思，他是奥斯

维辛的第一任指挥官，也是任期最长的一个。我曾经幼稚地猜测过他的心态：一个发出命令，让成千上万人死去的人，会不会痛苦到想自杀？

纽伦堡审判前，胡思对心理医生说，在“灭绝”[①]期间，他过着正常的家庭生活。在他被抓前，他“正常的”妻子帮他藏匿。这个人留给心理学家的印象是比精神分裂者更冷漠。他能如此平静地面对审判，因为他把那么多人被屠杀的事实，理解为军人执行命令的结果。

……所有的反思到此结束！

拥有这样想法的德国人不是少数。灿烂阳光下的奥斯维辛，空地上的绞刑架，像在呼唤女囚们拉起绳子，晾晒浆洗的被单……令我恐怖沮丧愤怒的却是：人坚信的不是事实，而是自己对事实的理解。

返回克拉科夫的路上，我“旁听”了一对中年情侣的悄声议论。为了提高屠杀效率，免得挣扎，走进奥斯维辛毒气室的人会领到一个号码。他们被告知，把自己的东西放好，记住号码，不要弄错。进去淋浴是为了去除虱子，开始新的生活。

毒气过后，尸体朝向屋顶小小的进气口，死死堆缠在一起，几乎无法分开。解说员说，可惜，能从这里爬出去的，只有虱子。

那个中年男人认为，这样的欺骗缩短了恐怖。

女人认为，可耻的欺骗把生命低价处理了。它首先践踏了灵魂，仿佛即将死去的人，不需要知道自己的死，只要死去就可以了。

我听见他们的话，又像没听见。我默默望着奥斯维辛的天和地，望着它虚幻的远方，想确认的是，空气里还有没有当年

① 指奥斯维辛集中营杀害犹太人。

焚尸炉里骨灰的尘埃。

生命无法被保障时，不要讴歌它。

过两天，再写信吧。我真的需要缓缓。

X to Y

奥斯维辛在煎你，像煎牛排那样，不停地翻面儿。

我想起策兰的一句诗：

妈妈，秋天流着血离去了
雪灼痛了
我寻找我的心，让它流泪

你走到哪里了？

前天，坐地铁上班，重看《永别了，武器》，在里面发现一张纸条，是我的笔迹，抄的是一首诗，转抄给你。

生命多短暂
少女快谈恋爱吧
趁红唇还没褪色前
趁热情还没变冷
谁都不知明天事

附件中，是我写的一篇东西，题目还没想好，也许可以叫与于音有关的一切……

……或者叫《花开花落》……

附件

Q爱上了别人的丈夫。他们的恋情被妻子发现了。Q的情人打电话，与Q分手。之后，他们一个多月没通话没见面。

有一天下午，Q接到他的电话。他说，他想见她。

她什么话都说不出来，她怕话语带出眼泪。

他说，有事跟你说，晚上我去你那里。

放下电话，Q哭了，哭得好惨，却又像是很幸福。我似乎能理解她的幸福，这最后一面里，可能发生的一切，可以是他们情感情欲的巅峰，淋漓尽致，生死欲绝……然后分别几辈子，所有分别的痛苦都可以淹没在最后的夜晚里。

Q洗澡，吹头发，穿着喷过香水的真丝浴袍，坐在梳妆台前描眉画唇线。她用粉底口红和眼影把一个憔悴的女人遮盖起来，然后又把它们粘掉些，让自己看上去像一个没化妆的健康女人。

直到傍晚，Q的思绪仍然是纷乱的，绝望欲望爱情轮番推搡她。最后，她让所有的泪水倒流回去，因为没有再化妆的时间了。

Q把夏多内白葡萄酒从冰箱里拿出来，打开放到冰桶里。她拿出两个酒杯，先给自己倒了一杯。喝了两口，心情便飘扬起来。他们之间好多美好的往事都发生在酒酣之时……

外面风更大了，她关窗时，下起了瓢泼大雨。

她一边换衣服，一边担心电话响。她害怕他不来，她心里甚至觉得，今晚他必须来，必须是今晚来。只要他来了，之后，她什么结果都能承担。

Q换上的黑色真丝衣裤，像宽松的家居服，但每个褶皱里都闪着面料华丽的质感，配上蓬松的长发，她优雅得像位夫人。她把脚上的蓝色绣花拖鞋换下，换上古铜色皮人字拖鞋，修长的脚趾、细长的脚踝都得体地展露出来了。

雨，下大了，在空荡荡的街上溅出水花。雨声和雨中腾起的水雾仿佛密谋着什么。今晚，无论发生什么，都会变成天大的秘密。Q被大雨折磨着……

门铃终于响了。

Q没有马上开门，她激动得直抖。她在玄关的衣镜前再度审视自己，从领口扯下银色的丝巾，扔进鞋柜；为了让自己显得更自然随便，开门前，她胡乱地拢一把长发，仿佛之前的一小时吹风整理，都是为了这一刻里把它弄乱。

站在门口的男人非常完美，是所有女人都能喜欢的那种罕见的男人，饱经风霜，眼睛里却还留着几分纯洁和温柔。

他没像平常那样，因为心虚马上进门。大雨的庇护下，他微笑看着Q，仿佛在欣赏她精美的打扮。他像一个优秀的电影演员，正在扮演自己，展示出的风度和仪式感，在这几秒钟的停留里被无限地强调了。

他也没像以往那样，走进客厅直接坐到沙发上；而是双手交叉放在肚子上，站在沙发前，对着Q继续微笑。

音响里放的是亨德尔的清唱，这曾是他最喜欢的。

她从冰桶里拿出葡萄酒，正要往第二个杯里倒时，他说，我不喝了，开车。

Q的脑海里出现“代驾”两个字，她没说出口。她窘迫地把酒瓶放回冰桶，把音响的音量调小，它本来也不大，然后面带微笑站回他的对面……

无论以什么身份，我都不能再见你了。

哦……你说过了。

对，我觉得有必要强调一下。

哦，明白了。

那我就回去了，雨太大了……

哦，雨还在下。

是，越下越大了……

……

她忘了，他是怎么离开的，他们告别时说了什么！她的全部注意力都集中在一点上：下一刻里，门铃将会再次响起，他站在门前，伸出双手，把她抱进怀里。

直到午夜，雨停了，门铃都没响，世界陷入了永远的寂静中。

她没有剪碎黑色的真丝衣裳，没把唱片从窗口扔出去，要是那样，说不定会有人死于旋转落下的黑胶唱片。她没砸酒杯，也没有把酒瓶摔到她的肖像上，那是他花钱请人替她画的……她只是坐在浴盆里，用一只手不停地往身上撩热水，同时，拼命回忆，他是怎样离开的。恍惚中，她怀疑他来过；她怀疑，过去的五年，都是轻尘般的幻觉。

她想给什么人打电话。不能打给朋友，他们都听过她的故事。不能打给家人，他们有的死了，活着的对此一无所知，她更不想，现在从头说起。她唯一能打电话的人，是他的妻子。对这个她深爱的男人的妻子，她又想不出任何一句可以说出口的话。

……从小到大，她都是安静的，像花朵一样。浴盆的水渐渐变凉时，她看见自己割开了自己的手腕，右手先割左手，然后反过来。

她看见了自己的死亡，一点一点地从眼前淡出。

Y to X

你的故事，写得花开花落般轻盈，我却激动得直跺脚，我忽然想到一个问题，原谅我急煎煎地先说这个问题——我完全沉浸在你的故事里，第二天，才想起来，于音不是这样死去的……随着时光流逝，我担心，在我记忆中留下的将不是于音，而是Q。Q将覆盖于音。

关于记忆的这种特性，我让你看看我写的另一篇文字。

一九八五年，在上海的一个黄油飘香的面包店里，我第一次独自在咖啡店里喝咖啡。一张单人的小咖啡桌，蒙着红色方格台布，斜对面坐着一位老妇人。因为她，我忘了点心和咖啡的味道。她满头银发，皮肤几乎透明，淡蓝色的青筋像是用水粉描画的。已经褪色的银灰色丝巾，挂在她胸前，像一件首饰，看着比老绢还脆，好像能被一阵微风吹碎……她枯瘦细长的手指，捏着咖啡杯的把手，头微微扬起，目光却低垂着，嘴唇紧抿……举着杯子的那只苍老的右手，丝毫不抖，稳稳地把杯沿儿举到唇边……

她留在了我的记忆中。这么多年里，我偶尔想起她，想起她的表情——头微仰着，目光低垂，却毫无傲慢之感！她的从容像一道徐徐落下的帷幕，遮挡往事的痕迹。这是随时可以在下一秒里安然死去的从容。那之后，这表情，我又见到过一次，在香港著名演员夏梦的晚年。她也是那样的，只是更加从容和漂亮。

这么多年过去，我已经无法肯定，这是不是我的真实记忆。这时，是不是应该推翻一下所谓的现实主义的真实，对创作者，甚至读者，更真实的或许是感觉的真实。于音这个我们共同熟悉的人，在你的故事里，变成Q，更于音了，更接近于音的本质了。这说得通吗？

X to Y

我能理解你说的意思，细思极恐。我们所谓的真实，绝对是相对而言。你说，大家常说的不要较真儿，有这个层面的意思吗？

Y to X

哈哈哈……我觉得没有。我得较真儿！

回到克拉科夫，已经天黑了。我住在步行街上的一个小旅店的二楼。窗台很宽，坐在那里吃了一块披萨，喝了一瓶波兰啤酒，可以看见很多星星，隐约还能听到远处年轻人的狂欢……想出去再买啤酒，却怎样都不想动……

雨后的石板路，无论在哪个国家的月光下，都闪着煤精般的光泽，暗影中街边比邻的老房子，仿佛退后了一步，变成舞台朦胧的背景。人在旅途的感觉，像握在手里的空酒瓶那么真切。

……半夜两点，醒了，居然再也无法入睡。出来时走得匆忙，装错了药，把B12当成安眠药了。索性上网，看了很多与奥斯维辛有关的资料，结果更睡不着了。

纽伦堡审判前后的无数案卷，山一样，却把屠杀压在了最下面。在我的感觉中，他们更注重的是法律，似乎法律比心灵和生命更重要……那么多陈述、理由、为什么，等等，都需要确认和讨论，仿佛没有法律，屠杀者和幸存者，通过已经发生的死亡，自己无法得出真正的结论。这时候，我似乎开始理解，犹太人的复仇。

其实，复仇就是把罪行带向没有回程的深渊，因为没有救赎，所以才是解恨的惩罚，所谓万劫不复！

X to Y

我不知道，这是不是排解危机的最佳途径：在难过的时候去更令人难过的地方，思考令人绝望的事情，所谓以毒攻毒？我想起什么人说过的一句话，大意是，告诉像你这样的危机者，需要安慰的人，在他的处境下，没有任何安慰手段可以安慰他！对你们这些需要安慰的人来说，是莫大的殊荣，可以帮助他们重新振作起来。

怎么样，这话对你有点儿帮助没？

我在忙点儿私事儿，见面再说。这话也可以翻译成，我眼前时间紧张，咱们的讨论可能因此步调不一致。我尽量跟上波兰的节奏。

附件是我写的《关于策兰》。

附件

关于策兰

策兰带着被屠杀者的标记，从家族死亡那里生还之后，便走进了痛苦的深渊。

他是一个没有祖国的人，但有母语。他的母语是德语。他的母亲死在德国人手里。他必须用杀死他母亲的刽子手的语言写作，这是他作为诗人的前提。你说，他怎样才能绕开死亡的主题！

他同样无法通过这个主题完成对自己的救赎。他的《死亡赋格》，把黑牛奶端到德国人脸前，居然被德国欢迎着接受了。这首诗在德国的受欢迎程度，一定与策兰的痛苦程度相消长。他痛苦的灵魂与卡夫卡的极为相似。他们都走进了无法调和的对峙中——与世界对峙。他们想抠掉世界的黑暗，黑暗却是他们世界的组成。

……这样的痛苦中，似乎没有更多的选择：要么死，要么继续痛苦。策兰背着犹太人的红字投进塞纳河时，那些成功藏匿在世界各个角落里、寿终正寝的纳粹们变得十分刺眼：一个幸存者无法在和平的光天化日下继续活下去；一个刽子手，一个罪人却可以在灿烂的阳光中颐享天年。

策兰死于死亡。

他人的死亡压倒了他。死亡是他的主题，亦是他的宿命。一个德国批评家说，策兰的《死亡赋格》，逃出了历史血腥的恐怖室，升入纯粹诗歌的天空……在这样的评论中，似乎能听到某种致命的泛音——忘记血腥！好像策兰的诗歌仅仅是为了擦掉血迹。

光明放弃之后
信使脚步清亮地
回响于白天。
盛世开花的消息
更加尖锐刺耳
抵达流血的耳朵[①]

策兰的这首诗，可以被看作是对那评论的回应吧……

策兰的死，是他最后的诗，一首杜绝所有误解的诗。塞纳河变成了他消逝的长痕，微波荡漾。他的嘴唇为语言流血，他的诗是奥斯维辛阴影中最重的那一抹。

无声，又一次，广袤，一间屋——
　　来吧，你应该来居住。
光阴，美如沿途的厄运：可以抵达
　　避难地
更害人了，那残留的空气：你得呼吸
　　呼吸和做人。[②]

---

① 策兰《光明放弃之后》。

② 策兰《在远方》。

Y to X

非常感谢，你的这篇文章写得真好，像诗一样。

你为什么不认真考虑做专职作家？大学真的那么有意思吗？

昨天，我还去了克拉科夫的雅盖隆大学，在一个写着教授园的小花园里坐了一阵。那是大学几个研究所的后花园，优雅的小庭院，树下的长椅油漆斑驳，一个教授的铜像立在花圃里，旁边站着一个正在抽烟的年轻人，浓密的卷发遮住了半个额头，周身散发的自信，总是随着他的甩头，四处飘逸，亦如花香。

克拉科夫是一个宁静的古城，在中世纪风格的小街上闲荡，我的心情还是无法松弛。小店橱窗里展示的密密麻麻的玛瑙，让我想起奥斯维辛的陈列物，一块也不敢买……奥斯维辛在我感觉的调色板上涂抹了太多的灰色。晚上，吃了一顿波兰的传统美食——用各种方法做的猪肉，配酸菜，睡前，还往上返肉腥味。半夜起来，用牙刷压嗓子，呕吐出来，才有了困意。

你说的那个电影，我没看。关于艾希曼的审判，我看了阿伦特的书。她提出的“平庸之恶”，很有意思。我们经常觉得，平庸无益，但也不觉得它有害。阿伦特好像放大了平庸，平庸的恶，才被我们看见了。

刽子手艾希曼给阿伦特留下的印象：“不愚蠢，他只不过没有思想罢了，因此他才成为了那个时期最大的罪犯，他并不残忍，为了得到晋升，一心想作恶，此外并无别的动机。死到临头时，他还‘毫无想象力’地对审讯他的犹太人解释，他的微不足道……”甚至站在绞刑架下时，思考的仍然是“葬礼上对他一生的评论”。阿伦特认为，这个艾希曼不过是个替罪羊……

任何大的罪行到了历史清算时刻，最吸引眼球的是那些站在被告席上的人。无论艾希曼，还是比他更大的德国战犯、日本战犯，仅仅他们数百人数千人，无法犯下这么大的反人类罪。

阿伦特竖起食指，越过艾希曼指向了旁听席，指向了所有的人——平庸之罪！“这种对现实的隔膜，这种无思想性，远比人类与生俱来的所有罪恶本能加在一起，更能引发灾难和浩劫。”

单看每个平庸，它不仅不是强大的，更是微弱的，因弱势常被忽视甚至鄙视。但平庸的常态是团结而凝聚的，作为整体它不仅蕴含着巨大的能量，还能起到包庇作用，所谓法不责众。没有集体的罪责，也没有集体的清白，更谈不上集体的反思。

集体变成各种危险的温床。

集体的平庸不思考，不辨识，芸芸众生像一个虚假的安全岛……使得恶在众人之中隐匿下来，世代相传。

阿伦特本人是犹太人。她对耶路撒冷审判的思考，也跳出了犹太人的局限。她把德国人对犹太人的屠杀提升到反人类的高度，这无疑是犹太人最终摆脱厄运的可能性之一。否则，苦难的阴魂会在德国人和犹太人之间继续游荡，滋生新的苦难。犹太人的复仇，仍会像枷锁一样困住以色列人的手脚。

雅斯贝尔斯关于耶路撒冷的审判，也提出过类似的担心。他说，以色列人不应该审判艾希曼。他对以色列代表的所有犹太人的权利有所不安。他认为，这样容易使艾希曼被打扮成殉道者，从而引发新一轮反犹太主义。新的一轮又一轮反犹太主义已经发生了，这困难的阴魂昨天还在巴黎的爆炸声中呻吟着。

阿伦特在这个领域中头脑非常清晰，可惜她的同胞却感受不到，她与“自己所属民族共命运的感情”。而她本人恰恰认为，“只有这样才能做出正确的判断”。阿伦特是对的，但她的声音在任何国家都没有回音，这难道不是集体的状态和力量?！平庸之恶的强大，咄咄逼近了……

以色列用法律惩罚战犯，同时坚信，法庭审判永远是胜者对败者的审判，法庭属于胜者！他们建立强大的军队，保护自己避免再被残杀；他们建立摩萨德，因为他们相信，指望国际社会，抓不到战犯。如果他们没有绑架艾希曼，后者还在拉美晒太阳呢。以色列最相信的就是自身强大，否则他们也不可能在二战过后，向他们刚刚的敌人德国购买武器。我想，世界上有很多人宁愿认同以色列的做法，即使他们眼见以色列不停地陷入战乱，也不愿接受阿伦特的见识。在多数人的眼中，平庸是无法消失、无法被消灭的。

——因为我们都在平庸中！

拜伦说，除了罪孽，我什么都不信。

写到这里，我已经无比虚弱，恨不得立刻回家，卧床，把脑海中所有锐利的思绪“躺”过去，昏睡过去……

你说的私事，是什么呢?

X to Y

我要写一个发生在火车上的故事。

车厢，有方便面的味道，一男一女，靠窗对坐。

他们互不交谈，因为不认识。

女人在看窗外……窗外有刚刚收割过的稻田，阳光灿烂，金色的田野虚无梦幻。

她长得很美，上下穿的都是黑色。她的漠然比美貌更扎眼。他无法不在意她。他偷看她雪白手腕上细细的蓝色血管，从那里想象着她的身体其他部位的娇柔；她淡粉色的嘴唇和耳垂，半透明，闪着无光的晶莹；她深棕色的眼睛停在目光的深处……

（他是一个得体的人，无论什么场合。他当过特种兵，骨子里尊重文学艺术，尤其热爱诗歌，但瞧不起他认识的几个文学女青年。他用三年多时间看完了《战争与和平》，从不对别人的生活说三道四，也尽量不让别人了解自己。他最提防的人就是他的老婆。）

（他一直保持运动、卫生和微笑的习惯，他穿质地讲究的衣服，但不穿奇装异服，从不胡乱给自己增加装饰，比如烟斗袖扣络腮胡之类的。）

（他在司法部门工作，有一定的权力，有经济实力。他有过婚外恋，不止一次。每天刮胡子、喜欢穿白衬衫，是他婚外恋成功的秘诀之一。他从心往外渗出一种坚硬，脸上的线条互相以锐角相连，浑身筋肉紧实，笔直的身姿，像一棵健康的杨树。他的心灵同样坚硬，世间诸事不需要与人商量。）

眼下，他的目光里有悲伤，一周前，他得知，自己患上肺癌，中晚期。

火车开进C城的车站时，他忽然对那个女人说：我们下车吧。

……你觉得这个故事怎么样？

Y to X

不怎么样……

任何一个女人，假如像你写的那么漂亮和冷漠，都不会下车。想跟他下车，或者说能跟他下车的女人，他是不会邀请的。

以我对你的了解，你的私事，跟这个男人有关。你为什么不跟他下车？

X to Y

你什么时候，能把生活和故事分开，你的危机估计就过去了。

Y to X

你什么时候能不骗自己，或者说，不偶尔骗自己，你的写作就会有长足的进步了。

我们心里都清楚，生活和故事和创作是骨肉相连，无法分开的。但你遇到难以启齿的事情时，或者说，遇到为难的事情时，就会穿上故事的保护衣，以为自己可以隐身其中，最后落得皇帝新衣的下场。

还是直接说吧。

X to Y

她听见他的话，平静地跟他下车了。日光之下，已无新事，但有些不新的事情，人们仍然愿意重复去做，比如爱。

高铁站，不知所措地伫立在城郊的旷野中，像刚刚被废弃。

他们上了一辆出租车，去城里。

他们在最老的小店吃饭。

墙上的电视正在报道，曼德拉死了。

她专心看着电视，好像曼德拉是她的偶像。

他一边点菜一边说：一位人生如此颠簸的人，居然活了九十五年。

她用筷子把蒸鸭撕下一缕儿，看看，再不经意地放进嘴里。吃得将信将疑，却又玩世不恭。

他想起父亲临死前交给他的那块金表，他摘下金表放进上衣里，离心更近的地方。

他们在那里最好的宾馆住下。中式园林，欧式建筑，暧昧地错落在林子里。

离湖水不远，但完全听不到水声。

他站在房间的窗口，看到太阳落入西天，有几只乌鸦呱呱地飞过去。

一片落叶，随便地飘落了，风来风去全无介意。

女人从卫生间出来，无声无息，像一个多次往返人间的幽灵，没了活的兴趣，却还活着。

Y to X

他跟她睡了……

X to Y

对！

在月光里。她躺着，像一具美丽的尸体，他激越得几近疯狂，仿佛正在做着一次永无完结的性事，直到生命结束。

他穿上衣服，马上知道自己接下来该怎么活了。

她好久以来第一次沉入深深的睡梦中……

黎明时分，他离开酒店，把装着信和信用卡的信封放到前台，要服务员交给他的女人。

在火车站等火车时，车站像暗夜的救难所，敞开空荡，吞进要离开这里的人们。在候车大厅里，好多横七竖八斜歪在塑料椅子上睡着的人，放在脚边的行李，像战乱电影的道具。他们的贫穷，让他感到了自己的富足，虽然他是即将死去的人。

他给妻子打电话。他说，如果她不同意离婚，他可以把分给她的那部分钱捐了，之后杀死自己。

妻子立刻同意离婚。

火车上，大地在他的幻想中旋转，他幸福地眩晕着，每个端着方便面面桶，走向热水的人，在他眼里，都仿佛走向自己的新生活。

一个幸福的人，非常无私，甚至连虚幻的幸福，也想分享。

他站在车门处等着上厕所，手机响起时，他皱皱眉头，看也没看，断定是妻子反悔了。他叹口气，按下接听键。

放下电话，他不由自主地蹲下了，好像瞬间失去了所有的血液。他大口喘气，像一个被压倒的重物，压向地面。

"前方到站，英雄城市四平。"

这是一个他多次路过，从未去过的地方。从这里下车，也许可以一个小时内赶回C城。他犹豫时，列车又开走了，就这样把他带到了终点。

……

发现尸体的是宾馆的清扫员，她等待来人时，看着散落在地上的东西，钥匙，唇膏，一板药片，纸巾，钱包……她翻看一下钱包，里面是密密麻麻的各种卡，钱包旁是一张绿色的存折敞开着，她低头看了看上面的钱数，五十二万……

（清扫员是一位四十多岁的妇女。她唯一的爱好是逛街，不是买东西的那种，只是穿过一条条街道。走过陌生街区时，她觉得自己到了另一个城市。她喜欢透过窗口看别人的生活，贫穷的富有的，前者让她想到自己的过去，后者让她梦想自己的将来。她从心底感谢那些不挡窗帘的人家。）

清扫员对自己说，如果我有五十二万，怎样都不自杀。我要买一个临街的房子，永远不挡窗帘。

Y to X

哎，从一开始，我是抵制你这个故事的，因为我觉得它的前提不成立。但是，看着看着，我还是被吸引了。我想了想，这个收获应该归功于——你的诡计：读者以为你在讲一个故事的构思，实际上，你讲的也是故事的构思。我这样开始看的时候，抱着挑你毛病的心理，这等于你先卸掉了我的"武装"……你很精明……

挺有意思。我建议你，别去写这个小说，就把这个当成成品就非常好。你看如何？

依照我对你的了解，这个故事又是正在你身边沸腾的某种发生吧？写小说，换句话说，写小说构想，似乎成了你面对生活难题的方式。你从中获得的安慰够吗？

不够的话，我再给你来个小故事，"鼓励"你一下。

这个故事是我不久前看到的，一个叫哈尔姆斯的人写的，故事叫《意外》。

有一天，奥洛夫狼吞虎咽吞下一堆豆子粥，死了。有个克雷洛夫，知道这事儿后，也死了。而斯皮里东诺夫自己把自己弄死了。斯皮里东诺夫的老婆从小吃店里出来时摔了一跤，也死了。斯皮里东诺夫的孩子们在水塘里淹死了。斯皮里东诺夫的姥姥喝高了，沿路晃悠。米哈伊洛夫梳完头发，身上就起了癣。克鲁格洛夫画完一张执鞭妇人的画儿，疯了。贝列赫寥斯托夫收到一封四百卢布的电汇，神气高傲起来，于是他就被炒了鱿鱼。

这些善良的人啊，就是没法踏实地把脚杵到地上。

你喜欢这样的故事吗？

X to Y

正常情况下，我不会喜欢，现在似乎有感觉。

Y to X

我不能再等了，你必须得告诉我，出了什么事儿！

我还在波兰，原计划去捷克，现在考虑取消。在波兰有穿越回到中国80年代的感觉。前些天，我碰到一个人，他对我说起了匈牙利的一个导演叫贝拉·塔尔。

关于他你知道什么？把知道的都告诉我，求你！

我想听他好好聊聊贝拉·塔尔，他看上去非常聪明，肯定不会对一个白痴聊那么伟大的导演。奇怪，我看了这么多电影，怎么可能从没看过一部他的电影呢？

奇怪的是，我觉得，你写过关于这个导演的文章。更奇怪的是，你居然没跟我提起过他！

X to Y

跟你说贝拉·塔尔的人，我猜测一定是个男的，不然不会唤起你这么大的热情。对于别人推荐的东西，你从来不是很热心，因为你的热心都用在相反的事情上——给别人推荐！

我上学期给学生上过一次贝拉·塔尔的专题，我把文案发给你。以我对你的了解，我不觉得你能喜欢这个导演。

关于奥斯维辛或者二战，你还有什么东西，都发给我看看。我特想多知道一些。

Y to X

可以成为真正的敌人，可以打败你的人，一定是了解并与你匹配的人。

你又在我面前竖立了一面镜子，虽然没到让我无地自容的地步，但也够难受的了。我很想用友谊威胁你一下，别再这么说我，说别人。转念又想，恰好是因为这个，我们才做成朋友的。

假如有一天，我撑不住你的坦率，把你变成我的敌人，心里估计也会高兴，毕竟是棋逢对手。

这是当年德国一个小城里，游斗一个与波兰人发生关系的德国女人。

他们剃光了她的头发，以此警告别的德国人。

这个男人的牌子上写的是：我是种族的败类。

一九四一年，两个德国女人被游街，罪名是和战犯有感情牵连等。

这两幅图片上那个唯一没向希特勒致敬的男人，很值得揣摩一下他的表情。

X to Y

看这些图片，真的很有感触。所以，懒得跟你理论什么棋逢对手。谁当你的对手？好像你是很容易发现可以为敌的人，你还不够“坏”，别多想了。

你贴给我的这哈尔姆斯写的小故事，弄得我挺难受。人，有时候挺奇怪，我听过一个婚姻家庭问题方面的广播节目，主持人把来电的听众先骂得狗血喷头，然后再给建议。听说，这节目很火，很多电台都在播。

我估计这个哈尔姆斯的其他小说也不会让我好过，但我还是买了一本，心态跟那些愿意挨骂的人差不多吧。

那个可以发生在火车上的故事，也许在这个世界任何一列火车上都没有发生过。但那个故事中的某一个小情节，在我身边发生了。那个男的，我向你详尽描述的那个男人的处境，都是真实的，包括他的癌症和他的绝望。

缺的，只是一个那样的女人，有同样的绝望，但美丽非凡，冰清玉洁！

我只有绝望，我只有跟他一起离去的决绝。和那个跟太宰治殉情的酒吧女一样，我可以不怎么犹豫就跟随他离开这个世界。但我没有美貌，没有被他爱上的幸运。他是我爱了很久的男人，是我一直还在爱着的男人。对，单恋！他从来没爱上过我，他需要我，像他需要一个值得信任、可以无所不谈的朋友，没有性别。我们之间的纯粹也全部在此：他没有把他对我的友谊蔓延到我的爱情中；我没有把我对他的爱情蔓延到他的友情中……宛如两条并行的溪水，相伴时光，相伴彼此。

我不能，在他最后的危难中，搅浑水。尽管我这么想，但我不能，我知道，我不能。假如我还有勇气坦白，我向你坦白，在他的怀里躺过一个下午，躺过一个夜晚，把指尖放到他的唇上，从衣领里呼吸他身体的味道……对我，值很多，值太多……值全部。

你当然会说，难道不值得我放下头脑中的乱七八糟，奋不顾身扑过去?！我知道你会这么说，所以我才对你说。

不是不值，是我不能。

这个你也能懂吗?

Y to X

流泪之后，我也许懂了……

可惜，我也和你一样，没有美貌；更可惜，这是不可以替代的。

假如我有美貌和风度，假如我有吸引男人的冷漠和绝望，我愿意为你登上任何一列火车，坐到他对面。我愿意为你与他有那样的一夜，我愿意向你描述，全部激情柔情的细节，之后，仍然活着?

不，这些假如，在继续活着的前提下，都不成立，都是虚伪的。任何虚伪都与绝望无关。

于音！要是于音不死，她就是你的女主人公。

……等等！你就是按照于音去塑造Q的，对吧？

我本来要对你讲，我旅途中的罗曼蒂克。跟你的绝望爱情比起来，我觉得，我自己身上正在发生的感情之事，甚至有几分轻佻。

要不要我回去一趟？陪你聊聊天儿……

X to Y

别回来，至少别为我回来。你帮不上我，我能面对。

他决定不手术，但先办病退。

上次忘了贴贝拉·塔尔的附件，附后。

你的罗曼蒂克，你愿意讲，我是愿意听的。我无法想象，你这样的人能来一场轻佻的爱情。沉重已经是我们的底色，孤独终老也许就是最后的尾声。

附件

电影《撒旦的探戈》

一

电影《撒旦的探戈》放到必看的碟夹里已经好几年了，却一直没看。

看了贝拉·塔尔的《伦敦来的男人》，看了《都灵之马》，之后仍然没看他的《撒旦的探戈》。就是还没到看这部电影的时候，一些特别的事情需要特定的时间。

看这部电影需要一个心理上的开幕式，不必盛大，但需庄严。在琐碎的日常生活中，找出某一天，有庄严的心情，再去看它。直觉告诉我，这是一部将在观赏后，留下沉重余韵的电影，需要时间保持那样的心情，直到它们抵达了你的灵魂深处。

上周终于有了三天这样的时间。每天下午看两个多小时。不是为了休息，是怕太快就看完了。

可惜还是看完了。

影片时长七个多小时。

我愿意把这部电影放到我个人排列的百部佳片之首。我相信，即使贝拉·塔尔连活两辈子，这仍然是一部他无法重复无法超越的电影。

好像最近才有人提起这部电影，之前它像矿藏一样躺在大地之下。也许，对任何当下而言，它都太阴森了。

《撒旦的探戈》没有欧美电影的“舒适”，没有伊朗电影的感伤，没有日本电影的情深意长……似乎也没有唤起观众共鸣的基本因素。

但是，所谓的观众共鸣也是被好莱坞调教过，被新浪潮冲刷过，被新现实震动过，被伊朗日本电影感动过，最后又可耻地被韩国电影惊诧过的……

我写过诸多影评和电影笔记，面对这部电影，觉得自己十分笨拙，激动得不知道该说什么，既没有熟练也缺乏自信，像爱上一个人，我陷入了对这部电影的完全的崇拜中。

所以，我只能尽量描述这部电影，不用担心剧透问题。没有这个问题。

二

旷野……

看似空置的房屋，空荡院子里的牛，街道上翻滚的落叶和垃圾，简陋的家居，雕像一样的人物……这一切在导演为数不多的长镜头中缓缓展开。

简单到如此地步的背景和环境，把隐喻的隐身之处除掉了。影片不是象征暗示了生活中的某种真相，是直接准确地接近了它，毫不含糊，毫不犹豫！像宣言一样，像童话一样！

这种赤裸的直接，消灭了很多看点。

这是一部黑童话。

安东尼奥尼《放大》的雅致，包括故事本身的玄思；伯格曼的《野草莓》中，黑白世界里凸显出的锐利的超现实感，一如那个老人的梦境，梦境里没有指针的表；塔可夫斯基的《乡愁》，美和内涵交融一体，几乎无法分辨，晦涩增加了美，还是美增加了含义的神秘……总之，他们已经非常好……

贝拉·塔尔却好过了他们！

东欧这个词，除了地理的划分，更多是政治上的分界。东欧仿佛停在我们的过去和今天之间的某个地方。共同经历过的社会主义光阴，都在经历者的心里留下了烙印。好多东欧导演把自己移植到西欧或者美国后，这烙印依旧清晰，像无法清除的文身。基耶斯洛夫斯基的“蓝白红”，尝试着遮掩这文身，清除它对作品的影响，结果再也没有触及到《十诫》的高度。而另外的导演，比如杜桑·哈纳克的《旧世界群像》，史考利莫夫斯基的《与安娜的四个夜晚》，弗洛林·塞尔班的《想吹口哨就吹口哨》……他们听从骨子里的原始驱动，作品中的人物的面貌不仅让我感到熟悉，更令我们忆起过去人们脸上常常浮现的那种严肃和悲伤。这种绝望的庄重，作为痕迹，从导演的骨血中渗进作品，变成东欧导演的特点，随之也变成了东欧电影的“沉重”分量！

贝拉·塔尔是这条路上走得最远的一位，同时也是直抄近路的不由分说者。没有任何顾虑，没有任何含蓄，直抵黑暗的现实。

与东欧有过类似经历的我们，却一夜之间集体变得轻佻，除了调侃便是搞笑，电影都拍得没心没肺的。看看电影海报，再看看票房纪录，不得不信，我们与过去的脐带剪断了。这样的剪断类似遗忘。那么，过去迟早会卷土重来。

打住，要说的不是中国电影。

三

自由……

《撒旦的探戈》是黑白片。氛围也像是浅黑色的黑，白墙和人物的眼白也都被黑色浸染了。人物眼白的明亮，是黑暗中的明亮，是压抑的悲愤闪光，都散发着咄咄逼人的力量。

影片许多空镜头中，只有充满狗吠的黑白色村庄。

风卷着落叶和垃圾，在街道上翻滚，两个男人行走的背影，一个长达几分钟的长镜头。

旁白中的一句话是这样的：

“人们其实是害怕自由的，而自由没什么好怕的，秩序才吓人。”

这样的空镜头渲染出一种寂静，是听觉和视觉两重意义上的寂静。

相比之下，日常的声音是持续的嗡嗡声，没听见又听见了，听见了又像没听见，习惯了，麻木了。

在这样的嗡嗡声中，谁是自由的？何谈自由？我们都在导演所说的日常“秩序”中。

贝拉·塔尔的黑白对比世界，剔除了日常生活的渣碎，黑色背景下的人，只要想起自由，需要自由，就是能为自由献身的人。他们是否获得自由，在这样的肃穆里，显得十分微不足道。扑向自由的行动身姿变成永恒的雕塑。

而另外的那些人，那些常提自由的人，也不一定是能为自由献身的人。影片在良知中划出了一块，羞愧的广袤之野！我一闭上眼睛，那些关于自由的夸夸其谈，聚成了遮蔽视线的云翳。

四

黑色的现实……

这部影片中的很多人物，似乎都站在垂死的背景前。面对残酷的现实，他们的冷静看上去比现实更“残酷”，或者说“彻底”。他们像是从死亡那里预支了力量。

那个大夫，把别人当成病人窥视，把他们的行为当成疾病，记录到他们的病志上……这样的想象力，我自认为，只属于东欧的艺术家！

物质的匮乏，精神的孤独，前景的黯淡，仿佛用酒全都能打发！打发不了，便死去，像医生那样。

人的生存被压到最简陋的限度，却不是造作夸张的效果，是镜头冷漠地描述出的环境；然后导演仔细地描绘人对它的忍受——没有忍受的忍受！大夫自己已经病入膏肓，却连饭都不想吃，全身心扑在监视邻居上。

他需要酒。

酒，在东欧扮演着重要的角色。

大夫对他必须忍受的现实的“忽视”中，蕴含着可怕的爆发。这张力充满整个影片，令人窒息。

大夫冒雨出门，为了打酒！

雨中的泥泞，泥泞中的脚步声，伴随雨声，伴随黑暗的画面，持续，持续……在观众觉得应该被转换应该停止时，它仍在持续，扣人心弦。导演比观众更了解他们的承受——在一般导演停止之处，贝拉·塔尔继续；一般导演眷恋的，他舍弃……他能一次又一次地把影片的氛围推向极致。而一般意义上的好电影，有一两个极致效果已经难得。

雨在你的里面下着
你被泡湿了
不敢解开扣子

顺便说一句：影片中的旁白全是好诗！

五

它的主题是什么？

如果对这部电影提出类似的问题，我的回答很简单：无论它针对的是什么，导演最后做到的是最重要的那件事——揭示人性！

我不喜欢某些东德回溯式的影片，包括那部有名的《窃听风暴》。它们都有太浓的清算味道，非常不彻底。用艺术清算历史的某种发生，立刻生成的便是肤浅。

贝拉·塔尔作为五十年代出生的匈牙利人，所经历的坎坷不会少于东德人。他逐渐在他的电影中抹掉了政治隐喻的色彩，更趋近人性和形而上的层面。正如他自己坦言，他对政治的、外在的越来越没兴趣，更关注个人的、内在的、宗教的……这造就了贝拉·塔尔的伟大。

退一步说，要拍好政治隐喻电影的导演，首先应该了解的不是政治，而是政治之下的人性。要做到这点，必须超越政治，然后才能超越历史，升华到艺术永恒的殿堂。否则只能拍出政治电影，而任何可以用定语界定的电影都不太可能永恒。永恒要求的困境也是人类无法超越的困境。

清算，类似复仇，都是纠缠，而不是理性。

六

艺术的时间……

导演在这部电影中制造了“时间”!

让观众与人物、与场景久久对视的时间。

这是别的电影没有做过的事情。

真切地看见，需要时间。在具体生活中，视而不见远远多过我们所见。二十多年来的生活节奏，在我们不觉中，把我们变快了。走进电影院，我们需要更快的节奏，所谓美国大片的节奏。

在这一切已经变得理所当然时，《撒旦的探戈》把我拦住，把时间硬塞给我，“强迫”我去注视一动不动的画面，一个又一个。当我真切看见时，很快被迷住……顺利进入了贝拉·塔尔的艺术时间中。

导演并没有把影片中的时间拉长，他只是做了一个正确的判断：让事物的本质显露出来，需要多长时间。然后，他把这个时间放到那里，让你无法绕道而行。

当我从贝拉·塔尔的时间里出来时，发现：我早已不给自己这样的时间了。

影片中的阴雨，绵绵不绝，把时间淋得湿漉漉的。

七

难忘的女孩儿……

第二盘碟的题目叫《未装订》(这个译法有些奇怪)。

这个章节中女孩儿和猫的片段，是我见过的最好的电影片段，没有之一。

我将永远无法忘记这个带着死猫，朝向观众，朝向她自己的死，走个没完的女孩儿。

因为她的人生太短，导演才让她把最后的一段路走得如此之长？这路长得让我脑筋蹦突，她走得我心房紧缩……当她终于走到那片废墟，在我心里震荡的脚步声终于停止时，导演已经把她死亡的诗意供奉到位。在我刚刚松缓下来的心境里，女孩儿和被她毒死的猫坐在一棵小树下，她吞下自己的那份毒药，整理披巾，整理衣服，抱上死猫，躺下，闭眼。

女孩儿自杀前的行走的长镜头，再次证明了导演的艺术感觉和判断力。

伴随她脚步声的诗歌，轻盈美丽，像是死的归宿。

……

是的，她轻轻地告诉自己

天使看到了，天使知道了

她的内心平静了，树，路，雨

夜晚，一切都平静了

她认为，所有发生过的事情都是好事

一切最终都变得简单

她想起了前几天的事

她微笑着，意识到许多时间之间的关系

她认为，这些事情不是巧合

而是和一种无法说明的神秘相连

她知道，她不孤单

所有的人和事，路上的父亲

母亲，兄弟，医生

猫，阿拉伯树胶，泥泞的路，天空

这里的夜晚

由她而定

就像她自己依赖一切一样

她不用担心

她知道她的天使已经为她出发

……

她知道，她的天使已经为她出发。这样的诗句总让我热泪盈眶。每次想起，我忍不住要哭。还有比这更好的证明吗？证明我还活着！

影片中还有很多好诗歌，顺便摘抄片段。

真正的威胁来自地下

忽然之间，一个人被安静吓倒了

人没有动
缩到一个自己感觉安全的地方
咀嚼变成痛苦，吞咽变成怒火
然后慢慢平静，最后：
出现了可怕的事情：
停顿
无路出去
谁能理解？我可以生活到时间结束
我必须从这里往下跑
跑到黑暗的泥土中
但是伊里米亚斯来了

八

酒馆的动人之夜……

酒馆狂欢舞蹈这一段，非常动人。我尤其被感动，因为我是女的？一定是！更因为我是一个不幸的女人！

酒醉的人们不停地随着手风琴舞蹈。同样是持续的长镜头，“贝拉·塔尔的时间”展示，在我的感觉中，导演让他们一直跳舞，直到观众也加入了。

旋律在我体内回旋起来，斯米德的老婆跳得最欢，从一个男人怀里撞进另一个，她的放纵和沉浸传染了我。旧日里自己喝醉时的身体感觉被唤醒了。

大家都喝多了，除了坐在角落里的校长。

狂欢的舞蹈持续着，持续着……舞蹈因为持续变得抽象了，似乎正一点点地把酒醉驱出灵魂，人像空荡的布袋在跳跃，斯米德老婆的灵魂比布袋还空荡时，校长站起来，请她跳舞。

“你需要一个沉着冷静的男人。不是斯米德，他的粗鲁不适合你的温柔。”校长拥着斯米德的老婆，在她的耳边悄声说。

她是一个饱经风霜的女人，粗犷的女人，与别的男人通奸的女人。在狂欢的舞蹈中，她用酒冲洗过的心灵被这句话穿透了。这句话一定是进了她的灵魂，把她心底最深处埋藏的温柔搅动起来，像一朵白云被还回天空。

她无比温柔地微笑着，把头轻放到校长的肩膀上……淫荡全无！

这一刻，我流泪了。

我觉得很幸运，作为一个女人去理解这样的片刻。这是肉欲的，是一种男人融入你、理解你之后的告诉：告诉你，你是温柔的！这是你平时不敢认领的。它直接来自情欲，呈现时，灵魂在场。

无论高贵还是卑贱的女人，无论纯洁还是被污染的，每个女人心底都有这尘封的处女地，那里埋着她们的本性。只要听到真正的呼唤，认出那里的自己，便不枉此生！

有多少女人没有过这样的幸运。

导演知道它的存在，他相信它的存在，他塑造了可以抵达那里的人物，当了一次它的上帝。

这个冷漠有加的导演，展示的柔情，完全征服了我，亦如他的天赋。酒馆里，狂欢的舞蹈结束后，贝拉·塔尔的才华施展得淋漓尽致。他的镜头走过酒醉的人们，如同一个人脚步轻轻地走过卢浮宫的雕塑馆。刚才欢快跳舞的人，变成酒醉后的酣睡者，沉重的面容如一座座石雕，把刚才的喧嚣裹住了。

……观众被镜头展示出的美、美的力度折服……匈牙利的，俄罗斯的，或者说东欧的特质，从他们的脸上叠显，影片的永恒主题——人性——渐渐从贝拉·塔尔的“时间”深处升浮上来，升华开去。

《撒旦的探戈》绕开了许多陷阱，反专制的，反思……从而脱离了现实主义的层面，成为一部具有永恒品质的佳作。导演稳稳立足于人性，在那里建立了自己艺术品质。

九

贝拉·塔尔对电影动的“手脚”……

这部影片按章节构筑。每个章节有代表性人物的视角，下个章节的开头与前一个稍加叠印，贯穿了情节。观众理解整个影片的脉络时没有任何障碍。这样的结构方式，使导演能够省出时间，把大量的笔墨放到细节展现和烘托上，却丝毫不耽误情节的推进。故事完整得不能再完整；情节推进的真实速度——指情节的进展——完全不慢于好莱坞的动作片。

如果说安东尼奥尼颠覆过影片的叙事传统，那么贝拉·塔尔颠覆得更多。首先是导演对影片中“时间”的观念，长镜头的运用以及长镜头的叙事……既然做了比较，《撒旦的探戈》当然也要排到《放大》的前面。

其次，贝拉·塔尔颠覆了电影的节奏。他不讲故事，但却顺便把故事讲了。而那么多有名的现代电影导演，他们的全部努力，用戈达尔的话说，不过是换一种方式去表现戏剧性，所谓故事。他们的现代性实际上是换汤不换药，没有从宏观上对电影作出崭新的理解。

所谓形式的创新，并不能把一个希望创新的艺术家从传统方式那里带离多远。贝拉·塔尔的叛逆思考始于对内涵的颠覆，对如何表现现实的反动，他获得的新颖的形式，不过是内涵对导演的暗示和要求。

一个崭新的内在自然带着自己的外衣。

艺术并不是现实的反映，而是反映现实的过程。戈达尔的这句话说得很好。贝拉·塔尔做得更好，看他的这部探戈，的确有双重的视角：你在看贝拉·塔尔正在看的发生，而他在看的发生中，还有别的“旁观者”，即每个章节中的代表人物。

看完《撒旦的探戈》，很想看一部美国电影，熟悉一下生活表面的状态，便于更好地回到人间。

顺便说一句，贝拉·塔尔电影中的世界，离天堂很远。

Y to X

谢谢，谢谢，谢谢……

我现在最想做的一件事就是回家，看《撒旦的探戈》！

我跟你说我的旅途中的“恋爱插曲”之前，我更想知道，你和他的事情。

他不手术，病退之后，去哪里？为什么你不能陪他，去任何地方！

我想起一棵栗子树，它在我的窗前。邻居说，这棵树已经三百多岁了，和它对视过的人，陆续死去……现在，栗子树自己也病了。每次出门，我看它在

夏天里就开始锈蚀翻卷的叶子，泪水莫名其妙地往上涌：树病了，但它依然是无动于衷的……它看着自己浑身生病的叶子，仍旧一如既往……这是怎样的存在呢？

无论面对疾病，还是面对人之间的变故，我总是不由地想起这棵病树。比植物更高级的人类，却缺乏植物的从容……

X to Y

他妻子来学校找我，她以为我知道他去哪里了。她说，我是他交往的女人中，她唯一从未怀疑过的人。

在学校咖啡馆里，她真诚地对我说：你知道，妻子的预感是不会错的。

我告诉她，我也想知道他在哪里，因为他是我最好的朋友，我很关心他。

他妻子告诉我，她已经委托一个私家侦探，找他了。

你能想象我的心情吧，她赠送给我的这份清白，激起的却是我的某种愤怒，不是对她，是对我自己。我觉得，我再也没有机会向这个男人表达我的真情了。

我羡慕那些可以随便向男人开口的女人，好像求爱和问路一样简单……

Y to X

你的男主人公！你的白衬衣啊！

X to Y

这个称呼好，白衬衣。

对，白衬衣的妻子昨天又给我打电话，告诉我，她找到了我的白衬衣，在一个我只是听说过，根本不知道在哪儿的地方。那个地方叫横道河子。

我主动申请，跟她一起去找他，但她拒绝了。她说，她会跟家里人去……这几天，估计我什么都做不成了，我有种不祥的预感……

Y to X

别那么担心，别担心吧，我真不知道该怎么安慰你，说不担心，也是担心的，哎……

我给你讲讲阿列沙吧，也许能搅动一下你的担心和不安，帮你放松放松。

阿列沙三十多岁，个头不高，胡子很茂盛，微笑时，胡子映着鲜红的嘴唇，像一朵奇异的花朵。他的眼角有很多鱼尾纹，像一个年轻的老爷爷，笑容也散发着长者的魔力——令人心安、心暖的某种气场。

我遇见他是在华沙的一个温馨的咖啡馆里。咖啡馆老板是一个安静的姑娘，那里兼卖她从各种渠道订制来的烘焙制品，有甜的、咸的，有奶油烤成的，也有适合素食者的黄豆烤制的糕饼。阿列沙进来时，正好是早餐过后，午餐尚未开始的空闲中，我吃过了早餐，开始喝茶。店里还有一对情侣，坐在最里面的窗口位置，甜蜜胶黏，早已忘记了整个世界。阿列沙对老板娘微笑一下，看看窗口的情侣，又对我笑笑，好像我们是约好的老朋友。

他点了咖啡和牛角包，坐在我斜对面的书架下，一边吃一边浏览书架上的书。我也开始看自己随身带着的书。每次旅行前，这一点，你和我一样吧，恨不得把所有想读的书都装到箱子里，好像只有旅途中才是最佳的阅读时间。我看的是你推荐给我的《巴登夏日》。书我已经看了一半儿，有意思，作者写了那么多年，只有这一部类似小说的小说，写的又是关于陀思妥耶夫斯基！可惜，作者还没看到自己作品刊载完毕，就死了。好像生活最喜欢的爱好就是逗我们玩儿？

好长一段时间，阿列沙没有发出任何声响，除了咖啡杯碰撞底盘儿的声音。他最后抬起头，抹掉胡子上的牛角包渣渣时，看到了我投向他的目光。他第二次对我微笑，向我举起手中的书——德文版的《童年与故乡》[①]！

我没忍住，发出了轻轻的惊呼：十多年前，我也是在三联旁边的咖啡馆里，一口气读完这本书的。这的确是一本捧起便无法放下的小书。

Do you have read it?

Ya, ich habe……

Sprichst du Deutsch?

① 挪威作家古尔布兰生的带插图的回忆散文。

Ya……[1]

我们用德文开始交谈，从古尔布兰生到歌德的漫游时代，从波兰的屠杀到奥斯维辛，从中国抗日到华沙起义，两个用德语交谈的非德国人，似乎总是处在小小的惊诧中，为彼此越来越多的理解感到惊奇。这当然不是德语的功劳，但我们是通过德语完成的。这门生硬严谨的语言，从未给我过这么多惊喜。

阿列沙提议，领我去参观军事教堂，然后顺路转转老城。

我们参观了军事教堂之后，没有去老城。已经过了正午，我们找到一家犹太饭馆儿，里面坐满了人。阿列沙向我介绍说，这家饭馆儿很有名。他问我，是不是介意坐在阳光里，等座位？

我们坐在犹太饭馆外面的喷水池边儿上，阿列沙掏出烟斗，他微笑地看看我，我报以微笑。

我每天抽两斗，中午一斗，黄昏一斗。

配上烟斗，你就更像老爷爷了。

他笑着点着烟斗，对我说，他很愿意当我的爷爷。

我的思绪似乎还没完全离开外墙布满弹孔的军事教堂。

专门为军人建一个教堂，我觉得有些不可思议。在军事教堂里，军人可以忏悔吗？他们的心灵能得到安慰吗？这些问题，我没敢向阿列沙说出来，不同的民族，对各自宗教的理解，也许完全就是个体的事情，不便交流。

但那些弹孔，让我想起“文化大革命”中的武斗。我对阿列沙说起武斗的故事……我们躲在学校的教室里，一个穿着白衬衫的男老师，起身关窗户，被流弹射死在窗口。

阿列沙轻轻“哦”了一声，目光久久留在我的脸上，仿佛那里正在重映那历史的一幕。他拉起我的一只手，像老爷爷那样对我说：

我能理解中国人。

为什么？

他说，我们都是经历过被屠杀的民族，虽然我们都不懦弱！

我沉默了，心里却有了与他亲近的感觉，好像他说出了我心里的一句旧

① 你读过这本书？是的，我读过……，你说德语？是的……

话。那句话在我心里很久了，终于有人说了出来……更让我惊奇的是，这个人是一个波兰的小伙子。

他说，这几十年里，波兰死了太多的人。他笑着说，波兰需要耶利米[1]，过一会儿，他又笑笑说，耶利米这样的人不会出现在波兰。

X to Y

也许，你真的搅动了什么，不仅仅是我的无助，也许还有冥冥中的某种关联……上周，我接到一个陌生号码的来电，对，是我的白衬衫。

你在横道河子吗？

他笑了。

我说，你老婆已经去找你了。

他又笑了。

在他的笑声里，我忽然那么想知道，在这样的境况下，别的女人会怎么反应！我越来越怀疑自己作为女人的“正常”，难道我最关心的不是他的病，而是他在哪儿吗？

我去了他告诉我的那个地方，居然就在城边不远的一个小镇上，他住在一个兵营里……

……离开那里时，我好像失忆了，好像一切在浓雾中消失了。我得借助给你写信，慢慢回忆起来……

他给了我一块表，是他父亲临终前留给他的，一块很老的劳莱克斯。

……他说，他无法忘记，他父亲的目光——在他向儿子提出请求之后——那目光多次出现在他的梦中——逼着他醒来，满身大汗，呼吸带着嘶鸣，像是缺氧之后的哮喘……

我哭得稀里哗啦，我甚至希望他死去，能一块儿死去，就不用再承受这样的煎熬了。面对梦，人是多么无助啊！

我们对梦毫无办法，这是上帝造人时加入的恶意，还是善意的警训？他受过特种兵训练，可以甩开老婆的追踪，可以躲开人的视线，但他躲不开梦。他

① 耶利米，圣经中的一位先知，被称为流泪的耶利米。

的梦让他感觉生不如死，对他的折磨远远超出了他的癌症。

他说，癌症在我身上，但现在还没有任何症状。我已经满意。

……

他父亲临终前的要求是——单独下葬。坚决不和妻子葬在一起。

他受不了父亲的目光，最终含混地答应了。两天后，他父亲去世了。

……

他看着衰弱的母亲，下不了狠心……轮到母亲病危时，她像一个小女孩儿一样，拉着他的手，没有愿望，没有嘱托，她就那样看着儿子，一点一点儿地变小……在他的眼中，母亲变成了一个娃娃那么大的小姑娘。他哭得双眼模糊，仍然看得见母亲天真无邪的目光……

他说，他爱妈妈。他不能伤害她，尤其是她死后。

——他把父母葬在了一起。

他说，他的末日就是从那时开始倒计时的！

我能回想起来的这些，是我宁愿忘记的。

Y to X

你发现没，某种光线下，树木和树叶都是浅黑色的，它们的阴暗中，似乎躲着某种骇人的力量。我觉得，生活里也到处是这样的阴暗，但不一定就是负面的，阴暗中总有，假如我们面对，就会让我们吃惊的东西。

你的这些还没有经过岁月打磨的碎片，还挂着泪珠。我被深深感动的同时，也坚信，它们会顽固地留在你的记忆中！即使有一天，你认不清眼前的人是谁，那些记忆仍会清晰而坚定地伫立在你的脑海里。

我们的生活将会被这些记忆置换，也许这就是我们活着的全部坚硬。

我对你说起过那个八十年代，我在上海咖啡馆里遇见的那个老妇人，她银灰色的直发，她捏起咖啡杯把手的三根手指，她手背上皮肤的褶皱……几十年过去了，一直留在我的记忆中，每次想起似乎都比上一次清晰了。

也许，到了我们凝视黑暗的时候了……

他现在好些了吗？精神状态怎么样？

X to Y

他精神状态很好，像一个长途旅行中的行者，保持着轻装敏捷的状态。

他的病情，按他的说法，似乎没有什么症状。我们在一起的整个下午，他既没咳嗽，也没有过什么疼痛。

又是几天过去了，我也慢慢回到自己的生活中，但心还没回来，只是重量回来了，重心回来了，但心没回来。

他说，他要继续走，走到哪儿算哪儿。

我猜想，他是不让人发现他的遗体，这样也就省了合葬。他和妻子的生活，我略知一二，他们一直是分开的共同生活。

告别的时候，他希望我别惦记他，忘了他。

我说，假如你觉得好，我愿意尝试忘记你。

这之后，我想起格林写的那个故事——爱情的终结！那个对上帝祈祷的女人，祈祷只要让他活着，她宁可离开他！结果，她的爱人，没有被流弹炸死，他活着；她离开了他。

假如我的遗忘能换回他的健康和生命，我也会毫不犹豫。我不知道爱情能持续多久，但我坚信爱情的存在。只要爱情存在，它的力量就是爱人时刻能感觉到的！

他说，给他一点儿特权，让他偶尔打扰我一下。

我点头。

一定是我眼里盈满了泪水，他才向我伸出手……

……

他的手在空中停了一会儿，他的手在犹豫，落在我的哪里……落到我的肩上，就像他无数次做过的那样，我们是兄弟……落到我的头上，像他偶尔做过的那样，跟我开玩笑，说他要是努力一点儿，早一点儿结婚，就可以当我年轻的爸爸了……落到我的脸上……

他的手，第一次，落到了我的脸上。

我看见了他的眼泪。我听见他说，忘了我吧。

我点头，眼泪雨滴般敲着地面……

……

他拥抱了我！

因为同情我，因为不舍，因为怀有与我相同的感情……我不敢追问自己。这是第一次，我被他抱在怀里……我欣喜激越不已时，绝望像巨浪一样压过来……这很可能也是他最后一次这样拥抱我。

……怎样，我都无法喘息！

在这一刻里，一段无法追溯源头的感情，变成了一块能呼吸、会说话的巨石，昂扬地升到了我们活着之上，升到我们现状之上。在我们青春不再、疾病缠身之时，它确凿地证明了我们的爱情。

我爱这个人，一直一直以来，从未间断过。

我愿意与他共赴黄泉，假如可以，身后绝不留下一块墓碑。墓志铭为什么不能是一个远去、一个消逝中的背影？

Y to X

爱情，爱情，爱情……爱情可以是一切啊。

我回到了柏林。

中间在布拉格停了一天。我和阿列沙都不是很喜欢布拉格，晚上看了歌剧《唐璜》，才觉得在布拉格安心些。我们都很喜欢唐璜这个人物，但是，听阿列沙兴高采烈地谈论唐璜，不知为什么，我便把自己对唐璜的喜爱留在了心里，好像我对唐璜的喜爱逊色于阿列沙的喜爱。

阿列沙说，他是一个很理性的男人，不知为什么，却十分喜欢唐璜的义无反顾：疯狂地迷恋、追求女人，抛弃妻子，抛弃一切，而且不计后果。他甚至连救赎也不在乎……他是宁可在女人堆里烂掉的……这是多么可贵的纯洁。

阿列沙说完这话，眼睛里光芒四射，好像他正在变成一个崭新的唐璜。

这个瞬间里，我想到了你的爱人……

从波兰到捷克，车窗外的景致变化，不像从一个国家到另一个国家，更像是从一个城市驶向另一个。列车经过的远山田野和寂寥的小城，都还笼罩在往日的游魂中。铁道边的紫色野花，含蓄低垂，微风中轻晃，好像在哼唱某个熟悉的曲调。

车厢里，我对面坐着一位老先生，穿着一套古铜色的西服便装，衣兜袖口泛着油光。路上，他不停地吃各种掉渣的东西，不停地掸，不停地向我们道歉。

车厢里只有我们三个人，每次他因为面包渣之类的东西道歉时，我们都得微笑对视一下。面对这个男人的道歉，我先失去了耐心。我用英语告诉他，不用道歉！他干什么都不用道歉！

那个男人瞪着我看了半天，好像等待我进一步的证实：真的做什么都不用道歉吗?!

我无力与他目光中的疑问对视，把目光移向窗外。那个男人离开了车厢，也许是去卫生间了。

阿列沙说，要是人们不停地说谢谢，大家就不会那么烦。

阿列沙的话，彻底搅乱了我的心绪。我终于明白，我的不耐烦，跟这个男人的道歉没关系。

你信里说的一切，让我惊诧，我好像从未了解过你。我是一个很自我为中心的人吧……我自以为非常了解你……我也害怕阿列沙继续了解我……

我和阿列沙在布拉格分手，他要回老家丹泽克[①]一趟。我回到了柏林，心情比离开柏林时更加彻底：我觉得，自己已经被危机征服，我要放下笔，找个别的谋生手段。

X to Y

今天，让自己休息一天。出去闲逛，在一家新开的台湾素食店吃了一顿油腻腻的午饭。从来没专门吃过素食，以为素食是清淡的，没想到比肉还油腻。

在另一家新开的巨大的咖啡馆里，连喝两杯美式黑咖啡，感觉台湾的油腻被压住了。这家咖啡馆叫"NN"，不知道什么意思，管他呢，下次你回来，我们可以来。他们家有各种冲泡咖啡的方法，手冲、虹吸、滤纸、滤网、土耳其式的、越南式的、冰滴的，当然还有各式各样的咖啡机器……

去失败书店的路上，我想起一个德国人。多年前，他因为个人危机，与女

① 波兰北部的一个小城市。

朋友在古巴生活过一年。他们住在哈瓦那边上的一个小村子里，没有自来水，有两只羊和几只鸡。他们在那里种蔬菜，自己做羊奶酪，用鸡蛋和面粉做甜品，居然很长时间不用黄油。那年圣诞节前，他们回到德国，他在一个商店的货架上看到一排抹布，专门用来擦车的，有鹿皮的，有竹纤维的，有纯棉的，有纸的，有湿的……

……他说，他忽然眼睛湿了，被强烈的负疚感笼罩了，虽然他没做什么错事。我想，我能理解他的感受，稍微对比，生活便摇晃起来了。一个都市人丰盛的早餐，食品可能来自很多地方，甚至不远千里，比如一瓶欧洲越橘的果酱，漂洋过海，走了差不多一万公里，才来到我们的餐桌……细思极恐。

我的白衬衫朋友叫孟文阳。从他得病开始，我开始比较。眼前的丰富让我想起过去的贫瘠，我也觉得未来或许也是贫瘠的，健康让我想起疾病，活着让我想到死……当然，这不是"理性"的生活方式，当我把理性打上引号时，也许就相当蔑视所谓的"理性"了。我的一个学生，是从甘肃贫困地区来的。她告诉我，同学洗袜子的水，够他们喝一天了。他们喝的水，要到很远的地方去挑。

……

因为你写了这么多关于奥斯维辛，我买了一本书——《这就是奥斯维辛！》。我快速翻阅一遍，对我来说，不是很有阅读价值，但其中的一段话，我觉得，值得抄给你。

作者是奥斯维辛幸存者，一个意大利人。这段话的视角很启发我。

"兄弟般的友爱和团结，也是被压迫者最后的力量和希望所在，集中营里却缺乏这种情谊和精神。每个人都得跟其余的人进行斗争，你身边的人就是你的第一个敌人。他觊觎你的面包和鞋子……他对你来说是个外人，他与你一起分担苦难，却远离你：在他眼里你看不到爱，如果他比你更痛苦，他就嫉妒；如果他不那么痛苦，他就惧怕。集中营的法则使他变成一匹狼……"

……

还有下面这段话，让我陷入了深深的恐惧中。

"在一九四四年那些悲催的岁月里，精神和肉体上备受折磨的被放逐的囚犯们，当时抱有任何逃生的希望简直是痴心妄想，而当死亡不断出现……注定要面对死亡时，人对生命的亲切感不由得消失殆尽，取而代之的是对死亡的奇怪而又无奈的司空见惯。死亡已经在预料中，显得熟悉了……”

集中营的死亡，近在眼前，随时发生，随时轮到自己……仿佛每个人随时等着自己的死，这真是生不如死了。一想到那样的情境，我就觉得窒息。

这时，我想到那些幸存者……在那样的境况下，活下去简直就是一种信仰，需要比相信任何宗教还要多的虔诚和执着，才能相信自己是那个例外，是那个能活下去的人。没有这样的笃信，根本坚持不到最后。因为屠杀，奥斯维辛里自杀的人很少被提及，但我相信，肯定有过很多。

Y to X

回到柏林一段时间了，却没有回家的踏实，心境好像还在旅途上。还是精神没安顿好吧？像我这样独自生活的人，精神之家似乎更重要吧？谁知道呢！

看你的信，字里行间游弋着绝望的气息，这居然令我很羡慕。因为你的清楚和镇定，哪怕它们都来自你的绝望。相比之下，我的心境却是没有发生任何的慌乱和颤抖。也许，正在我身上发生的这场情事，在这颤抖上压上了一块石头。但我知道，颤抖没有消失，石头一搬开，颤抖会更加剧烈。

昨天，我梦见跟旅行团到了非洲，我们被一个当地的导游带入了狮子群……进入时我们在车里，出于习惯，到地方我们都下车了，狮子围拢过来，我被吓醒了。

X to Y

试一试，离开“我”，不提“我”，不想“我”，忘“我”……跟我说说阿列沙吧。

Y to X

他喜欢喝啤酒，尤其是扎啤。

他慢悠悠地喝，每口的相隔时间是均等的，好像他脑袋里有个带节奏的小闹表。他的每口啤酒，都咽得仔细小心，像护送一个婴儿滚下滑梯。没有镜子，他却知道什么时候掏出手绢，擦擦沾在胡子上的啤酒花儿。

波兰的天空常有塞尚画笔下的那种灰色，雅致但不是十分压抑。因为阿列沙爱喝扎啤，我们的谈话，基本都在老城的啤酒馆里，或者酒馆门前的广场上。天气好的时候，我们都坐在外面。

说起来，你可能难以想象，我们的亲近居然是随着话题的沉重而加深的……

有一天，我说，我历史学得不好，但听过一个朋友谈到华沙起义，印象很深，好像有些历史事件很难忘记，是因为当时的发生中有太多的悲剧因素，却没英雄，只有牺牲！

阿列沙就跟我说起了华沙起义……他先说了起义前后的背景，政治的，历史的，民族的……林林总总……最后，才是流血的华沙……那些滴血的画面，令人窒息。

华沙起义发生在一九四四年的夏天，持续了两个月。最后的结果是起义的地下军投降，希特勒报复，轰炸华沙，城市变成一片废墟，百分之八十的地方被毁坏。

起义前的战事状态是，德国人占领着华沙；一九四三年，斯大林格勒战役，苏军打赢了，继续向西挺进；德国被迫向东欧地区投入兵力，渐渐松懈了对华沙的控制。

当时的各方势力有波兰流亡政府，总理是米科拉伊奇克，他在国外遥控波兰国内的各种武装力量，其中有地下军，大约五万人，还有游击队等，最后整编为国内军，人数达到四十多万。

在华沙起义前，波兰抵抗游击队已经发动了“风暴行动”，在波兰全境，到处出击，游击战把德军占领区搅得不得安宁。

英美盟军对流亡政府作出承诺，如果他们发动起义，盟军会用空军支援，提供补给、阻击德国轰炸机等。

说这些，你会很烦吧，我好像变成了一个不合格的历史老师……

X to Y

我等着下文呢！

说句心里话，对那些很鲜活的文字，我多少有些麻木了。我更愿意在平常的陈述文字下，看事件里面的波澜。

我说的好像是我现在的心境。每天一成不变地相似，一点不打扰我。我习惯性地做熟悉的事情，感觉总在半睡半醒之间。穿插其中的是偶尔的“惊醒”：一想到他，就是一个突如其来的心悸，不知为什么，我肚子里生长着一个信念，我们还会再见面。

……假如，我能再见到他，我将不松开，不管他愿意与否，无论如何，我要坚定明确地说出我的感情，哪怕我的颜面丢尽，哪怕他从此再也不理睬我……这些痛苦，都比我眼前的痛苦，容易承受。

Y to X

在你和你的白衬衫孟文阳的事情前，我经常提醒自己，活到了应该小心的年龄，最好不要犯错误，因为已经没有时间去更改错误。

早上，我穿过晨曦的昏暗，走在去买小面包的路上，想到你的心情，忽然开朗：与其说我们到了犯不起错误的年龄，还不如说，我们这个年纪的人应该把更多的精力放到行动上，而不是使劲儿区别和判断，什么行动是错误的。

否则只有一个结论等着我们——老去。反正也是老去，我甚至觉得犯个错误，也挺好的。

去年夏天，我跟一个朋友，他是护林员，去了柏林西南部的一个森林。他曾经在那里工作过。我们看见一些折断的枯树躺在路边。我问他，为什么不清走，他让我看树干上白色的菌，一小片一小片的，类似食物上生出的霉菌。他说，只需几年时间，这些菌就会把十几米甚至几十米长的枯树变成“Nothing”，连同它们曾在这里躺过的痕迹一同归回泥土。尘归尘，土归土。

那天下午的森林湿气，好像现在还在我的骨头里。每当我想起那些白色的霉菌，想象它们把一切腐化成泥土，并没有加重我的悲观，反而给了我某种实实在在的力量，使劲撼动几下身上的负担和枷锁。

这是力量，是可以指望的力量，可以用来克服恐惧和担忧的力量……写到这里，我忽然觉得，跟生死比起来，生活里都是琐事。这些白色的菌，连生死都可以消灭。这么一想，绝望应该是正能量啊。

这几天一直泡在图书馆，我想更多了解华沙起义。今年似乎是沉重的一年，刚离开奥斯维辛的铁丝网，就回到了华沙起义。但这段历史，真是令人震惊！

流亡政府发动起义的主要目的，是赶在苏联红军前头返回华沙，用自己的力量解放波兰。因此，在起义酝酿期间，流亡政府并没有和苏军通气，他们误判了德军残存的实力。

起义爆发后，苏军才得到流亡政府的电报，要求苏军给予武器等援助。斯大林明确表示反对起义，理由是地下军没有相应的武器装备，根本无法与驻守华沙的德军抗衡。

政治目的，包括政治，以前对我来说，一直是词，是词汇。我从来没有过关于这些词汇的形象。没想到，它们在我的脑海里，第一次获得的形象，便是血淋淋的。

在历史上，苏俄和波兰有着日积月累的冤仇，这早已变成人们思考的底色。曾经被沙皇俄国瓜分的波兰，也曾在十月革命期间攻到了基辅。被西方各国当作红色苏联“最后的屏障”的波兰，摇晃在两者之间，努力获得自己的利益最大化，最后的命运却是遭到了最大的牺牲。

华沙起义的前四天，苏军已经打到华沙维斯瓦河边……

X to Y

你开始说评书了，且听下回分解？

赶紧一口气儿写完！

昨天看了一场俄罗斯的芭蕾舞《安娜·卡列尼娜》，真的有点儿看疯了的感觉。导演艾夫曼是快七十岁的老头儿，但他焕发出来的激情是二十岁小伙子也无法企及的。无论看书，还是看电影，我从未这么深刻地体会过，安娜的内心世界。

导演把他对爱的理解，注入了安娜，我想，托尔斯泰也会赞同的。安娜的死，不是因为爱情的不再，不是因为外在的压力……她的死，和她的爱，是一同诞生的。当她完全爱上时，世界生命家庭，一切都变得可有可无。这么想的时候，我禁不住浑身发抖。爱是排他的，不是排斥别的爱人，是排斥一切的，甚至是排斥活着，因为活着需要光阴，而大部分爱情都是被光阴杀死的，被光阴中的各种琐碎。

……

我知道，此刻你在想什么……这就是老朋友吧……但别对我说，别说！

……

安娜最后的舞蹈，跳得我泪流满面！我几乎认定，芭蕾舞演员的双臂，插向天空，身体无限伸展，仿佛要接连天地，是表达内心痛苦和绝望的最大尺度！安娜跳的是最后的绝望，但跳着跳着，跳出了自由，甚至让我感到了某种快乐——跳出了人间的爱与恨……安娜跳向了自己的梦幻，跳向了自己的归宿！

……绝望极致之处，是自由和快乐……正如诗中写的那样：痛苦过后却来了欢乐……

这是谵语妄说吗？我不想向任何人征求确认，离开剧场时，我心里是完全确认的：某些死是大于活的，因为它比活，美出千百倍。

Y to X

其实，出于惯性，我已经说了什么，但又删掉了。听你的，老朋友，不说。

继续说说我的“评书”吧……

我住的院子里，另外楼栋的一个老太太去世了。她住过的房子在一楼，朝东，早上的阳光照在她的阳台上，把她的旧屋映衬得十分温馨，几乎每个路过的人，都忍不住多朝那里看几眼。

这位泽西特太太一定是去了天堂，她住过的地方才这么明亮吧。她活过了一百岁，最后的十几年光景，她不能去音乐会，不能去教堂，不能独自出去散步，她便开始每天念叨，人什么都知道，就是不知道什么时候死，等着吧，等着吧……

在图书馆继续查阅华沙起义的资料时，那些死在战场的年轻人，令我几次想起泽西特太太。她也曾经跟我说过，她父亲就战死在波兰，或许就是死在维斯瓦河边，与苏军的交战中。那些死在起义中的年轻人，本来也有活到泽西特太太寿终正寝的可能的。

……当时的苏军，攻到维斯瓦河，想几天之内夺取华沙东部地区，但遭到了德军的顽强抵抗。因为长途跋涉，苏军已经十分疲惫，无论后勤保障还是伤员补充，都远远没有跟上，与固守华沙的德国精锐部队，陷入了胶着的苦战中。

可惜，这些都被流亡政府误判为德国人大势已去。再加上，之前几天，德国国内发生的刺杀希特勒事件……流亡政府以为，最多几天，德军就会一败涂地，起义军可以用最小的伤亡拿下华沙。

起义开始的几天时间里，起义军夺取了华沙的一些地区，缴获了许多德军的武器装备，但推进到德军占据的行政机构时，遭到了顽强的反击。德军不仅守住了机关大楼，还从楼内向城区进行扫射，同时也控制着维斯瓦河桥上的四座桥梁。

八月五日，德军增援部队赶往华沙，虽然有增援，德军仍然损失惨重。华沙德军指挥开始担心，假如苏军不停止进攻华沙的东北部和东南部，华沙即将失守。八月十三日，德国的后续援军开进华沙，与起义军开始阵地战，华沙全城混战一片。德军利用起义军缺乏统一指挥、缺乏作战经验等弱点，开始反击。在重型武器、装甲车、坦克等强火力掩护下，起义军的势头被扼制。

这期间，盟军英国不断地向华沙起义者空投武器和补给品，可惜很多物资都落到了德军控制区，因为飞行高度太高，准确度不够，尝试着利用低空投放，但大部分都被击落，很快英军便停止了这一行动。美国空军始终没有露面，也是碍于无法突破德军的空中封锁。

华沙起义另一个可能得到的支援是苏军。历史上，在这个节点有很多争论，其中有的看法就是苏军见死不救。另外的看法也是有理有据，河岸上有德军重兵把守，仅仅几天时间里，发动进攻的苏军白俄罗斯第一方面军已经阵亡近七千人，算上负伤的两万人已经差不多报销了三个师。整个八月份，白俄罗斯第一方面军共损失十一万人以上……换句话说，苏军几乎无法保全自己的部队。

因为铁路交通都已经摧毁，苏军部队所有的补给都十分艰难。白俄罗斯第一方面军前线部队有些伤亡已经惨重到一个连不足三十人……九月十日，苏军第四十七集团军与波兰第一集团军联手出击，向华沙发动进攻，与十万之众的德军，在华沙东部地区展开激战。几天后，苏军取得一定进展，登上了维斯瓦河西岸，但维斯瓦河仍掌握在德军手中。苏军的坦克和大炮等重装备无法过河，攻坚能力受到极大影响。苏军中的波兰集团军伤亡惨重，不得不后撤。

尽管这样，苏军的进攻，客观上仍起到了减轻华沙起义者压力的作用。此外，苏军还向华沙起义者空投了大量物资，苏联空军和防空部队也对德国空军进行了持续的打击，尽最大可能阻止了德军对华沙的轰炸。

这时，不用我说，你也能很好地想象，华沙城内不停发生激战的惨烈和悲惨。

我没用“悲壮”这个词，尽管这个词也来到了手边。用来形容华沙起义，悲惨比悲壮更准确吧。

X to Y

我能理解！

Y to X

华沙城里持续一个星期又一个星期的激战，大部分战士是年轻人，是没有作战经验的市民。德国情报部门的报告说：叛军的情绪非常糟糕，原因是缺乏食物补给和武器，指挥也很差。这些匪徒从来没有当过兵……主要是二十五岁以下的年轻人，……知识分子大部分都逃走了……叛军内部爆发了传染病，人员遭受了重大损失……

年轻的起义者。

年轻起义者的微笑。

战斗间隙的短暂团聚。

小憩。

多么年轻的生命，他们以为自己是为了自由，为了祖国而战、而死……假如他们知道当时的全部情况，知道流亡政府的政治目的，他们还会这样前仆后继吗？现在看这些照片，尤其难受！

在华沙城内的巷战中，德国人用各种重型武器把华沙炸成了一片废墟。后来一个德国士兵的回忆录中写道：……我走在街上，到处都是狼藉的景象，每一栋房屋都成了战场。九月九日，起义军总指挥，致函德军，表示准备投降。德军承诺确保其投降条件，同时提出要求，起义军必须在九月十日十六时前投降。

我忍不住在想，假如起义军按规定时间投降，之后德军报复性的轰炸会不会被避免？

起义军一直拖延着投降的时间，他们指望德军东线速败，并幻想能坚持到英美援军的到来……一直到九月二十七日，仍没有缴械，德军对起义军发动了决定性的进攻。

希特勒下令的报复性轰炸，几乎炸平了华沙，维斯瓦河在哭泣……

华沙起义，近二十万波兰人死亡。

……我还记得那天的耀眼的阳光，记得阿列沙对着太阳眯缝的双眼，浓密的睫毛上闪烁的泪光……

他说，假如把二战中死去的波兰人放到河上，维斯瓦河将不复存在。

阿列沙说，奥斯维辛，华沙起义，卡廷事件……他说，波兰有太多不该死去的人死去了，这沉重需要几代人背负。

阿列沙家里，在二战中失去了五位亲人。

阿列沙像一个灵魂苍老的年轻人，像一个提前步入晚年的年轻人，他对苦难的理解，有着苦难本身那样的无奈，一点不激越。他又像带着苦难转世而来的人，从所见到的人间发生中，似乎都能瞥见苦难的影子。看着阿列沙那样的脸，我心里涌起了一阵冲动，我的灵魂，假如我真的有灵魂，此时此刻，发现了另一个与自己有着相同底色的灵魂——面对苦难，它们是无助的，无奈的。

苦难，从未离开过我们……我问阿列沙，是不是这样，没想到，自己却落泪了。他像一个老爷爷那样，替我擦泪，把我的头轻轻揽过，放到他瘦弱的肩窝上。

我们谈了很多牺牲……

阿列沙说，他偶尔会想象，假如没有那个愚蠢的流亡政府的错误决定，假如没有华沙起义，会有很多年轻人活下来，他们可以享受天伦之乐，可以寿终正寝。他曾经跟同学说起过这些，但没有找到共鸣。有人觉得，没有华沙起义，还有集中营，死亡是无法逃避的。也有人认为，现在还去想那些，毫无意义。

我能理解他的感受。我也经常处在一种困扰中。同情别人，被耻笑。

你凭什么去同情别人，自己还活得可怜兮兮的！同情别人让我感到双重的惭愧，对被同情者，对自己的同情之心。当我看到地铁里那些乞讨的人，心里的波澜差点窒息我。我要是能无视他们多好，即使看见了，也无所谓多好！这无助的利刃插向我，也插向由我反映出的世界，世界就这样在我眼中，在我感觉中变成苍白的。

我因此厌恶自己，又不能把自己怎么样。你能理解吗？

X to Y

也许，我不那么确定，我想，我能理解。

其实，我更能理解的是你为什么会这样感觉，因为我曾经也有过类似的感觉。最后的“治疗”是我找到了身后的那堵坚强之墙——借用他人的一句话说就是——把有限的自我放到你认为值得的某个无限之中。

我想，爱就是无限的，对神的爱，对人的爱，只要是真的，过程就是无限的。

我的愚见。

顺便补充一句，你没必要为自己的同情心惭愧。这是你与外界共鸣的方式，那些冷漠之心都不惭愧，你更不用惭愧。我们每个人都需要共鸣，需要同情，需要鼓励……假如这需要是互相的，就没什么可惭愧的。

Y to X

你说得对，非常鼓舞我。谢谢你，不是客气，是真的谢你。

阿列沙给我讲的另外一件跟华沙起义有关的事情，也让我十分感动。你说得真对，我们需要共鸣，所以我们也要去建立共鸣。

希特勒发誓要炸平华沙，华沙大学学建筑的师生开始偷偷地测绘，拍照，把华沙城市的样子用这样的方式“保留”起来。轰炸时，他们把这些资料藏到了山洞里。

战争结束后，波兰拒绝了斯大林的建议——建一个新华沙，决定按原样复制老城!

阿列沙说这件事的时候，我们正在华沙老城里散步。他一边抽烟一边说，重建期间，有三十万波兰人回国，投身重建。有钱的出钱，有力的出力……年轻的老人阿列沙，用目光抚摸着老城，不仅自豪，也是欣慰。他看着我，仿佛在说，遭遇这么多屠杀和损害的波兰，仍然屹立着。

我理解了他的目光，紧紧地拥抱了他。写到这里，关于华沙起义，我遗忘了最重要的一点——他们的精神!

X to Y

今天，一个朋友来做客，跟我说起创作中的上帝视角。他说，其实都是臆想。他说，作家创造出来的是人偶，上帝造的是人。他说，其实我们并没有通过人偶改变什么，类似玩牌，一种娱乐而已。我们对世界变化的理解实际是我们抵御自己渺小的精神活动之一，以为这变化是我们参与的结果。

我们比我们想的渺小很多，很多……奇怪的是，我这么想，这么承认时，居然感到某种快乐。

孟文阳致命的疾病，提前了我必须面对这份感情的时间。这份感情的确超越了一切，变成了我的主宰。

我们从未有过肌肤之亲，现在，我好像也没有格外的渴望，甚至有些害怕。我害怕亲近他，害怕我的不熟练，我不解风情的笨拙，破坏了什么。但这并不减弱，我对他、对与他有关的一切的渴望。假如我说，我渴望得到他的疾病，和他一同远远地离开，你会嘲笑我吗?

Y to X

我不会嘲笑你，我害怕。

已经很明显，写作阅读，等等，都不再是你的生活支柱，你找到了新的寄托。你抛弃了一直对你忠实的创作。

而创作抛弃了我，虽然我一直对它是忠实的；哪怕眼前的危机中，我仍然愿意为创作献出我的生活。

X to Y

听你这么说，我很不好过，但我不得不说实话：这也许恰好是你写作危机的原因所在。你不能把创作当作生活的支撑，我倒觉得应该是反过来的。生活是创作的前提。

也许，你的创作正在向你索要，它需要的真诚。

就像我一直以为，他是我最好的朋友一样。这不是事实。

每年，他总会来我家几次，冬天，来的次数多些。我家里很暖和，住的是部队的老房子，墙壁厚保暖效果好。我家房子四面都有窗户，客厅朝西南，冬天，下午的阳光温暖诱人。

他坐在客厅的双人沙发上，端着一杯六十度的威士忌，白衬衫总是新鲜的，刚洗熨过似的。他盘坐或者倚坐在铺着羊毛毯的沙发上，像一个刚下班的白领，坐在母亲的怀里。我坐在他旁边的单人沙发里，双腿叠起，像美人鱼尾那样甩向一侧，身体的重量倚在沙发扶手上。他从没邀请我坐到他身旁，他也从没询问过，哪个沙发更舒服，问我愿意坐哪个……他的放松和任性，点亮了我屋子的凌乱，凌乱变成了舒适。

他说，他家里的整洁，总是让他感觉，误入了某个公共场所。假如他来的那天，阿姨收拾过我的屋子，我会为他制造一点儿混乱，尽量让我家成为他待起来最舒服的地方。我碰巧淘到好的威士忌，尝了之后，就不敢再尝，为了等他来，豪饮。他要么懒洋洋地坐在沙发上，要么端着酒杯，晃晃悠悠从我的书房钻进厨房，屋子里多年积攒下来的孤独，轻易就被他征服了。

我的孤独封他为王。

我姐姐去世那年，他来看我，不由分说地拥抱了我。我搭在他肩头的脑袋，一刻也没有混乱过——他的身体传达给我的各种信息中，没有丝毫暧昧。

假如有过几次，我希望上帝赐我美貌和风情，肯定也与他有关。随着年龄的增长，我只期望自己保持聪慧，别让他烦，别让他失望，像一个亲切的母亲，像一个聪明的姐姐，像一个乖乖的妹妹……

因为他的工作性质，我们很少谈论他的工作。但我知道他总是很累，很烦。他从不抽烟，在我的想象中，香烟能替他排解的，他需要用意志去对付。他喜欢看阿加莎的小说，但没有时间，他给自己规定的阅读时间里，有太多必须看的书，关于世界，关于国家，关于社会，等等。我为他录制一些阿加莎的小说，虽然普通话不是很标准，但我有一副好嗓子，听几句，就能成功地把听众带入谋杀的雨夜。他曾经劝我去干专业播音，专门念侦探小说。我跟他开玩笑，说我要是录制侦探小说，可以治疗入睡难，因为他听我的小说时，经常会睡着。

我偷窥过他的脸，现在闭上眼睛，也能清楚地说出他脸上每一个痕迹，每一个线条走向。经常是伴随着侦探小说的朗读，时间和空间共舞，互相缠绕着。感觉中，真实和虚幻的边界模糊了……我自己的声音变得陌生，仿佛是另一个我毫无感觉的女人声音。这个读着侦探小说的声音持续着，不然他就会醒来。我在厨房轻手轻脚做着小吃时，侦探小说中的凶手、侦探、凶器、证人，还有天气，在我和熟睡的他之间，飘来荡去，仿佛生活可以在凶杀故事的无聊中，循环往复，周而复始……余生，围裹在这样的狭小中，却有虚幻的安全感，实在的满足感，假如还有一点爱……便可以是完美的人生。

他醒来时，天色已晚，他的头发已经花白，他说，哦，我睡着了？几点了？我好像饿了……

……接下来，他总还会说另一句话，我们出去吃吧，我请你去一个好地方……

只要我们离开我的家，他就不再属于我。我们坐在某个好餐馆的灯光下，话题和他一起回到当下，好像他躺在我沙发上熟睡，早已是几十年前的事情。

他属于我的时候，只是一个男孩儿……

这个男孩儿是我的孤独之王。

Y to X

今天，我忽然想代表你我，向我们提出以下问题。

我们是什么样的女人？

我们正逐步跃入没有性别之分的年纪，却还在思考，思考变成习惯……变成习惯的思考，还有价值吗？

我们的生活几乎被看书看电影写作等完全主宰了，就像蔬菜代替了肉，这对吗？

我们的交流，像浩瀚黑夜的两粒烛光，相隔千万里，为了防止被风刮灭，交流变成了意会中的呼应，这很可怜吗？

我们的大脑，说拔高些，我们的心灵，经常把我们写出的东西，自视为垃圾，这健康吗？

在危机的黑暗中，好像出现了幻灯片。它从我几十年搭成的档案夹里，随机抽出不同的画面，向我展示过去的我，我好像在破碎的镜子里，转向了自己的身后……

我好像在一个房间，只有门从里面锁起来，有了监狱的感觉，我才觉得我在里面。

一个婚姻场景，一个丈夫，他从未打过妻子，但他成功地做到了，让妻子随时颤抖……相比较，一件可怕事情的发生，对当事者来说，远远好过处在发生之前，随时可能发生之前。那个肖斯塔科维奇成为一生等待被枪毙的人，从他的音乐里是否也能听出这个前提呢？

……

我走不进我所在的任何地方，但我得活在那里。我在那里建一个容身的堡垒，把它变成别人也进不来的地方，于是，一个小小的平衡也出现了，我的故事都是拴在这个平衡上的小蚂蚱。

这样的人其实没有未来，拉纤这样的过去，走不进未来。如果你只能从过去认领类似的东西，因为疲惫，自己就一点点散失在途中了……我像一个布口袋鼓成的人形，里面起初还有自己，哪怕是虚假的，渐渐地，只剩下风，鼓胀着布口袋，风一弱，布口袋的空荡，就显露出来了。这就是我现在的心境，你觉得，这样的心境里，什么爱情可以存在呢？

X to Y

爱情，能在任何地方存活，包括虚无中。

我这么说，你觉得是大话吗？

你一直都没向我详细说说阿列沙，你一开头就扯到历史中去了。你已经回到柏林，阿列沙如你所说，也回到波兰的老家，你还没从波兰的历史中走出来。我从来没觉得你这么热衷历史，还是回到现实中，看看正在发生的新鲜历史吧。

你和阿列沙之间到底发生了什么？

Y to X

一个比你年轻十六岁的小伙子，他给予你的最确定的事情是——性。我记得当年马多娜说过一句话，她说，小伙子虽然缺乏性经验，但他们知道怎么做之后，可以一直做下去。

我还记得，当时看到这话，我笑岔气了……

他像一个老爷爷那样安抚我，也许是他留着大胡子的缘故，他也很像老爷爷，总给我讲过去的故事，而过去被记住的故事总不乏悲伤。我们在华沙吃越南人做的寿司，我们在柏林参观波兰起义的展览，我们进到任何一个咖啡馆，话题便回到创伤，回到历史……我不能说，我对他没有依恋，没有感觉，但我害怕，这全部感觉总得浸泡在历史的福尔马林中！

我也许一直是虚伪的，现在，我必须承认，我需要日常生活，从来没像现在这样需要过，就像人需要氧气一样，毫无疑问地需要，需要普通的日常生活！在我的生活里，我无法回避痛苦，我也在痛苦中活了那么多年，因为有文学，它是我的抵抗武器，它保护我、陪伴我。现在，很可能就是我缴械的时辰，我不再有武器，不再可以指望文学，你能想象我的恐惧吗？这才是我认真面对创作危机的真正动机所在。我从来没想过成名成家，创作只是我的求生稻草。

X to Y

你能承认这个，让我长出口气。这是我一直不敢说的，也是不很确定的某种直感。你有很好的天赋，但没有使命。你不是被授予使命的人，所以，你也没有使命感。现在，你想与这种误解脱钩吗？

另外，你说，阿列沙和你在柏林参观……他去柏林了？

我从旁观者角度，不觉得阿列沙像你说的那样，是一个沉溺在痛苦中的年轻人，更不用说沉溺在历史民族的痛苦中，这已经不是现在年轻人的命运了。不管哪个国家哪个民族，年轻人都集体建立了共同的世界观——不去背负！

他也许有点儿恋母情结，也许没有。我想，更多的是他不了解你，也不知道该怎样去了解你。偶然谈论的民族悲惨经历，把你们拴在了一起，他就顺手继续用这个方法了。

反过来，你不也是一样吗？你也不了解他的世界，而且害怕去了解、进入，所以，你就直接滑到了结论——你们不合适。这时候，谁来关心一下，你们的合适呢？你们为什么能开始一段恋人的关系，费洛蒙合适，化学反应合适，这已经超越了其他的不合适，占了主导。我们以前说过这个，想让一个男人和一个女人上床，其难度完全等同于阻止一个男人和一个女人上床。

你依旧在担心，自己会被再次伤害。

在我看来，选择退路是愚蠢的。因为一旦退回去，前面的各种可能性，就都无缘经历了。而退又能退到哪里？只能退回到熟悉的过去中，过去的一切都是经历过的，像被咀嚼过的，再放回到嘴里，重新咀嚼一样，会比蜡更难吃。

你找到的各种否定的借口，年龄小，外国人，等等，完全等同你与他能够幸福相处的理由。而你用等同的理由，压倒一边，做出倾向另一边的决定，这是笨蛋的做法，是骗子的做法。

你即将失去的，是你这辈子里再也不会发生的事情！带着你的安全和小日子见鬼的那一刻，后悔也来不及了。

别再跟我谈你的创作危机，你危机的不是创作，而是你的活着。

在你算计你活着的得失时，已经不是真正的活着。这小心翼翼，会把生活罩上一层灰，一切都将变得暗淡。你不觉得，安全感也是灰色的吗？你小心绕过，在你看来是陷阱的那些地方的同时，你已经在逐步迈入了井底。

日常生活，不值得你那么小心。

希望你给他机会，给自己机会，哪怕仅仅为了了解自己，哪怕与白头偕老不挨着，也值得走下去，走到自然而然分手的那一天，或者走到寿终正寝的那一天……这么想想，都挺好。

Y to X

你好像扯下了我的“衣裳”……

不是脱掉衣服的赤裸，是脱掉皮肉的真相的赤裸。

正常情况下，人们不这么做，不正常的情况下，人们也不这么做，因为这么做是敲掉那人赖以站立的拐杖。你没发现，我们有多惧怕真实吗？所以适当地回避真实就是我们的法宝。

……

你把我，从我躲藏的地方，驱赶出来。现在，我该去哪里藏身？

在我特想告别人世的时候，不认识你；现在，我那么想苟活的时候，你却给了我直面死亡的勇气。我被你说出的真相惊悚了，假如生活可以这样掰开，难道有什么不同吗？难道不是每个人都有权利这样吗……我被你赤诚所携带过来的寒风霜冻了。

你说得对！

我喜欢阿列沙，喜欢他紧紧地搂着我，搂着我的肩膀，恨不得把他的力量像电流那样输送给我。他说，爱要通过身体进到灵魂，爱通过一个封锁的身体，是很艰难的事情，所以需要时间。

听他说这些话时，我不觉得他比我年轻，我觉得他是长者，我是幼稚无知的，但总是进入角色的同时也走出角色了。爱情需要想象，甚至幻觉，我却在寻找实感。

……莫不是，我正在把阿列沙想成爱人、伴侣，而不仅仅是恋人？

是的，他来柏林了。他站在我家门口，局促不安笑着时，我就像中枪了，完全反应不过来。我脑子里浮现出来的画面都是我们怎样分别的，还有我们在一起的情形……我都不知道该怎样描述我那时的心情，差不多是这样的：我们在一起了，分开了，没说是否再见，所以，我才被他的“出现”惊呆了。

我还记得跟他分手时的心境——那是永不再见的决绝和难受。站台上人声熙攘，他站在我对面，不停地为拿行李的人让路躲闪，然后再微笑看我，好像在等我的某句话。我当时还觉得，我们的分别，他没有我那么难过。

那天天气好得令人雀跃，恨不得马上离开城市，跑进辽阔中，无论田野还是森林，仿佛都在远方召唤着。我一次又一次对阿列沙微笑，每一次微笑，都削掉一片我们的肌肤之亲。对面一列火车开出站台，风刮过来，我习惯地转身，阿列沙抱住了我。

……在他的怀里，我离开了他。我甚至听见了跟随我多年的锁甲，重新披挂的声音。

离开阿列沙，我回到过去的我，回到过去熟悉的堡垒中，回到过去的孤独，甚至也回到了过去的危机和绝望中……

但他来了，站在我面前，仿佛在问我：我们该怎么办？

X to Y

我真的抱歉，你不能想象，我有多么抱歉。我把对自己的“凶狠”，也用到了你的身上。但我们的处境是不同的。你面对的是爱情，我面对的是死亡。

你不再理睬我，恨我，怎么着都行。我非常难过，让你那么难过。

Y to X

面对爱情居然和面对死亡是一样的决绝！也许只有决绝才能实现无法实现的，比如永远相爱！

X to Y

终于收到你的回信！

我能想象你的心情，这种情况下，我还给你写有些沉重的信，实为不妥。其实，我是想与你告别，也许以后没有那么方便的写信条件了。

孟文阳联系我，约我去一个地方。他说，假如可以，不妨做点长远的打算，多带点儿衣服。对我来说，这也许意味着，他和我一样，因为疾病，提前面对了我们的感情——不仅仅是友谊！

我忽然很珍惜还能给你写信的机会。你迟迟没有回复我，我甚至觉得我们的友谊被切断了。请原谅我的脆弱，我们交往过的漫长时光，是我们友谊的韧带，无论我们交流不交流，我们联系或者不联系，我们理解不理解，这友谊都不会被剪断了。

一起走过的这么远的精神路程，在余生中几乎没有什么岔路殊途了，我们也没有分道扬镳的必要，对不?!

我还不知道，孟文阳约我到什么地方去。我一想那个我还不知道在哪里的地方，就情不自禁地微笑：跟他去哪里，过怎样的生活，我都是兴高采烈的，这就是爱情吧。大家都被一个“死”字吓够呛，我也不例外。我一直害怕死，我甚至相信，我死的时候，死了以后，还会怕死。

死，是我想象力停止的地方！这恐怕就是我害怕它的原因。我不能把它想象成某个样子，或者按照我希望的那样去想它。一想到它，我就眼前一片漆黑，像一台戛然而止的机器，留下空旷的寂静。

但是，对孟文阳的爱，带我超越了对死亡的恐惧，它不能左右我了。

老朋友，假如不能再见，这里就道别了。

保重!

尾　声

时光，像是清水，总是把人洗回原来的模样。

X的话语，像子弹一样穿过X的心灵，呼啸咆哮怒吼……Y仿佛正在蜕变成一个新的自己；仿佛某一天参加她和阿列沙的婚礼也不是没有可能的。Y的一个朋友听了她的“心路历程”，送给她一件woodwood的毛衣，上面绣着“The New You”。Y喜欢那毛衣，但不喜欢上面的New字，她自己动手，把New改成了Now。

在X告别信带来的难过中，Y和阿列沙在柏林菩提树大街旁的一个咖啡馆里，坐了两个小时……

他们东拉西扯，轻松地聊着日常，哪里房子便宜，怎样申请留学生宿舍，柏林周边有什么一日游的地方，哪个湖里游泳人少……最后，Y答应帮助阿列沙找房子……

最后她说，其实，她已经帮他找到了：那就是她自己正在住的房子。她可以跟房东说，让阿列沙继续租住。

阿列沙笑着问：你去哪里？

Y说：我要离开。

阿列沙没有再问，Y去哪里。这是阿列沙的迷人之处，他敏感懂事，即使悲伤，也绝不为难对方。Y的离开，对他意味着一个永远的背影，她去哪里变得不那么重要了。

Y的背影在阿列沙的视野中渐行渐远时，仿佛在天际留下了一行小字：你这个肮脏苍老的灵魂，配不上阿列沙沉重的青春！

Y离开了柏林，她继续用谩骂自己的方法，获得某种意义上的净化。她放弃了写作，也没去大学深造，更不想去翻译故事。她去了小城瑙慕博格，在教堂广场旁边的一条小街上，租到了一个阁楼的房间。她最后选定在环线有轨剧院站附近，租了一个非常小的门市，她在里面一边做一边卖一种介于馅饼和煎饼果子之间的小吃。

Y每天十一点开始售卖，卖完为止。卖完的时间一般在下午两三点钟。周末她多做三十个，才能卖到下午三点。Y头一天晚上，便把猪肉馅用调料腌好。她使用的调料也是中西合璧的，既有十三香，也有德国的肉饼调料，比如芥末。既有洋葱也有姜，总之，肉馅的味道经过一夜的腌制，已经十分完美。因为煎饼难做也买不到，Y用土耳其的薄饼代替馅饼皮。每天十点半，Y开始把调好的肉馅均匀地抹进薄饼的夹层里，放到特制的烤炉里，烤十分钟后，肉馅的汁水和味道进到饼层中，取出后，切开对折，放到一个纸质的托盘中，一手钱一手货……

Y的小吃点刚开业两天，就开始有人排队，那里飘出来的肉馅儿的香味，挑动着每个过路人的味觉——那是一种几乎所有人都喜欢的味道——加对了佐料的肉味儿！

Y每个馅饼卖三欧元，每天卖一百个，周末卖一百三十个。Y的营业额每个月不到九千块，除掉成本，她在瑙慕博格的小城里，日子过得很好。做过半年后，Y开始计划培养两个人手，自己退出来，拿出更多的时间闲逛。她经常去尼采最后的房子，坐在二楼的木头阳台上。阳光好的时候，她仿佛能体会到尼采的某些心境。

Y经常想起X，她们都喜欢尼采。

几年就这样过去了……

Y给X写了一封信，询问了X的情况，说了自己的情况。她说，没再见到阿列沙，阿列沙爱上了一个德国姑娘。

Y邀请X来做客……她说，也许，她们可以成为合伙人。

X to Y

他约我去一个地方，那之后几个月的时间里，我好像生活在某个我完全不熟悉的虫洞里，每天都是激越亢奋的，在妄想和绝望中摇摆。

因为他没再联系我！

我好像被悬吊起来……我好像被附体了……我好像被抽取了血肉……我好像变成了木偶和机器……我用了一年多的时间，离开这个黑洞，活动手脚，恢复日常生活的质感。

关于他，我什么都不知道了。

他也许病逝了，他也许回到妻子身边了，他也许隐居起来了，他也许后悔了……现在，我终于不那么难过了，我把自己讲成了一个故事，我用自己的故事狠狠地嘲弄了自己……反正，这过程里，我经历了这辈子所有激动的总和，非常好！从此，变成只更新岁数的“轻松之人”，继续往日的生活。

凝静，这个组合很形象地说明了状态，再也没有悬念，再也没有所谓，我好像可以随时离开现在的地方，现在的家，现在的自己，因为没有所谓了。

我没去成与他相约的那个地方，因为他没告诉我，那是哪里；我又像是去了，至今还没回来，至今还在返回的途中……我要是去你的小城瑙慕博格，那就是顺道啊！我可以吃一个你亲手烤的馅饼，不花一分钱，因为我们有交情，对不？

我最后关心的一件事是——你那里天气如何？

失 控

◎裘山山

1. 导游顾宁

没想到出了人命！

下午都还好好的，吃晚饭时都还好好的，怎么一下子就发生这么悲催的事？真是中头彩了，到现在我头都嗡嗡作响，估计脑血管都鼓起来了，千万别爆掉。本来今天就累得不要不要的，还雪上加霜……不行，等这个团结束了我必须休假，在家睡三天三夜，不，五天五夜，睡到整个身体的系统彻底更新为止，不然我就废了。

好好，我镇定，深呼吸，从头儿讲。

从哪个头儿呢？就从出发吧。

我们这个团是九寨沟黄龙五日游，十二个游客，一辆中巴就坐下了。我喜欢带这样的小型团，没那么操心（这下再不敢说小团不操心了）。昨天本来一切顺利，早上从成都出发，晚上就到了九寨沟。

线路？是成都—汶川—松潘—黄龙—九寨沟。别看这么多地方，全程也就是四百八十多公里。真不算什么，我跟游客们说，前往九寨沟的路很好，没什么了不起的，大概七个半小时能到。虽然路途长，但大家放松心态，别抱着会累的想法就没事儿了。沿途我们随时停车拍照，让大家玩儿得尽兴。

我们是早上八点半从成都出发的。成都到汶川全程都是高速，路况极好，所以我们还提前到了。参观了汶川的地震遗址纪念馆，然后就在汶川县城吃午饭。下午顺利到达黄龙。

有人说黄龙的风景不如九寨沟，其实它别有风味，不输九寨沟。黄龙以原始森林、高山湖泊、巨型钙化瀑布、钙化彩池等自然景观为主要特点，还融汇了丰富的动植物资源和民族文化，景点有七绝：彩池、雪山、峡谷、森林、滩流、古寺、民俗。途中还可远观红军长征纪念碑……哦不好意思，习惯了，一讲就会这样。

黄龙的最高海拔是四千多米，不知道那位老先生出状况是不是和高海拔有关。可是另外一位比他年长的都没事。我在车上跟大家提前说了的，让大家提前做高原反应的心理准备，有西洋参什么的，就吃两粒，愿意买个小罐氧气的，也可以买两罐。整个游览三个多小时，很消耗体力，请各位根据自己的身体状况量力而行。

当然不去景区也很可惜，迎宾池、飞瀑流辉、洗身洞、盆景池、五彩池之类就看不到了……哦不好意思，一讲又顺嘴了。

车上的几个年轻人都去了，连两个大妈都去了，可能还是女人有耐力吧。就两个老头，周先生和王先生没上去。周先生带着他孙女在一家茶室坐着，王老先生也过去了。周先生一直抱着小孙女，好宝贝的样子。小孙女玩儿了一会儿就在他怀里睡着了。

我走过去跟他们打了个招呼，不去看美景了吗？那个王老中医说，他膝盖不好，不能爬山。周先生说他们都这个岁数了，什么美景没看过？当时感觉一切正常，两个老头好像也很谈得来，像老朋友一样。

一下午都在黄龙，大概游览了四个小时，比预计时间长了半个小时，因为有两个年轻人，其实就是周先生老夫妇的孩子，他们很晚才下来。等他们俩花了差不多半小时。周先生和老伴儿都很不高兴，尤其是周大妈，冲着儿子媳妇嚷嚷说，怎么回事呀？孩子也不管，就知道自己玩儿。儿子连连说对不起，因为他们去五彩池耽误了时间。难怪，从缆车下来到五彩池还要走很远的路呢。年轻女子一言不发，走过去把小孩儿接过来抱着。

那年轻女子叫榴月，长得很漂亮，开始还有些拘谨，后来就放开了，一路上喜笑颜开的，不断拍照，买东西，什么乱七八糟的旅游纪念品都买，好像对这次旅行特别开心，要么就是她很少出来，什么都觉得新鲜。

晚上七点多才到达九寨沟，因为天黑了路上不敢开快。吃了晚饭住进酒店快九点了。我简单交代了下第二天的安排，让大家抓紧时间休息，自己也赶紧进房间，梳理一天的情况，又落实了第二天进沟的安排，然后想以最快的速度洗洗睡。

但是不断有事，电话微信轮番响。其中包括那个王先生夫妇的女儿，对她爹妈出来旅游很不放心，要我随时发微信汇报情况，这对老夫妻不会发微信图，我只好一路拍图发给他们女儿。后来天黑了没再拍她就急了。其实她父母不算年长，人家有些老人八十多了还独自出行呢。就是缺少锻炼。真的，人的很多功能不锻炼就会退化的，经常出门的老人精神状态都不一样。

十点多好不容易洗了澡，又有个客人打电话说他电视打不开，半夜了还看什么电视嘛，再说这种事完全可以找客房嘛，什么都找我，真是无语了。有啥法，只有帮他叫客房服务。刚进浴室，微信的语音响了，我真是不想接，但语音铃一停，手机铃就响了，只好出来接。这一接，居然出了人命。

电话是208房间打来的，周先生昏倒了，不省人事。时间？大概快十一点了吧？让我看下手机，哦，接到电话是十点五十分。我一边重新套上黏糊糊的脏衣服往外跑，一边打电话给“120”，同时还打电话给总台。等我冲进208房间时，看到周先生仰面倒在地下，身上裹着浴衣。跪在他身边的居然是那个榴月，也穿着睡衣，面色苍白，在发抖，抖个不停，你恨不能去按住她。周先生的老伴儿瘫坐在床上，手抚胸口大喘气，好像被吓得犯心脏病了。她儿子站在她身边，两眼发直，就是他给我打的电话。

后来那个老中医来了，还好有他，我根本不敢靠近。他俯身下去查看，然后摇头晃脑，那表情，肯定是说已经死了。

全部人都不说话了。太恐怖了！看恐怖片都没那么恐怖过。我头皮一阵阵发麻，毕竟是头一回目睹死亡。榴月瘫坐在地下，要昏过去的样子。小伙子过去把她拉起来，拖到沙发上。房间本来就小，经济型酒店嘛，我觉得要憋死了，赶紧跑到走廊外面。心脏狂跳，腿发软，不知不觉就顺着墙根滑下去了，然后就看到“120”的医生从我的面前跑过去，进了房间。

后来听医生说，他是哮喘发作，引起呼吸道严重痉挛，没有及时喷药，不不，好像是喷药过量，导致中枢神经麻痹，最后心脏衰竭。通俗地说，他是憋死了。

唉，真是活久见，倒霉，太倒霉了。虽然是病故，不是事故，可是这个团算是泡汤了。都怪我出门之前忘了看皇历。不过就算是看了皇历不宜出行也得出行呀，我哪有资格随心所欲？出行是饭碗，必须出行，我的工作在路上。

请原谅我话多，实在是吓得不轻。那一晚基本没睡，迷糊了一会儿天就亮了。原以为接下来处理后事就行了。我留下，让旅行社再派个导游来把其他游客带走，继续后面的行程。

可是一早你们警察就来了，搞了半天是周先生的女儿昨天夜里报了案，不让动她父亲。听说她正在赶过来的路上，怀疑父亲是非正常死亡，要求调查。她说哮喘已经是父亲的老毛病了，他早已应对自如，不应该活活被憋死。一定有人为因素。

又惊到我了。人为因素？是有人故意害他吗？怎么可能？他明明是在自己房间倒下的，身边除了家人没有陌生人。

好吧。既然要调查，我只好配合喽。

不过，细细一想，也确实有疑点。或者说有很多奇怪的地方，我是说这家人，周老先生这一家人。虽然就一天时间，我已经发现了很多奇怪的地方，把我的八卦心都给激发出来了，如果再多游一天，我就会发现问题。肯定的。

特别是昨天下午大家在车上等那两个年轻人的时候，我看到周先生和老伴儿的神色都有些异常，隐隐约约就闻到了一种不一样的气息，真的。我向来敏感，每次参加饭局，坐下一会儿就能判断出这一桌哪两个人关系暧昧。

嗯，就说说我发现的奇怪之处吧，简单一句话，他们老夫妻不像老夫妻，小夫妻不像小夫妻，连那个三岁的孩子也奇怪，我从来没听见她叫过爷爷奶奶，除了妈妈她谁也不喊。那个年轻男人也从来不管孩子，根本不像个当爹的，只顾自己玩儿，一下车就冲下去拍照，而且只拍风景，很少给家里人拍。我当时还想，要是我老公这个德行，立马拜拜。一直到下午游黄龙景区，那对小夫妻才开始在一起玩儿，起初都不怎么说话，各自坐在单人座上。照理说这一家出游，那个年轻男人应该是主心骨才是，照顾爹妈和老婆。但在我看来，那个老头周先生才是主心骨，一会儿抱孩子，一会儿给两个女人买水喝。我做导游五年，见识过形形色色的游客，奇怪的也没少见，但一家人都很奇怪的还是头一回遇见。

对了，最初报团的时候也有点儿怪。我听同事说，是那个年轻女人来报的，就是榴月。他们一家人参团，老两口和小两口，外带一个三岁的孩子。缴费的时候却主动提出按六个人缴费。因为那个榴月说，他们需要三个标间。同事觉得奇怪，孩子不可能自己住呀。她解释说周先生打呼很厉害，需要和老伴儿分开住。原来如此，显然他们不缺钱，我们当然巴不得了，随她的便了。所以我们这个团说是十二个人，实际上只有十个半人，车子很宽松。刚开始榴月和小伙子都各自坐在单人座上，后来两个人跑到最后一排去挨着坐了。

榴月一见面就说，他们家三间房子一定要挨着，这个可以理解。我不理解的是她说这话的神情，在强调必须挨着的时候，语调里流露出很心虚的样子，好像她提了一个不合理的要求。其实她不说我也会把他们一家安排在相邻的房间呀，她专门强调了反倒让人起疑心。

刚才忽然听到个八卦，又把我惊到了，他们说榴月才是周先生的妻子，那个所谓的“老伴儿”是周先生的姐姐。是真的吗？

哇，我是说怎么那么奇怪，原来如此啊。这下那些奇怪的事情就可以解释了。哇哇，这么奇葩的事怎么让我给遇到了，真是中彩。对不起对不起，我实在是控记不住我记几（控制不住我自己）。如果是这样，你们应该重点询问那个榴月，她的疑点最大了。既然他们是夫妻，为什么出事的时候她没和周先生在一起？有人看到她穿着睡衣从外跑回自己房间的。而且她一直在发抖，一直在哭，还说对不起谁。我没听清。

难道是她有外遇了？把那个老头给气死了？对了，我还听那个姓方的大妈说，她当时到处找不到那个急救药，她还说那个药老头是随身带着的，难道是榴月故意把药藏起来了？

哈，我是不是唠过界了？好，不瞎猜了。我知道的就是这么多。这是我的名片，你们如果以后想参团旅游就找我，一定给最优惠的价儿。你们的家人也可以。

哎，你们是不是也应该给我一张名片啊，然后说，想起什么再给我打电话。美剧里就是这样的，对不对？

2. 游客王老中医

是哪个的嘴那么快，跟你们说的我和周老板聊过天的？

当然也没必要隐瞒，聊个天很正常嘛，一个团旅游，两个老男人，肯定谈得拢嘛。

我愿意来讲情况，尽一个公民的义务，如果能帮你们查清案子，当然好。不过你们最好不要写我的名字，我不想让人家晓得是我说的，尤其不想让周老板的家人晓得是我说的。另外，我也不想让人家晓得我出来旅游了。为啥子？你不要管嘛，反正请你们保密。

不是我冲壳子（川话，吹牛之意），我从一大早上车起，就感觉到他们这家人不正常。我虽然看不来面相，算不来命，但毕竟行医多年，看脸色还是莫的问题的。

我看到他们老两口坐在一起，不像老两口，彼此很客气。哪像我和我家老妮儿（川话，老太婆），一哈儿互相照顾，一哈儿互相抱怨。那小两口呢，更奇怪，各坐各的，一开始话都不说，好像是怄了气出来的。反正旅途无聊，我就一直在观察他们。要是让我把个脉，手一搭上去，八九不离十。我是中医世家哦。

中间到景点停车的时候，那个小伙子每次都是第一个跳下车，跑得飞快，也不管老婆娃娃，自己就去放水（解手），然后到处拍照。那个年轻女子很漂亮，看上去最多三十，身材保持得像个女学生，眼神也有点儿怯生生的，好像没见过啥子世面。她穿了件翠绿色的短褂子，下面是深色裙子，多有气质的，一个人慢慢往景区走，就像一棵树在动一样。嘿嘿，我还是会形容哇？

那个老头经常不下车，好像对啥子风景都没兴趣，靠在位置上打瞌睡。就是参观汶川地震遗址的时候他进去看了看，他还给我说地震那年他捐了一卡车矿泉水一卡车食品还有毛毯啥子东西，总之是献了爱心的。但是他家老妮儿每次都要下车，而且经常是最后一个上车，慢条斯理的。总之一家人都很奇怪。

对了，中午吃饭的时候，我还发现一个奇怪的地方，那个年轻女子先给娃娃喂，小伙子就只顾自己闷头吃完全不管。后来，还是老头把娃娃抱过来，让年轻妈妈吃饭。老公不管，婆婆也不管，反倒是公公管，是不是好笑？和普通人家完全不同。

我越看越觉得有名堂，就给我们那口子说，我敢肯定那对年轻人不是夫妻，我从没见过这样的夫妻。我们家老妮儿说，也可能是那小伙子还没长醒，不懂事。我说，一看就是三十的人了，还没长醒？不会哦。我行医三十多年，啥子人没见过，看一眼就能判断个八九不离十，他就是不像丈夫，更不像爹。

比如你警察同志，肯定不是四川人，对不对？我一听就听出来了，你那个四川话，是外地人学的四川话。你是河北的？我感觉你也不是河北的。承德？承德不是河北，承德当然不是河北……手机号是河北移动也不能代表什么嘛。你晓得不，民国的时候，承德是绥远的，绥远是东北的，那时候不是叫东三省，是叫东五省……

好好，我不扯了，接到刚才的说。

吃过午饭离开汶川上路后，情况开始起变化了，两个年轻人突然坐到一起去了，跑到最后一排，开始摆龙门阵了，男娃娃不停地说这说那，女娃娃不停地笑，两个人叽叽喳喳的，很开心的样子。不过我还是认为他们不是夫妻，因为他们那种开心，感觉像是刚认识的新朋友那种，古人说过乐莫乐兮新相知。老熟人不是那种开心法。

但是那两个老的还是一直闷起。

到了川主寺，周老头就说，他不进景区游玩，就在原地喝茶歇脚。我一听正好，我也不想去，毕竟七十多的人，坐几个小时车就够累的了。于是我们两个，不，是我们三个，还有那个三岁的小丫头，就找了家茶馆坐下喝茶。我们家老妮儿和他家老妮儿都上去了。

说老实话，我根本不想出来旅游，有啥子可游的？就是我们家老妮儿，非要出来不可。她说她那些同学一天都在晒照片，去这儿旅游了，到那儿旅游了。她就口水滴答地羡慕人家。我跟她说，旅游有啥子意思嘛，不就是从自己待厌烦的地方，跑到人家待厌烦的地方去看稀奇吗？我又没在成都待烦，不想出去。她说天天在家憋着，太无聊，想去看春天的美景。我说你想看春天美景还不简单，直接去府南河边看就可以了，河边公园要水有水要草有草，要树有树要花有花，非要出远门干什么？别处的花也是那样开，树也是那样长。何必麻烦嘛。加上一出门就有很多不安全因素，没看到新闻上经常有大巴翻车吗？她就骂我乌鸦嘴。

你看嘛，还被我说到了嘛，果然就遇到事情了嘛。本来在家安安生生的，多好，为了跑这一趟，我的诊所还要关一星期。我的诊所火爆得很，每天从早到晚有人，好多人慕名而来。我还骗人家说家里有急事需要停业一周。唉，真是不上算。

本来我们家老妮儿一直安安心心在家的，都是那个啥子朋友圈儿把她给诱惑了。我就不搞那个东西，有啥子意思嘛。她那天报了团回来高兴得不得了，说是现在有规定，参加九寨沟旅游团，年龄限制在七十五岁以下，我刚好够格，报到名了。好像捡了多大一个便宜。我还有四个月才满七十五。莫法，我犟不过她，毕竟人家多年轻的时候就跟我了，我那个时候落魄，快四十了都没对象，出身不好嘛。她是二十出头的黄花大姑娘，嫁给了我，虽然现在也是五十多的老太婆了，但我还是亏欠过她嘛。这几年我每天坐诊，她在家带孙儿，的确辛苦。好嘛，我就带她出来耍一盘嘛。哪晓得……

所以我早就说了，老头娶小的风险很大，又费马达又费电。那个吴昌硕那么牛，娶了一个小妻，还不是跑了。吴昌硕还多幽默的，说我情深，她一往……

好好，我接着说正事。

我跟那个老头坐下来喝茶，几分钟就搞清楚了他的状况，原来他是个大老板，他给了我一张名片，我一看到那个企业的名字吓了一大跳，太有名了，我都买过他家产品。简直看不出来他是那么大个老板，穿得比我还朴素，肚子也没有鼓起，脸上也没有油光光的。我虽然没表现出来，还是吓了一大跳。

他听说我是老中医，对我也很客气，马上咨询了一些身体情况。他说他有哮喘，很多年了，必须随身带药，是原来下乡当知青的时候得的。我马上答应，回去就给他开一个方子，虽然不能根治，但可以缓解很多。我们中医讲究的是调理……

我还跟他说，年轻的时候病是敌人，入侵到你身体里欺负你，很快就被兵强马壮的你给打跑了。年老的时候病成了朋友，登堂入室后就不走了。这种时候，你只有心平气和地与它共处，一起走完人生的最后阶段。

他很欣赏我的说法，说我很有哲理。

那是，我们中医就是讲究辩证法。我还跟他说，人上了七十，就不能不考虑剩下的路了。像我，早就准备好跑路了。他问我是不是写好了遗嘱？我说不是的，遗嘱归遗嘱，我是为了断自己做好了准备。他有点儿吃惊。我说我的原则是活要活得开心，死要死得痛快。如果哪天我得了重症，不可逆转，我绝对不会毫无尊严地延长生命，立马自我了断。他问我咋个自我了断？我说我有药，备好了的，到时候“嘎嘣”一下就了断。他问我啥子药，我说这个不能分享，不然我成杀人犯了。而且我不会等到连吃药的能力都没有了才了断，我肯定要提前了断，求个好死。

他朝我举了个大拇指，表示很赞成。反正我们两个聊得很投机。

后来我们又彼此报了下年龄，搞了半天他比我小七岁。我还以为他也上七十了，结果他才六十七，他有点儿显老，可能做生意太辛苦了，太熬心血了。不管你好有钱，身体都是一样的，都是经不起熬的。英雄都气短，何况老英雄？

不晓得咋个就聊到了老婆。我跟他说，我老婆比我小二十（其实是小十八，中国人都喜欢四舍五入嘛），所以她还敢上去游览，我不敢上去。这里海拔还是有点儿高。可能我说这个话的时候有点儿骄傲，男人嘛，娶个年轻老婆肯定还是有点儿骄傲的。他一下就笑起来了，确实笑得很突然。他说我老婆比我小四十，所以更没问题了。我又吓了一大跳，虽然之前一直疑心，听他说出来还是吓了一大跳。他吓了我两大跳，第一大跳是那张名片。

我就忍不住问他，那，那两位是你的……他知道我问的是哪两位，回答说，他们是我姐姐和我外甥。哦，是这样。我心里面想，好奇怪的组合，不是一般的奇怪。

周老板看出我的奇怪了，假装没看出来。大家都是这个年龄了，啥子情况都能应对，不想解释就不解释。但是他还是开始给我摆龙门阵了，讲起他是咋个娶到那个美女的，绘声绘色，简直像茶馆里说书的一样，多好听的。说到底，就是因为他有钱。有钱人的生活，我们简直不能想象。有一回有个有钱人在我那儿看病，说自从他养的锦鲤死了后他就一直不好，股市也亏，心慌气短，晚上失眠。只好下决心再去买两条。我想买个金鱼还要下决心吗？就问他好多钱一条，他说五万一条！我的个乖乖，五万，两条十万！我们老妮儿让我给她买个一万的手镯我都没舍得，真是人比人气死人呀。那个病人走了以后，我马上拿卡给老妮儿说，去买手镯吧，手镯永远不会死。

好好，我接着说。

反正周老板摆起他娶小老婆的时候，是有点儿得意的，他娶那个美女的时候，他已经五十九了，美女刚刚二十。他说他们差四十，果然也是四舍五入了。

这么一说我明白了，他怀里的那个小丫头是他的，是他和那个年轻姑娘的。他说这是他们第二个了。老大已经上小学了，所以没有带出来。我心想，看不出，还凶（川话，厉害之意）嘛，居然生了两个。

但是我看他现在不行了，看气色就晓得，已经在走下坡路了，而且走得很快。一个强人，最终打垮他的只有身体。身体一垮，咋个都骄傲不起来了，真的，打垮一个强人的只有他自己。

我没想到他会把这些秘密都告诉我，可能他觉得我们都是老牛吃嫩草，有共同语言，容易理解。其实我们完全不同，我娶老婆的时候四十岁，也还是青壮年嘛，而且是初婚嘛，他肯定是第二道了。他才是老牛吃嫩草，我不算。

好好，不说这个。

周老板开始讲的时候还是比较得意的，不知道为啥子，讲到后来脸上就有愁云了。他可能没察觉，我一眼看出来了。他说他和我一样，对旅游没兴趣，生意都忙不过来，社会活动都参加不完，哪有闲心旅游嘛。但是不知道咋回事，这一年多榴月天天要求出门旅游，他没办法，才答应出来的。

我点头表示理解，我说周老板，我跟你完全一样，我也不想出门。按我们传统医学来讲，老人宜静不宜动。在家千日好，出门一日难嘛。

周老板说，我倒是经常出差的，但是……唉。这一年多身体也不如从前了。你要是一年前见到我，肯定觉得我精神得很。这一年我变化很大。王医生，是不是人的身体下滑也是有个节点？到了某个节点就会刹不住车？

我连忙安慰他说不会的，你就是太累了，需要调理。我们毕竟是六七十岁的人了，不能和年轻的时候比，身体各个零件都老化了，磨损了。等回到成都了你来找我，我专门为你配个方子，帮你调理一下，等于是在各个零件点点儿油，虽然恢复不到从前，但还是可以禁用一些嘛。他还多高兴的，说这次出门还是有收获，认识了我这个老中医。

哪晓得……他认识我晚喽。

昨天夜里？昨天夜里是这样的，我们老两口本来早早就上床休息了，后来我听到走廊上有动静，感觉不寻常，就起来开门去看，一打开看到导游小顾正往208房间跑，我想是不是有人生病了？当医生的嘛，还是有职业敏感的，我就跟着跑过去了。

等我进到房间的时候，周老板已经不出气了。

唉，下午都还好好的，咋个说没了就没了呢？我虽然行医几十年，也有点儿看不懂了。听说他从发病到咽气，时间很短，就是半个多小时。也好，没受啥子罪，还是比较符合我说的那种痛快了断。

不过他倒是痛快了，他家人很痛苦，我看到那个年轻女娃子脸色苍白，一下就瘫倒地下了。他老姐姐坐在一边摸到胸口掉眼泪，眼里有很多怨气，我看出来了。

人世间的事，有时候真是太怪了，见怪还是要怪。

3. 游客方女士

虽然不是我报的案，但我也赞成查一下老周的死因。在这个问题上我站在他女儿一边。老周他得哮喘又不是一两天了，怎么可能被这个病害死？这里面有个很大的疑团，需要解开。

我到现在还有点儿回不过神儿来，怎么会发生这样的事？我也是年过半百经历过不少事情的人了，一直都很淡定的。我相信凡事皆有因缘，可是这件事情的因缘很不明了，让我无法勘破。仅用人生无常来解释，是解释不通的。

一个好端端的人，说没就没了。一个成功的企业家，一个常人眼里的大款，一个可以让很多人依靠的墙，突然就坍塌了，化成尘土了。虽然我知道，无论是谁最终都要化作尘土，但总得有个前因后果吧。

当然，出了这样的事，我也没必要隐瞒了。我承认，我和周德伦不是夫妻，那个榴月才是他妻子。我是周德伦叫来给他打掩护的，周德伦出了我们的所有费用。

我和他是什么关系？算姐弟吧，他叫我方姐。其实我比他还小个半岁吧，但是因为公司里的人都叫我方姐，他也这么叫，估计很多人都不知道我的真名字了。

我真名方素荷，素雅的荷花，父母大概是这么期待我的吧，因为生在七月。现在自然是干荷了。那个年轻小伙子是我儿子，专门请假陪我出来玩儿的。我没有告诉他我是来帮周德伦打掩护的，如果说了他肯定不来。这个月我正好过生日，他问我要什么礼物，我说你从来没陪你妈玩儿过，陪我玩儿几天就算给我的生日礼物了。儿子很孝顺，答应了。到了旅游团我才告诉他实情，他很不高兴，可是来都来了。再加上他也知道那个周德伦对我们母子很好，小时候他一直叫他舅舅的，但是这个舅舅娶了个他的同龄人，还是让他别扭。

起初他和榴月各坐各的位置，也不怎么说话，可是，年轻人毕竟是年轻人，慢慢就熟悉了，熟悉之后马上就谈笑风生了，还窃窃私语，这个我也没想到。我儿子也是男人，男人都好色，对吧？虽然榴月论辈分是我儿子的舅妈，但毕竟年轻，又那么漂亮，那么有魅力，这也是没办法的事。榴月跟我儿子在一起也很开心，这应该是人的本能吧，谁都懂得起的。

老周娶榴月的时候，榴月刚二十，他已经五十九了。这么大的差距，肯定是走到哪儿都会引来惊诧的目光（当然也包括羡慕或者鄙夷的目光）。老周虽然有勇气娶小妻，却不愿意承受各种目光，所以平日里很少和榴月一起出门。

今年春节吃年夜饭的时候，榴月忽然当着一家人的面哭起来了。我猜测是咏梅，就是老周的大女儿，刺儿了她，她说她：“你是不是生怕我和爸的距离还不够大?”那天榴月穿了一件无袖的棉旗袍，外面披了一件狐狸皮的短大衣，还梳了一个很高的发髻，显得特别妖娆。咏梅本身就反对她父亲这桩婚事，加上在相貌上又比较自卑，她长得像她爸，不怎么好看，相比之下榴月太过出众了。榴月当时没说什么，后来不知怎么就掉起眼泪了。

我当时也在场，每年团年，老周都会订一个二十人的大桌子，把全家人，七七八八的，都叫来。吃了饭还每人一个红包。他喜欢那种场面。大家也乐得又吃又拿。

我看老周拍了拍榴月，没说什么。榴月也很快收声了。她本来就是个好脾气女孩儿。后来他就跑来跟我商量了。他说榴月听说咏梅他们要出国旅游，很羡慕，也想出去玩儿。他还说这些年确实憋屈了榴月，想满足她一回。

他来找我商量，要我帮忙，让我带着儿子一起去，这样在外人看来我们四个人就是两对夫妻，显得比较正常。他说你来帮我打个掩护吧，只有你能帮我。我实在是厌烦了人家总把榴月当我女儿，把我女儿当孙女。我一面笑他竟想出这样的主意，一面还是答应了。

从人的本性来讲，每个人都是自我中心的。一天二十四小时至少二十小时会想到自己。只是有的人在为自己着想的同时，也努力替他人着想，否则就于心不安；而有的人不但自己替自己着想，还要所有的人都替他着想，否则就怨气冲天。这可能就是利他和利己的区别吧。

老周这个人属于前者，比较替别人着想。我也可以算前者，所以肯定会帮他忙的，这么多年了，他一直对我很关照，待我不薄。人应该懂得感恩，否则连动物都不如。生活需要一颗感恩的心来创造，也需要一颗感恩的心去滋养……再说这事我若不帮他，他还真找不到合适的人。

我当即说没问题。不就是玩儿吗，免费旅游，还能帮上你，有什么不好？而且我还鼓励他说，你早就应该出去走走了，不要总忙生意，生意哪有个完？要学会享受生活，看看路边的风景，听听自己的心声。我们总在一个既定的轨道里生活，让惯性裹挟着走，久而久之，都忘记了生活本来的样子。

好好，我说实在的。

我和他是二十年的朋友了，开始是他的下属，在公司做办公室主任，后来就成了朋友。我还帮他管过孩子。他经常说，你就像我的姐姐。我儿子研究生毕业，也是他推荐进了一家投资公司的，还送了一个超大的就业红包。他还说结婚的时候要送更大的。老实说，我真没什么可报答他的。他什么都不需要，应有尽有。不只是物质上应有尽有，精神上也很强大，公司里遇到任何麻烦，大家觉得只要告诉他就OK。包括我个人有什么困难，也常常是他帮我搞定的。我看书上说，有哮喘或者呼吸障碍性疾病的患者，心理容易脆弱。但他不一样，我很佩服他。

不过我还是想告诉你们，在外人面前，在社会上，他始终是个强人，像广告里说的，一切尽在掌握。自己的公司越做越大，几年前上市，稳稳地往前走。他在社会上的形象也很好，做慈善，参加公益，还是市里的政协委员。在江湖上也讲义气，很有人缘。家里的事，感觉他也都能摆平。摆平什么？唉，就是那种清官难断的家务事嘛。

但只有我知道，他经常疲惫不堪心力交瘁。虽然他娶了榴月，但榴月在他心里始终是个孩子，不是妻子，他是榴月的人生导师，他在榴月面前从来不诉苦，不发牢骚，不示弱。他只有在我面前是最放松的，最不在意形象的。

我不会开导人，没有学过心理学，大学里是学企业管理的，但是我喜欢看杂书，心态也还算平和。他特别愿意到我这儿来，隔个十天半月来一次吧，到我家把外套一脱，往沙发上一靠，就开始打瞌睡，好像全身都放松了，天塌地陷都不管了。我呢，就在一边儿看书，等他醒了，给他做一碗他最喜欢的西红柿鸡蛋面。他总是说我做的西红柿鸡蛋面比任何饭馆的都好吃。吃了面，有时候他什么都不说就走了，有时候他会唠叨一下最近的烦心事，我就是听着，偶尔谈点儿我的看法。说不定他一边唠叨一边就理顺自己思路了。

总之我那个家是他歇息的港湾。我也挺乐意为他提供这么一个放松的场所。人生在世，没有哪个人的生活是容易的，哪怕是所谓的强者，也需要理解和包容，需要体谅……

你觉得我们不只是姐弟关系？我觉得吧，这个事已经没必要追究了。男人嘛，还是希望娶个年轻的，一来年轻的养眼；二来男人还是自私的，希望老了以后年轻妻子可以照顾自己，其实不然……

好好，我是想尽可能把我知道的事情告诉你们。

八年前榴月到公司来时，老周还让我带了一段时间。他这人就有这本事，做什么事都给人感觉是正确的。因为他的关系，榴月也叫我方姐。我带她熟悉城市生活，买衣服，打理头发，还教她穿着，还带她去学了一段时间瑜伽。虽然他当时给她安排的职位是我的助理，实际上我成了她的助理。他们成家后我又教她洗衣服，熨衣服，叠衣服，用吸尘器，整理房间，反正就是学习家政吧。就是没学厨艺，老周一直有个固定厨师。

哦，又说跑了，不好意思。我接着前面说。

榴月来和我商量，多订一个房间。晚上我带小丫头睡，儿子自己睡，他们俩一个房间。我觉得这方案很可行，同意了。反正就四个晚上，我管孩子没问题。

但是真的一起出来了，还是觉得有点儿别扭。儿子别扭，榴月别扭，我别扭，他也别扭，我看出来了，他情绪不高。我的别扭可以忽略不计，这么大年龄了，无所谓。本来我就是带着一颗脱俗的心出门的，只想喝一杯尘世的茶。那两个年轻人的别扭，也很快就被荷尔蒙给溶解了，只有老周一直别扭着，而且越来越僵硬，尤其是下午两个年轻人坐到了一起，聊天聊得很开心，他的脸色更不好看了，我完全能看出来。我想他的心情一定很复杂。

说起来，老周真是一个情种，我说这话没有贬损他的意思，就是陈述一个事实。他的感情生活开始得很早，九岁时就喜欢上了他们班上一个女孩儿，天天在街角等女孩儿一起上学，考试得了一百分妈妈奖励他两毛钱买糖，他马上分一半给那个女孩儿，只为了牵一下女孩儿的手。可是到五六年级，女孩儿进入尴尬期，成了黄毛丫头一个，不好看了，他马上就冷落人家了。

后来下乡当知青，他爱上了宣传队里的“李铁梅”，死追不放。他在外貌上一点儿优势没有，个子也不高，年轻的时候就不帅。但他很有才，能说会写，情书尤其写得好，在知青里也算个小才子。李铁梅就动心了。李玉和知道了倒是没说什么，李奶奶坚决不干。我这话你们肯定听不懂吧？五十岁以下的人都听不懂。简单地说，就是那个女孩儿的爸爸没意见，女孩儿的奶奶不干，奶奶嫌他就是个知青，前途未定。他们李家，好歹也是个商贾之家。

但是周德伦是个不达目的不罢休的人，回城后接着追，最终和李铁梅结婚了。为这个他很是风光了一阵。因为年轻的时候李铁梅确实漂亮。我见过照片，真的是清纯动人。后来呢，他下海挣钱，发达了，自己办企业很成功，成了有钱人，就和李铁梅离婚了。

其实离婚的时候他很纠结，毕竟他跟李铁梅是患难夫妻，不想抛弃她。但是他当时管不住自己，跟公司的会计好上了，公司会计威胁他说，不娶她的话，就把他公司的事全部抖搂出去。他想来想去，觉得两个女人比起来，还是李铁梅好降服一些。他就和李铁梅推心置腹地谈了一次，时间长达五个小时。他说咱俩是自己人，好商量，我觉得眼下这个情况，无论对你还是对我，都是离婚比较好。第一，你这个人有洁癖，即使不离婚，你以后也不会再碰我了，那不是守活寡？第二，离婚的话，你可以拿走一半财产，我心理也平衡一些。你现在刚四十，有这个经济基础完全可以再婚。何必跟我一起糟蹋了下半辈子呢？至于女儿，让她跟你，保证她的生活没有太大变化。

李铁梅觉得他说得句句在理，就答应了。周德伦就是个特别能说的人，一套一套的，死人都能被他说活。一个人要是能说会道，成功的几率就很高，真的，好像是哪个哲学家说的，任何人只要具有辩才，能把他荒诞不经的假设说得天花乱坠，就一定能取胜。当然他也爱看书，聪明，什么都懂点儿，下乡前是石室中学的，挺会读书。他说话算话，把李铁梅母女俩完全安置好了才离婚的。

可是后来很不好，两败俱伤。李铁梅虽然会唱《红灯记》，却是个很内向的人，离婚后一直郁郁寡欢，也没再嫁。几年后女儿考进大学去北京读书，她孤孤单单的，心情更不好，五十多岁就去世了。周德伦说他这辈子最对不起的人就是她。但是他自己那几年也很糟，娶了会计后一天安生日子没过，成天吵架。会计倒是给他生了个儿子，但她就是个好吃懒做的女人，还花钱如流水。老周一直忍着她，等儿子一考进重点高中他就把她休了。这一次他完全掌握了主动权，因为会计早就不是会计了，早就是全职太太了。当然，他还是给了她房子和钱，把她安顿好。生命很贵，生活很累。

后来他有点儿惧怕婚姻了。曾经有几年和一个女人同居，不愿意结婚。那个女人很能干，是公司里负责市场销售的。但是太强势了，还总喜欢在外人面前指点他。他受不了，又分手了，分手后也把那女人安排得妥妥的。他就是这么个人。

现在过年的时候，他除了把女儿女婿叫上，还会把会计和小儿子叫上，也把那个市场部经理叫上，把我叫上，好像他有三房四妾似的。榴月对此一点儿不吃醋。这个女孩儿就是这点好，也许人家是大智若愚吧，心里明白她在老周心里的地位，乐得做个贤惠的妻子。

所以我说，老周给人的感觉，就是能把一切搞定。这次出游，他也是很有把握的样子。却没想到，出了问题。

我好后悔，我不该答应出来，不该答应帮他打掩护。如果我阻拦他，让他老老实实在家，就不会出这个事。唉，风起于青苹之末啊。谁能预见会发生这样的事？

其实下午在车上，我看儿子跟榴月谈笑风生的，看老周紧抿着嘴，法令纹一直拉到下巴尖，我就有点儿担心，我还悄悄发了信息给儿子，委婉地提醒了一句：要照顾好你舅妈，你舅舅年纪大了。我想用舅妈和舅舅这两个称谓来提醒他，他和她不是平辈关系。儿子却没心没肺地回了我一个OK。后来他俩很晚才下山登车，我有意黑着脸训斥了儿子，然后又故作轻松地跟老周说了句，真是孩子。

我是想让老周不要太介意，年轻人贪玩儿嘛。

晚上到达宾馆后，我就带着小丫头在我房间里，给她洗澡，哄她睡觉。我那天也挺累的，毕竟坐了一天的车，也洗了躺在床上准备休息。可是电话忽然响了。大概十点多。十点多少？我没看表，应该是十点四十吧。

我接起来，只听到喘气声，我马上明白是老周犯病了，连忙冲过去，就在隔壁房间，门没关，我一推就开了，进去就看见他一个人倒在地下，榴月不在。老实说，如果我当时马上能找到万托林，是可以救他的，他揪着胸口，呼哧呼哧的。但是我找不到药，我在床头柜和他衣服口袋里都没找到，以前他习惯在睡觉前放一支在床头柜上。我俯下身问他药在哪儿。他就说了两个字，榴月。我也不明白什么意思，急得使劲儿喊榴月，过一会儿榴月跑进来了，手上拿着万托林，扑上去对着他的嘴就揿，连续揿了好几下，我一下子想起不能过量，过量很危险，但是已经晚了……到最后也不晓得是药喷得太晚，还是太多，反正，他就是过去了，眼睁睁地在我们面前断了气……

我不知道他们夫妻间到底发生了什么，我不能乱猜测，但肯定是发生了什么。我只能说我看到的。当时榴月确实不在老周身边，她跑进来的时候穿着睡裙，很慌张……

我现在就是希望查清楚，他身边为什么没有那个药？就是那个可以救他命的万托林，医学名字叫硫酸沙丁胺醇喷剂。沙丁胺醇，沙子的沙，甲乙丙丁的丁，胺是月字旁一个安全的安，醇是醇厚的醇，左边西右边享。他用这个药二十多年了，不要说出来旅游，就是出门散步都要带着，他办公室的抽屉里也随时放着，我家也有，总之他常去的地方都有。

他虽然心理强大，唯独在呼吸这个事儿上很谨慎。有次他去参加一个重要会议，到了地点忽然发现裤兜里没有沙丁胺醇，立即连路都不敢走了，生怕步行导致呼吸急促，诱发呼吸道痉挛。就坐在大厅里，让服务员去街上药店买，等服务员买到一瓶沙丁胺醇，他才坐电梯上楼开会。对这事儿那么谨慎的人，怎么会不带药？除非是有人把他的药藏起来了。

我俯下身去的时候，他最后跟我说的就是“榴月”两个字，我听得很清楚，但我不明白是什么意思。榴月怎么了？

我不愿意相信是榴月害他，榴月为什么要害他？没道理。凡事都有因果，老周走了对她有什么好处？我知道老周早就留了遗嘱，财产五个人平分，四个孩子再加上榴月。老周不走，钱财都是榴月的，所以榴月不可能谋财害命。

但是我还是觉得必须查清楚，且不说他大女儿要追究，我也想追究。不然老周死得太冤，我也跟着冤，毕竟是我陪他出来的。

好吧，我就说这么多吧。我说的都是真实的。虽然我没有抚摸《圣经》发誓，我也保证都是真实的。

4. 妻子榴月

我对不起大叔……对不起……好，我尽量克制……

我一直叫他大叔，一开始这么叫，后来就改不了口了。他说那就这么叫吧。结婚以后，我在公共场合叫他德伦，在家还是叫大叔。大叔是我的恩人，是我们全家的恩人。他一直对我很好，我也想对他好，想报答他。其实我一直对他挺好的，可是我也不知道怎么了，这次出来惹他生气了……

都是我不好，吵着要出来旅游，如果不出来就不会出事了。我后悔死了，真的后悔死了。是我害死了他，我对不起他……

……对不起，我太难受了。

那年我考上了省城的影视学院，我想当主持人。大家都说我声音好听，样子也适合，是大眼睛，小瓜子脸，只要垫一下鼻子就可以了。虽然我成绩不是太好，但那年还是上了二本的分数线。

上高中的时候，爸妈就给我办了一张卡，每年往里打一点钱，让我上大学用。可是等到通知书来了，卡里的钱还是不够学费，只有两千多一点。后来我手机上收到一条短信，说国家要资助贫困生，每个贫困生两千。我太高兴了，打电话过去问，对方说是真的，让我到银行的柜员机去操作，我就按他说的操作，没想到被骗了，不但一分没得到，我卡里的两千也没了，再打电话去，电话变成了空号。我当时太绝望了，真不想活了，恨不能立即被车撞死。

还好遇到了姑妈，姑妈在县城打工，把我拉到她家去了。姑妈家里也困难，找不出那么多钱给我。但是她说，她听说可以找人资助上大学，毕业了再挣钱还。姑父说，他也看到报纸上登了这个新闻的，一对一资助寒门学子。他们就帮我打电话去报名，报社说太晚了，前面报的人都已经结对了。姑妈就把我受骗的事告诉了报社，报社那个人很同情，就说他再试试。没想到过了两天报社真的来电话了，说经过他们协调，有个公司老总表示他还可以资助，让我赶快去成都面谈。

我跟着姑妈到了成都，在报社见到了他们公司的办公室主任，就是方姐。方姐说他们公司有专门的资助寒门学子的基金，每年都要资助几个高考成绩不错但是家庭困难的学生，今年公司已经资助了五位。前两天报社来电话询问，说又有个报名的，是否还可以资助，还讲了我的学费被骗的事。他们老板就说，那就增加一个吧，于是派方姐来谈，方姐说我运气好。

方姐代表他们公司跟我签了协议。协议的大概意思就是，公司给我每学年资助学费一万，四年四万。如果成绩优异考研了，还会继续资助。但如果挂科了不能按时毕业，就要偿还所资助的款项，但不需要利息。

我太高兴了，真像做梦一样。一方面觉得解决了学费，一方面也觉得自己有了动力。我暗暗下决心一定要好好学习，一定要有出息，让爸妈、让奶奶放心。而且我还想过，一万块的学费我省着用，还可以给爸爸买点儿补品。我真的好激动，太激动了。

后来，方姐就带我去公司见了周老板。他看上去特别亲切，像个大叔一样，我脱口就喊了声大叔，眼泪哗啦啦地流下来了，怎么都止不住。方姐让我叫他周总，他说不用不用，叫大叔挺好的。

在公司吃午饭的时候，他问我，你的理想是什么？我回答说，读完大学，找一份工作，最好是当主持人。多挣钱，给爸爸看病，把奶奶从乡下接出来，资助弟弟上大学。他点头说，你是个好孩子。然后又问，你觉得要多少年能实现这个理想？我默默算了一下，大学四年是清楚的，但是工作多少年才能挣到钱我就不清楚了。于是我说，可能要十年吧，说不定还不止十年。

我忽然感觉很无望，眼泪又涌出来。他安慰了我几句，说不要泄气，只要努力总会有希望的。大概就是这个意思，然后我就回家了，我想在开学前去看看奶奶。

我从小就是奶奶带大的，爸妈一直在外面打工，我和弟弟都是跟着奶奶长大的。上高中我爸妈才让我到县城住，也是住校，没和他们在一起。我奶奶就一个人在家。本来爸妈收入还可以，但是两年前爸爸病了，是尿毒症，花了好多钱也没看好。所以等我考上大学的时候，家里不但没有钱，还欠了债。大叔如果不资助我，我只有放弃上大学，外出打工了。真的，我奶奶总说，我能遇到大叔，是前世修来的福分。奶奶烧香拜佛的时候，经常也给大叔拜。

本来我去看了奶奶，就准备开学的。可是开学前一个星期，方姐打电话给我，让我去公司，说大叔要见我。我去了，大叔单独请我吃饭，吃西餐，他还教我怎么用刀叉。他说，上次你跟我谈了你的理想，我很感动，一直记在心里。现在我有个建议，可以帮助你提前实现你的理想。

我很惊讶，不知道是什么建议。他说，你就不要去读大学了，你那个专业，老实说，能学到什么？就是毕业了也不一定能找到好工作，更不要说当主持人了。不如直接到我们公司来吧，先做见习生，一个月五千，转正了，就一个月一万，怎么样？

我吓了一跳，这样的话，我一年可以挣十几万了。我爸妈两个人加起来一年才挣十万。

大叔看我不说话，又说，你先尝试一年，一边工作，一边学习，就在办公室跟方姐做一些接待工作。你想学普通话我找人教你。你想学形体我也可以给你报学习班。另外我给你开书单，每个月读五到十本书。我敢肯定，四年下来你会超过你那些同学的。如果一年以后你还是想上大学，那你再去。

我内心非常纠结，放弃上大学可不是小事。我就跟家人商量，爸妈都觉得是天上掉馅儿饼了，奶奶也说我遇到贵人了，他们说我读了大学出来也找不到那么高工资的单位。是的，大叔说好多大学生想进他们公司都进不去。最后促使我下决心的，是大叔无意间说的一句话，他说，到时候给你单独一间屋子。

一间屋子！我从小到大没有过自己的房间，小时候跟奶奶弟弟挤在一间屋里，高中住校和八个同学一间寝室。听说上大学也是好多人一个房间。我好想有自己的房间啊。

就这样，我放弃了上大学，进他们公司了。

进公司以后，大叔也没给我安排什么工作，只是让方姐带着我到处学习，参加这个班那个班，她还教我好多事情，包括家务事。但是每天必须读两个小时的书，上午一小时，下午一小时，都是大叔开的书单。他有空的时候，还亲自给我讲他的读书体会，辅导我，我感觉他什么都懂，特别有学问。那一年我感觉过得特别充实，也特别开心，天天学习，还可以挣钱。

一年后我满二十岁了。生日的时候大叔又请我吃饭，他说这一年我表现很好，要奖励我。可是我心情不好，因为父亲没有及时透析病情加重了。吃饭的时候大叔问我怎么不开心，我鼻子一酸眼泪就下来了。我也不知道为什么，在他面前很爱哭。

大叔听我说了原委后沉默了很长时间，我心里忐忑不安，心想他会不会批评我不够坚强。因为他给我讲过海伦·凯勒的《假如给我三天光明》，叫我要向她学习。

他递了一张纸巾让我擦眼泪，过了一会儿说，我很同情你的遭遇，可我现在也只能像对待公司员工那样，给你一点儿困难补贴。这个解决不了大问题。但是，他顿了一下说，如果你成了我的家人，就不一样了，我马上可以帮你父亲做换肾手术。

成为家人是什么意思？认我做干女儿吗？我无法相信。

大叔直接就说：你愿意嫁给我吗？

我惊呆了。虽然大叔一直对我很好，我也从来没往这方面想过。当然，我有时候也会想，他为什么对我那么好，我为什么那么好运气。

大叔说，你不用马上回答，好好考虑一下。你也可以选择离开，去上大学，我依然会支付学费。你也可以选择留下，开始新生活。

我说，可不可以先去读大学，然后再……再成家？

大叔说，你觉得你父亲还能等那么久吗？

我去跟方姐商量。方姐说，大叔离异五年了，本来打算再也不成家了，很多人给他介绍他都回绝了，其中也有年轻的。看来是你让他动心了。她又说跟了大叔，你肯定一辈子衣食无忧。而且大叔还不是个粗俗的人。当然，他的缺点就是年龄大了些，你自己权衡吧。

我想年龄不是大了些，是大很多很多啊，他比我父亲都大十几岁。可是，可是，我承认，这一年多在公司的日子，对我来说太有诱惑了，我再也不想回到从前了。他给我的那么多诱惑，足以抵消四十岁，应该说抵消了还有富余。何况，父亲他，在医院等着救治。

两天后我给大叔发了条短信，三个字：我愿意。

大叔回了一个字：好。

结婚以后，大叔说到做到，花了几十万为我父亲做了换肾手术。虽然我父亲没能彻底康复，但还是多活了七年，直到去年才去世。他也把我奶奶接来和我们同住了，奶奶后来不习惯又回乡下去了，我现在每月给她寄钱。父亲去世后，母亲和我们住在一起，帮我带孩子。大叔几年前就给母亲一次性缴纳了三十年的社保，还投了医保。这样母亲五十岁以后就可以领社保费了，她觉得很踏实。我弟弟前年也考上大学了，是大叔出的学费。大叔真的是改变了我们全家的命运。

我自己，也没什么可遗憾的，年龄差异大不算什么，大叔对我特别好，比爸妈对我都好，只要我想要的他都给我。有时候我都没想到他也会主动给我。虽然我没去做主持人，还是按自己的愿望去把鼻子垫高了，大家都说我更漂亮了。大叔经常说，你可以尽情享受生活，这是上天赐给你的。当然不光是物质上的，他也经常给我讲书，增加我的知识面。第二年我们就有了一个儿子。他对儿子那种好，真是少见，那么忙，只要回到家就会抱着儿子给他读古诗、讲童话。

如果要说不习惯的，就是他的规矩特别多，刚开始我经常忘，就会被他批评。吃饭、睡觉、走路、说话都有规矩。比如刷牙，必须一天三次，竖着刷；比如吃饭各坐各的位置，不能乱坐；比如他去上班我要送到门口，帮他递上手提包；我外出回家要大声打招呼：我回来了；出门要说我走了，晚上见。还有，睡觉前要默想三分钟，今天做了什么，明天要做什么。还有，每周一要列清单，本周必须完成的事情。去超市之前也要列清单。我的写着“1、2、3、4、5”的清单抽屉里有一大摞，他有时候会检查。

刚开始别扭，后来就习惯了。他吃饭很挑剔，每次我把饭菜摆好，他坐下来会先把所有饭菜看一遍，然后指出问题，比如搭配不当，或者买了过季的菜。其实菜不是我烧的，但他会批评我没安排好。如果菜品都满意他也会发现问题，比如汤勺没拿，或者骨碟没摆。总之他肯定能找出问题，他是个很挑剔的人。但吃完后他会说谢谢。

对了，连我的电脑手机下载哪些软件，都要经他同意。他会时不时地检查。我看的美剧韩剧，他也会检查，虽然他没时间看，但是他会去先去查内容简介，有些他说不适合我看，我就不看。

读书方面管得更紧，一直在监督我，他说不能因为我放弃上大学，就变成一个没文化的人。结婚前是一个月五本，后来一个月两本，有了孩子后一个月一本，到了月底必须讲给他听，如果没读完，或者读了以后什么都说不出来，就要被他批评。我不愿意被他批评，我希望他对我满意。所以我很认真，慢慢地也养成看书的习惯了。

书的内容吗？什么都有，文史哲的比较多，但我更喜欢看文学方面的，传记呀，散文呀，我都喜欢。另外经济方面和心理学方面的也看，当然是比较浅显的。我感觉这些年我还真的长了不少知识，有一次回县城参加同学会，同学们都说我不一样了。我要是不多读书，跟大叔聊天就像傻子一样。不过我还是赶不上他。

我真的很佩服大叔，他什么都懂。有一次我们儿子在看《上下五千年》，他说这样的书就不要看了。要证明文明的存在必须有三大不可缺少的要素：文字、城市、青铜器。现在对夏朝的考古过程中，这三样丝毫未见，所以世界历史学界不承认中国有夏朝的存在，只承认殷商的存在。如果从殷商算起，中国有明确的纪年史，到今天为止只有2586年。而古埃及文明，有明确的纪年史都在四千年以上，古埃及22个王朝结束时，中国才进入春秋战国。你们看中国史从殷商开始就可以了。真是好厉害。

好，我接着说这次的事。

原本我和他感情很好的，结婚八年了我们没吵过架。他样样都顺着我，我没理由吵架，再吵架就太不懂事了。但我就是觉得生活很沉闷，原来孩子小还好，顾不上瞎想。现在孩子读书了上幼儿园了，我经常一个人在家。虽然可以去美容院，去游泳，去练瑜伽，去买东西，或者在网上看美剧看韩剧，但还是觉得闷。

从去年开始，我萌生了出门旅游的念头。古人说读万卷书，行万里路，这说明行走的重要性不亚于读书。可能比读书更重要。你看中国历史上那些了不起的大家，都是到处走的。孔子、老子、孟子，还有李白、杜甫、苏东坡，还有徐霞客、李时珍，都是一辈子在路上的。西方有个哲学家说过，你想拥有知识就需要产生观念，你想产生观念就需要获得印象，而印象就来自于你的所见所闻所感，也就是说，必须亲身经历才行。

以前我也起过出去玩儿的念头，他说没时间我就算了，这次不知为什么，起了念头就压不下去。我反复跟他提，还把刚才的那段话也讲给他听了，他总是不吭声。后来他说，你实在想出去走，就跟方姐去旅游一次吧。我不干，我要和他一起去，跟他一起才好玩儿。他什么都懂，什么都可以讲给我听。一家人在一起才有意思。我们结婚的时候就没有蜜月旅行，我要他弥补我。

他说其实那些山水风光，电视片里都有，甚至比游客看到的还精彩，因为人家拍摄者都是跟踪拍摄了好几年的。他给我看那些美国国家地理拍的纪录片。的确很精彩，但是我看了就更想出门了。我都那么大了，马上就三十岁了，连成都都没离开过，连四川都没离开过。我想去北京上海深圳杭州，我想去新疆西藏东北，我想去看海爬山，反正我想到更大的天地里去看看。不然我总觉得人生不完整。

今年春节吃团年饭的时候，他的大女儿咏梅说，他们报了一个去日本的旅游团，准备三月份去日本看樱花。咏梅说的时候特别得意，我忽然难过得哭起来了。她平时喜欢刺儿我，我不在乎，可是听到他们要去看樱花，我好嫉妒。为什么我不能像他们那样想去哪儿就去哪儿？为什么我只能在家里待着？虽然我知道自己不该当着大家的面流眼泪，好像大叔对我不好似的，但我就是忍不住。大叔曾经跟我说，人要知足，人不可能什么都得到，没有谁的人生是圆满的。可是我并没有什么都得到啊，我只是想出去玩儿一次。

那天晚上回家后，大叔终于跟我说，好吧，我带你出去玩儿一次。但是，他说，我有三个要求：第一，选一个短行程，三五天即可；第二，报一个小团，条件好点儿的；第三，让方姐和我们一起去。

我太高兴了。只要他同意，什么条件我都答应。我想只要这次成功了，就可以有第二次第三次，去远一点儿的地方，去国外。

我马上上网找，找到了这个团。既然他说三五天，我就按最长的五天报了一个团。儿子因为在读书不能去，跟我妈在家。我们就带着小女儿，加上方姐和他儿子。其实我明白他叫方姐的意思，就是想模糊一下大家视线，不要让大家看出来我们是老夫少妻。我当然赞同，我也不想人家认为我傍大款。所以一上车，方姐就和大叔坐在了一起。

我原来就认识小健，就是方姐的儿子，但是不熟悉，就是吃团年饭的时候打过招呼。所以感觉和他坐一起不自在，就选了一个单座的位置坐下，他就坐在我后面了。我戴着耳机听书，是大叔让我听的《钱文忠讲佛》。小健一直在低头玩儿手机。

吃午饭的时候，我忍不住瞥了一眼小健的手机，屏幕上花花绿绿的，还发出各种声音。我很好奇，就问他是什么，他说是手游。我问什么是手游，他说就是手机上的游戏，他玩儿的是最简单的，“天天爱消除”。他就打给我看，我一下子被吸引住了。我从来没玩儿过游戏，大叔说玩儿游戏是浪费生命。可是游戏居然那么好玩儿，太好玩儿了，那些小宠物真好看，一下消掉了好爽好爽。

小健说好玩儿的游戏很多，这不算什么。于是再上车，我就跟他跑到最后一排去坐了。他给我看了他手机上的各种游戏。有些比较复杂，我就想玩儿那个“爱消除”。小健就说帮我下载。我犹豫了一下，就让他下了。我想等旅游回去就删了，大叔不会知道的。小健教我怎么玩儿，还帮我注册了用户名，我说叫“红石榴”吧，他说太土，我说那叫“五月石榴红”？我是农历五月生的。小健还是说土，像大妈的网名，他想了一下，给我取了一个“豆豆超爱吃”。豆豆是我女儿的名字。哈，真好玩儿。过了一会儿他又给我看“抖音”。那些搞笑视频真把我笑坏了，太好玩儿了。于是他又帮我下载了一个“抖音”，也注册了用户名，还是“豆豆超爱吃”。他说到了九寨沟我可以拍有意思的东西上传到“抖音”上。我没想到手机有这么多好玩儿东西，我只会用手机听书，或者购物。

后来我们在车上一直在聊这些，没说其他的。真的，就是在聊游戏。他在教我，我在学。那时候我突然觉得自己太老土了，虽然和小健一样都是“九〇后”，我们俩却好像隔代似的，真的是舅妈和外甥。我一下感觉自己有点儿委屈，不过就一点点。

我们下山晚，就是因为想拍几段有意思的视频发到“抖音”，一直走，就走到人比较少的五彩池去了，在那儿拍了一段视频发到了“抖音”上，是我的首发。呵呵。那天玩儿得特别开心，可是下山后我看大叔和方姐都很不高兴，只好忍住。

吃晚饭的时候，我问大叔是不是有点儿累，他嗯了一声，然后说，你不能总让方姐管孩子。我说知道了，我就把女儿抱过来喂饭。后来我看他跟那个老中医说说笑笑的，放心了。我先吃完，就抱着女儿坐上车，又玩儿了一会儿。

晚上到了酒店，我本来已经进房间了，忽然想起我的背囊还在小健那儿，下车的时候是他帮我拿的。不知道为什么，我不敢跟大叔说我要去小健房间拿东西，我感觉大叔不乐意我跟他在一起。我就撒了个谎，我从来没对他撒过谎，这是第一次，没想到就闯祸了。我跟他说我要去买包卫生巾，感觉生理期要提前了。我当时想我快去快回，应该没事的。

到了小健房间，我先问他那个游戏的32关怎么老是过不去，他就帮我通关，一通通了好几关，最高分都上一百万了，还得了好几样道具。我一开心就忘了时间，不知道为什么跟小健在一起时间过得好快。结果大叔打电话问我怎么还不回去，虽然语气和平时一样，但我听得出他有点儿不高兴了，我连忙跑回房间。

一进房间，我看见大叔穿着浴袍在看电视，他只说了句快去洗澡吧。我洗了澡出来他还是好好的，在看一个讲历史的纪录片，他喜欢看纪录片。我就上床和他一起看，但心里还在想那个游戏，很想再玩儿一会儿，又不敢。他问我刚才去哪儿了，我这才想起我既没买卫生巾，也忘了把背囊拿回来，真是昏头了。

我支支吾吾的，说商店关门了。他肯定知道我撒谎，他一眼就能看穿我。但他没说什么，忽然就开始，就开始……这个也要讲吗?

是，是。之后就出事了。

好吧。他就开始亲吻我。我挺吃惊的，从三年前女儿出生后，我们就很少有夫妻生活了。偶尔有，他也大不如以前了。主要是，他很容易犯喘。我听着难受，也害怕。那天他一抱住我，我就听到他的呼吸声里有哮鸣音，我就说你今天有点儿累，能行吗？他不吭声。我虽然不太情愿，还是顺着他……我一直都顺着他。

可是，他呼哧得厉害了，还咳嗽起来，好像要犯病的样子。我说还是算了吧。他喘得更厉害了，呼噜呼噜的，但依然趴在我身上，很沉很沉，我就用力推他，然后爬到床头柜去够那个药，就是万托林。我说不行不行，你发病了，得赶紧喷一下。他一下子就火了，突然起身朝我大吼：发病发病，你不愿意就算了，不要推到我身上！他从来没对我发过火，我觉得很委屈，就顶了一句，我以前从来没顶过他，我说我还不是为你好，这里是山沟，万一你哮喘……

他上前一把夺过我手里的药，狠狠地说了句死了拉倒！就把药使劲儿往地下一摔。真的，就是那样。我吓坏了，扑过去捡那个药，药滚到电视柜下面去了，我知道他不能没那个药。他过来拽我，我就往后顶了一下，他一下就倒地了。我不是有意的。我捡起万托林，发现他倒在地上脸色发青，吓得连忙冲着他嘴巴揿，却发现喷嘴被摔坏了，怎么都揿不出来。

我一下子脑袋发蒙，忽然想起背囊里还有一瓶备用的，连忙冲出去到小健的房间拿背囊，我真的是去找药的，我使劲儿敲门，按门铃，小健在冲澡，所以好一会儿才开。他一听不好，拿起背囊和我一起跑回房间。

我们进房间时，大叔还倒在地下，脸色更青了，嘴巴紧闭，方姐在他旁边，可能是大叔给她打电话了。方姐见到我就喊，万托林，万托林在哪儿？我什么也顾不上说，打开药掰开大叔的嘴就往里喷，喷了几下没动静，我又喷，还是没动静，又喷……

这个时候我听到方姐说，不能再喷了不能再喷了！我也突然想起，大叔原来跟我说过，他心律不齐，喷万托林不能超过七下。

后来，后来那个中医来了，说他已经不行了……

都怪我，我好后悔。我一直都顺着他的，从来不顶撞他。我也不知道为什么那天晚上会那样，着魔了，该死的游戏，我不应该碰那个游戏的，我不该跟小健一起玩儿……不，我就不该出来旅游……我该老老实实待在家里……我把一切都毁了……是第一颗纽扣就扣错了……大叔说，第一颗扣子很重要。

现在怎么办，怎么办啊？我们的儿子女儿都还那么小……我一个人真的不知道该怎么养大他们……最重要的是，大叔对我那么好，我原来说过要为他养老送终的，没想到他这么突然就走了……

方姐说他到最后都在喊我的名字，方姐还说她当时要是能找到药就可以救他。可是，那个万托林的喷嘴真的是摔坏的，不是我弄坏的，无论如何，我也不会故意害大叔啊！

我说的都是真的，不信你们问大叔……大叔要是还在就好了，他会证明我说的都是真的，他会相信我的……

5. 死者周德伦

当人们对死者有愧时，总会说，啊，愿他的在天之灵宽恕我们。或者，他的在天之灵会感到欣慰的。其实，所谓死者的在天之灵并不是死者的，都是生者的主观臆想。

不过，我的在天之灵，听到了你们各自对事件的描述。

好吧，我承认你们说的都是真实的，没有人说谎。

不过，人们在讲述某件事情的时候，虽然说的都是真实的，却并不是全部的真实。而没有说出的那部分真实，也许才是影响判断的重要部分。所以，我得说出他们没有说出的那部分真实，这样你们才能做出准确的判断。当然，你们听不见，听不见我也要说。我若不说，这个事件始终不是完整的。

为了有条理，我还是按一辈子的习惯，列个清单吧。来一个一二三四五，上山打老虎。呵呵。

一、关于婚姻

我这辈子，一直活得顺风顺水，应该算是运气大学的优等生。

作为一个生于20世纪50年代初的人，我小时候饿过肚子，长大了下过乡，还在街道工厂干过。应该说该吃的苦都吃了，但都没白吃。这个很重要，有很多人吃苦都白吃了。比如小时候饿肚子，没饿到皮包骨头的地步，最严重的时候就是饿得睡不着；我下乡的时间长度，也刚好是我能够忍耐的长度，四年，再待下去不知道会做什么蠢事。进城后被安排在街道工厂，当了四年小工，就很幸运遇到了改革开放。我在第一波浪潮里就畅游起来，承包了工厂，挖到了第一桶金。然后在而立之年，娶到了我追了很久的美女，有了一个女儿。

这三个四年，让我从十八岁进入到了而立之年。步伐很匀称。

接下来，我的生意顺风顺水，很快成为先富起来的那部分人。但是，步伐开始乱了，女儿上初中那年，我和老婆离了婚。老婆是我的知青战友，而且是我追了很久才到手的。在我最初承包工厂的时候，没有老婆做坚强后盾我根本干不下去了，她甚至从娘家借钱帮我。创业不顺利那段时间，她每天背着孩子去工厂给我送饭。我们可谓是患难夫妻。如果说老婆做错了什么，那就是完全没了自己，把全部时间精力情感都花在了我和孩子身上，四十出头就像个大妈了。但即使如此，离婚也是我的错，是我没良心。

我之所以那么没良心地离婚，是跟公司会计搅上了，这里只能用“搅”这个字眼儿，有一次酒后我没把握好自己，闯了祸，让会计有了孩子，因此不得不娶她。会计比我小十几岁，婚后半年就为我生了个儿子。我原本该暗暗高兴的，因为我正想要儿子。可是发妻的不幸成了我的心病。

我不愿意称她为前妻，我愿意称她为发妻。我这辈子帮过很多人，很多人说我对他们有恩，但唯独对不起发妻。其实我是个心肠软的男人。据说心肠软的男人都好色。偏偏发妻是那种不会撒泼哭闹只会生闷气的女人，眼泪和悲伤积攒在她体内，身体看着就垮了。虽然我在经济上尽量补偿她和女儿，差不多给了她一半财产，当然那也是她应得的，我们一起创业起家的。但发妻依然在和我离婚后的第六个年头罹患重病。那时女儿已经去北京读大学了，她独自在家。

我很愧疚，一趟趟地跑医院。尽管她不愿见我，女儿也不愿见我，我还是大把花钱给她用最好的药，请最好的专家。但是半年后，发妻去世了。好在，因为我的诚意，女儿总算原谅了我。

这边发妻刚去世，那边会计就后院起火。也许她不满意我对发妻太好，冷落了她，也许她原本就水性杨花，她跟别人好上了。其实我早就不满她了，好吃懒做，花钱如流水，如果她不乱来，我也就忍着养她一辈子了，为了儿子嘛。可是她居然还乱来，我就犯不着再忍了。儿子考上高中后，我断然休了她，当然损失了不少钱财。

所以，我在运气大学里唯一挂科的，是婚姻。

二、关于方姐和老中医

第二次婚姻失败后，我不想再结婚了，反正我已有一儿一女，也算齐全了。我是真的怕了，这婚姻太难弄。可我毕竟是个男人，所以身边一直有女人。

其中的方姐应该是相处最好的，我和她在一起很轻松。其实，我得说实话，我和会计还没离婚时就和方姐在一起了，我们的关系最持久，因为维系我们的不只是性，她应该算我的红颜知己吧。

虽然方姐从没开口跟我提过婚姻的事，但我是认真考虑过的，我默默地考虑，又默默地否决。她差不多和我同龄，有一个十多岁的儿子，我感觉和她结婚，会让家庭情况变得更复杂。当然我还得再说一句实话，方姐不够年轻，也是个重要原因。我总希望找一个年轻的，在我年迈时能在身边照顾我，我不希望老了以后两个老家伙互相可怜，你耳聋我眼花。但是，这些年我才想明白，我的想法是愚蠢的。

好在方姐这个人，是个性格特别好的女人，什么都看得开，也真的像个姐，能包容我。我和她不再是情人关系后，她依然在公司里工作，心平气和的。我压力大心情不好的时候，就喜欢去她那儿坐坐，她总是能让我恢复平静。有时候我也不喜欢她教导我，但这世上只有她可以教导我。

她这么明事理，我只会对她更好。

这次出门旅游，没有她的支持我是不会出来的，她答应了，我心里才踏实。虽然最终出了问题，但责任不在她，完全不在。

至于那位王老先生，他说得都对。他真的是个老江湖，如果我活着回到成都，也许真的会去他那里开个药方试试。当然，这要看我能不能忍受他的话痨，他的话实在是太多了。我们刚聊了半小时，他差不多就把自己的全部身世都告诉我了，顺带还灌输了一大堆他的人生哲学。有一点我倒是很赞成，就是不要活到没有尊严的程度，差不多了就自己了断。

不过，说时容易做时难。

不知道为什么，我会把我和榴月的婚姻告诉他。是不是人一离开自己熟悉的环境，就会和平日里不一样，变成另一个自己？打开盒子，把另一个自己放出来？不过当我看到他眼睛鼓圆了时，感觉自己能把这么一个老江湖给惊到，还是有点儿小小的得意。

现在想来，我之所以会跟王老先生聊自己和榴月的婚姻，是不是潜意识里已经有了一种隐隐的危机感？上路后，我眼看着榴月从拘谨到活泛再到开心，笑容都和在家里不一样了。照理说我应该感到高兴才是，当然我也高兴，可是担忧多于高兴。在那种心境下，我跟王老头说榴月是我老婆，或许是一种宣示主权的意思吧？

可是，宣示了，依然没有守住。

三、关于榴月

我是在五十八岁那年，遇见榴月的。在此之前，我已经过了几年老男人的独居日子了，榴月结束了这一切。我曾经看到杨振宁博士说过一句话，他说翁帆是上天给他的最后的礼物，我当即心有戚戚焉，特别能体会他说的这句话，因为榴月也是上天给我的礼物。我为此特别感谢老天爷。

榴月第一次打动我，并不是因为漂亮，而是她的眼神，那种怯生生的被伤害了的样子，真让我心疼不已。她告诉我她仅有的一点钱被骗走了，交不起学费；还告诉我因为父亲生病，家里欠了不少债；又告诉我她的理想是把奶奶接到城里来过好日子。她说的这些加上她的眼泪，在那一刻彻底降服了我，我真希望马上成为她的保护神，守护她一辈子。

我努力克制自己，才没有当场把她搂进怀里给她擦去眼泪。

当然，榴月还是好看的，尤其眼睛好看，乌黑清亮，很动人。我忽然觉得她和我的发妻很像，发妻年轻的时候也是那样，大眼睛扑闪扑闪的，让人忍不住想陷进去。

我想想自己经历中的几个女人，都有各种不如意，我忽然觉得，不如我自己培养一个妻子，培养一个我心目中完美的妻子，让她陪我走完后半生。于是我把榴月放在身边，让她跟着我在公司学习，我还让方姐带她，点拨她，穿衣打扮，说话谈吐。但是我一直没有去碰她，对她就是长辈和老板的态度，只是默默关心。

一年后她满二十岁了，城里的生活让她出落得更美丽了，淳朴还在，但增加了优雅和书卷气。于是我认真跟她谈了一次，是去上大学，还是和我结婚？若结婚，就继续过这样的生活，并且实现她的理想，给父亲看病，接奶奶进城。若去上大学，那么，就自己去闯吧。

我没想到，她提出读完大学再结婚。真是个单纯的孩子，世上哪有十全十美的好事。她若去上大学，一定会在大学里谈恋爱，而且不止一次地谈，等到毕业的时候，绝不可能还是今天这个让我心动的女孩儿了。我不能冒这个险。人是禁不住考验的。但我只是问了一句，你的父亲能等那么久吗？这句话把她给问住了。

我不算乘人之危吧，我是让她自己选择的。我只是给了她一次选择的机会。她没怎么犹豫，就选择了后者。或许从另一个角度说，我应该算雪里送炭。

我也认真地替她的将来考虑过。

我们差四十岁，我肯定不能陪她走完一生，除非有意外。那么，如果我七十走，她才三十，完全可以再嫁，就算我八十走，她也才四十，再嫁也没问题。至于两个孩子，我都会安排好的。而我，因为有了她，余生会多么美妙。我奋斗了几十年，不就是想过一种美妙的生活吗？

为了让榴月按我的意愿成长，我很是费了些心思，这样说吧，我差不多成了榴月的人生编剧，她的每一个动作每一句台词都被我写好了。我无法容忍她随意改变台词或者增加戏份。每当她要争辩时，我都会拿出强有力的话来说服他，让她心服口服。说真的，我特别喜欢看她无比崇拜地看着我的样子。

方姐说，我是个能掌控一切的人。其实这只是我的愿望，我希望能掌控一切。从前面的几十年看，应该是做到了。却不料，大厦在一瞬间崩塌。

我以为我给了榴月整个世界，榴月却说她的人生是不完整的。

我很失败。

四、关于这次旅行

榴月第一次跟我说想出门旅行时，我根本没当回事，没过脑子就否了她。后来她又说了两次，我还是很轻松就否了她。我脑子里有一大堆说辞，可以随时打消她的各种念头。

后来她居然搬出西方哲学家来说服我，我知道那话是休谟说的，关于你要产生知识就必须去亲历的那段话，那些书都是我让她读的，武装了她。但是我还是可以反驳她，我说平常的生活也是一种亲历，只要你善于体会，你从买菜做饭购物打扫卫生中，也可以获得知识。我知道我是强词夺理，还是把她说哑了。

就这样从春天到夏天，又到秋天，又到冬天。今年过年的时候，她居然在吃年夜饭的时候哭起来了，说自己结婚八年了没出过门，蜜月旅行没有，一家出行也没有，就像笼中小鸟。

我最见不得她哭，她一定知道这一点。每当她眼泪汪汪时，我的角色就瞬间从丈夫转换到了父亲，我答应这个春天一定带她出门玩儿一次，她怕我反悔，马上就上网查旅游团。我跟她说有三个条件，她说无论几个条件都可以，只要我带她出门。她就像为了得到一件玩具的孩子，愿意写很多作业。

我不愿意和她一起出门，原因很简单。我们毕竟差四十岁，巨大的差距让我窘迫。虽然我说杨振宁娶小妻时说的话让我心有戚戚焉，但我毕竟不是杨振宁，我是个凡人，没那样的气魄。刚结婚时我还精神气儿十足，随便人家怎么看我我都无所谓，有时还故意在人多的地方让儿子叫我爸爸。现在年龄越来越大，不知怎么回事，没有那么理直气壮了。

那个老中医说得对，让一个人无法再骄傲的只有他的身体。我们的精神是靠肉体支撑着的，肉体松懈时，精神很难再饱满。

我下决心出来旅游，是想说话算话，结婚时我说过要给榴月全世界，怎么可能连一个旅游都不给她？可是一旦出门，一旦走出我自己营造的王国，我便忐忑不安，有了一种把控不住的恐慌。我意识到自己正在制造一个糟糕的结局。

尤其是下午，我看到榴月和小健头次坐到了一起，头挨头地窃窃私语时，真的心如刀绞。我从来没有过这样的体会，我一直以为心如刀绞都是女人家的感受，男人不该如此。但我的确心如刀绞。

他们坐在后面，我不便回头去看。但是，那个词叫什么，如芒在背。虽然我知道他们两个不会做什么出格的事，且不说小健是我的晚辈，就是榴月，我对她还是有基本信任的。无论是在我跟前，还是不在我跟前，我相信他们不会出格，聊的无非是年轻人热衷的话题。榴月从来没和同龄人在一起玩儿过，突然和同龄人在一起的那种感觉，肯定让她特别开心。我在忐忑不安的同时也感到内疚，我占有了榴月的青春岁月，也就包括占有了她与同龄人一起成长的机会。

于是我一再对自己说，你要为自己的选择承担后果。这个选择包括当初娶她为妻和这次答应她出来。我努力淡定，做出若无其事的样子。毕竟这一生我也经历不少要死要活的事，都挺住了。

可我怎么也没想到我非但没有控制住，反而还往最坏的结果上推了一把。你们肯定知道那个阿拉伯寓言吧，压垮骆驼的，是最后一根稻草。那么，压垮我的最后一根稻草是什么？

五、关于最后一根稻草

似乎是王老中医那句话。

下午到了川主寺，我就不想再动了，找了个茶铺坐下。刚点上烟吸了一口，就看到我们车上另一个老男人走过来了，感觉比我还年长，一问果然比我年长七岁，是个老中医。

我们俩就坐下来聊天，在烟雾缭绕中交换了彼此的经历。原来他的老婆也比他小二十岁，但到了今天，他们的差异已不那么明显了。然后我们谈到了生死，他跟我说，他已经做好了自行了断的准备，好像是准备了某种毒药。

我很受震动。虽然我也考虑过身后事，但我考虑最多的是财产分配问题，害怕引发家庭矛盾，我从来没替自己想过，怎么结束才不受罪。这么一想我忽然有种担忧，怕自己不得好死。他还开玩笑说英雄气短，何况是老英雄。他说的时候可能没想到，我就得了这么个气短的病啊。心情顿时郁闷。

不，不是他的话，生死人人都要面对。应该是方姐的那句话。

当下午榴月和小健最后才从景区出来时，我真的是努力克制着怒火。我觉得榴月出格了，虽然我知道他们不会做什么，但在我看来这就是出格：竟然和丈夫以外的男人单独在一起那么长时间，而且，那么开心，我看到她的眼睛发亮，那种克制不住的快乐是我以前没见到过的。

我用了很大的毅力，才做到一言不发。

偏偏这个时候方姐说了一句话，本来她说那句话是为了劝解我不要生气的，她看出我在生气。她笑着说了句，真是孩子。

这句话对我来说好比伤口撒盐：孩子，他们是孩子，榴月是孩子。我的危机意识空前浓厚，好比在紧闭门窗的屋里烧了火炉，一氧化碳让我中毒了。我甚至不知道该怎么平复情绪。以前我郁闷的时候，总是到方姐那儿去排遣，去吐槽，现在，最后一个出气口也堵上了，因为方姐认为我没必要生气，他们在一起说说笑笑是很正常的，他们是孩子。

不，不，也不是方姐那句话。外人说什么我都可以忽略，只要榴月依然在我身边，依恋我，我就不在乎。

可是。

当我们回到房间，我心里盘算着怎么和榴月度过一个良宵，以弥合白天发生的缝隙时，榴月却显得心神不宁，借口要买卫生巾跑了出去，而且一出去半天不回来。我知道她去找小健了，我忍无可忍叫她回来，她还是心神不宁，并且对我的要求很抗拒。她嘴上没说什么，身体的抗拒非常明显。这让我终于有了失控的感觉。

人一旦失去掌控，那种无助、愤怒、焦虑、抑郁的情绪，就会迅速反过来掌控人。我被我的情绪掌控了。我开始感到气短。

其实在榴月离开的时候，我已经预先喷过药了，揿了两下万托林。但不知是药没憋住还是怎么的，我再次感到憋气，我很想拿过药来再揿两下。但我克制着没那么做，我知道我若在她面前喷药，便会给她更多拒绝我的理由。我还是继续亲吻她，坦率地说，我并不是想要寻求快感，我只是想找回“她是我的”那种感觉，只有那样我的呼吸才会顺畅。可是，她竟然推开了我，从来没有发生过的事，她竟然推开了我。

我终于控制不住愤怒了。王小波早说过，人的一切痛苦，本质上都是对自己无能的愤怒。的确如此，我无能，我愤怒，我朝她大吼。她忽然回嘴说，我还不是为你好，这里是山沟，万一你……

对，就是这句，这句话突破了我最后的防线。不，还不是这句话本身，而是她说这句话的眼神。那眼神犹如千军万马，突破了我的最后防线。我清楚地在那眼神里看到了怜悯、轻蔑和不耐烦，而在此之前，她看我的眼神永远是敬畏、感恩和服从。

也许从今以后，她看我的眼神就是如此了，怜悯、轻蔑、不耐烦，而且随着我的日益衰老日益加剧。难道我耗费心血财力这么多年，就只能得到这么一个结局吗？我无法忍受。

我失控了。终于。

一瞬间，窒息感进入频发状态，我大口大口地又是毫无用处地喘息着，空气并没能送入我的肺部，我在濒临窒息中抢过她手中的万托林猛然摔到地下，我用力将自己推向了最坏的结局。我倒地后，看到榴月拼命去捡，捡起来后朝我喷，但喷不出来，她迅即跑出房间。

我不知道她是去叫人还是去买药，我只感到呼吸道痉挛已全面爆发，我努力挣扎着坐起来，拨通了方姐的电话。当方姐进来，满屋子找药时，我知道自己没救了。那时，我真希望榴月在身边，好歹，也算是为我送终了。

讲述到此，不知你们是否已经明白？

压垮我的最后一根稻草，应该是我自己。

（《作家》2018年第9期）

平板玻璃

◎王　手

一

去年年底的时候，具体说是11月上旬，我应邀去上海参加一个会议。去上海的心情我有点儿复杂，既想去又不想去。我怕去上海，但又非常渴望去上海，我已经有将近四十年没有去上海了。当年我非常熟悉的那些地方，比如大柏树、五角场，现在肯定是面目全非了，我要是再置身在那里，肯定是两眼一抹黑，像傻瓜一样。还有一个我不想去的原因，是因为我生命中一件揪心的往事，就是从那里缘起的，我不知道会不会又触碰到了它。所以，尽管我这些年跑了很多地方，但上海我一直就拒绝踏入。这不怪上海，完全是我个人的原因。

我要去开的会叫“玻璃，一种新材料的重新命名”。会议由ZD大学建筑与设计学院召集，邀请的都是全国玻璃方面的专家，有研发和生产的专家，也有设计和使用的专家。这样说来大家也就知道了，我是一个和玻璃打交道的人。其实，我和上海的关系最初也就是和玻璃的关系，说得更具体一点儿，那个揪心就是和玻璃有关。这说法有点歧义，这里先按下不表。

我以前和上海的关系是比较特殊的，如果用一些符号去表示，就更特殊：南京路第一百货、浙江路第十百货、大光明电影院边上的友谊商店、亦游亦购的豫园商场、提篮桥监狱附近的浦东码头、购买温州船票的十六铺、登船下船的公平路码头，如果再选一个，那就是上海的“大世界”。这些地方，我走过，甚至还经常在那里活动，留下了抹不去的印象。现在如果向人介绍上海，我不知道他们会说些什么，东方明珠塔？野生动物园？迪士尼乐园？世博会主题公园？倾向性一下子就看出了时代印记，但我的那个年代跟生计有关。

我是坐G1357的高铁去的上海，从广州出发，估计六个小时能到。途中我带了许多吃的东西，我的包包里也有足够的钱，我说这些的意思是，我曾经有过非常拮据的尴尬，所以一直以来，只要我出差，我都有“穷家富路”的习惯。1979年的上海已经是非常的繁华了，是全国人民心目中的“花花世界”，但从温州到上海，交通极为不便，只能坐海船，而且要一天一夜，要三四天才开一趟。船票是8块钱一张，三等的，也有统舱和散席，也要5块钱。有一次我曾经被困在上海走不了了，只能等我母亲将钱汇到我住的旅馆。那些天，我身边只有几块钱，我把这些钱都分配在伙食上，一天就吃一碗面。其余的时间，我都躺在旅馆的床上保存体力。我睡觉，我不能让任何饿的念头冒出来。当十多天以后，我听到旅馆的门卫喊“某某某，汇款”，我激动得瑟瑟发抖，连裤子也穿不起来了。

ZD大学在五角场附近。印象里的五角场是个很冷清的地方，大柏树，怎么听都像是个农村；邯郸路又宽又长，连一辆车都没有，有一个部队医院，我没有走近过，但感觉它就是壁垒森严的。现在肯定不是这样了。我从地铁里出来，进入出口的通道，一路上被人撞来撞去，被弥漫的香气熏得头昏脑涨，都是各种各样的食物，咖啡、快餐、茶叶蛋、火腿肠。我匆忙走着，看到不同的出口标志，通往A路的、B路的、C路的、D路的，像一个蜘蛛网，我马上被弄晕了，不知道ZD大学应该往哪里去。现在，我走在昔日熟悉的邯郸路上，满眼的人流，满眼的车流，满眼的商铺和广告，远远望去，路上有坡度的趋势，我知道，那不是真的坡度，而是无限延伸的错觉。听路人讲，去ZD大学还要这样这样、那样那样，听口气，没有三十分钟走不下来，上海更大了。

宾馆是ZD大学自己办的，就在大学的对面。上海人很会动脑筋，知道大学里都是会，鉴定会、研讨会、评审会，一年到头，自己接待自己的会议，也可以吃一个大饱。我到宾馆的时候，在门口碰到几个熟人，都是搞玻璃的，有山东青岛的，也有四川自贡的，他们都在门口等人，说有朋友过来带他们出去吃饭。这会儿正值晚高峰，想必接客的人也都堵在路上。其实我也约了人，是我以前认识的一个老上海。上海熟人不少，但真正在记忆里存下的仅此一人。我们偶有联系，以前是写信，后来是电话，现在是短信，都是在非常的日子里，比如大的节日，或人生的转折点，虽然相隔的时间很长，但我们总能够联系得上。我来上海之前给她发了一个短信，说我对上海一点儿也没有概念了。她说那你会住在哪里呢，我去找你，我们一起吃个饭。我说吃饭不重要，就在附近坐一坐，认一认。她说真是，我们也有几十年没有见面了，古人说“见字如面”，我们听听声音看，能不能辨出来。是啊，沧海桑田，她这样说我就很期待。

房间还不错，虽然是个标间，但设计得还算合理，或者说人性化，有一个宽敞的客厅，有一个很大的沙发，有一内一外两个卫生间，这样，即便房间里住进了两个人，也不会为一些陋习和紧急而苦恼。我转了转房间，阳台上还有个吸烟室，放了咖啡和零食。时间还早，我就洗了个脸，泡了杯绿茶喝起来。

手机也是在这个时候响起来的，是约我的朋友，说已经在楼下大厅了。我说那我马上下来。她又说，你确信能一眼认出我来？我迟疑了一下，说，应该可以吧。她说，我穿小西装，里面翻白领，我干脆站小卖部门口吧。我一边应着一边心里面浮现出她的样子了。

我这朋友叫陈优犁，如果说年龄，应该和我差不多。我在电梯口老远就看见了她，我们相互笑了笑，走近了没有拥抱，也没有握手，虽然都觉得熟，但还是有一种距离感。这种距离感不仅仅因为我们是一对男女，不仅仅因为我们有几十年没有碰到了，还因为彼此心中有那么点不可言说的微妙。她说，还是可以认出来的啊。我说，是啊，好像变化都不大。她说，那我们就走吧，就顾自在前面走起来，我也配合着在她后面跟。我在后面悄悄地看着她，她还和从前一样，有相对正式的化妆，她以前是喜欢浓妆的，眉毛画得弯弯的，鼻侧刷了浅影，脸颊扑有腮红，嘴巴本来就小，但却嘟得很，她大概也觉得这就是所谓的“樱桃嘴”吧，属于好看的，所以也精致地描了口红。加上她一头鬈发，加上她整洁的衣服，我老是会想起旧上海那些月份牌上的女人。我们就在宾馆对面一个叫“遥握”的咖啡馆里落座，这也是她事先订下的。这里显然是大学生们光顾的地方，简单的装潢，昏暗的光线，旁边有零星的几对男女，是那种散淡的、无所谓的、旁若无人的样子。我们都感觉到了自己的异样，暗想，我们一定是来过这个店里最老的一对男女。

1979年，我父亲死于非命。这话说起来有点耸人听闻，其实就是他自己把自己摔死了，不过是死得比较离奇罢了。他是个所谓的供销员，在当年，这个职业还是比较吃香的，很多人不知道它的具体内容和性质，只知道他们的样子很风光，骑一辆自行车，车前挂一个黑公文包，一路打铃，于是人们就觉得他们很精明、很能干。也是，他们无事不干，无所不能，总会有各种各样的钱财流进来。我父亲也有一辆自行车，他喜欢在回家的时候炫耀一下，我们家正好在院子的门口，进院子的地方有几级台阶，他进来的时候总是不好好拿车，都任由车在台阶上“咣当、咣当”，于是，散在院子里的那些人，摘菜的、洗衣的，或是干其他杂务的，都会抬起头来看他，他就很得意。我父亲在外面的时候很少骑车，稍微远一点儿他就坐三轮车，再远一点儿他就坐手扶拖拉机。那个时候，我们温州的公交还不完善，那些手扶拖拉机就载着我父亲出入于近郊乡下，那些乡下人就把他当作大佬，都叫他什么老，其实他那年才46岁。他那时候一定是自我感觉良好的，有钱，有事情做，又身强力壮，所以他才会从飞驰的拖拉机上飞身跳下。那个司机后来说，我知道他要去的地方到了，我说到前面靠边停了再给他下。他不肯，根本不听话，脾气还爆得很，就直接跳下去了。他以为以他的身手一定也像铁道游击队一样，会像鸟儿那样落在地上。他根本不知道那个惯性的厉害，他的脚一着地，那个惯性就带飞了他，把他重重地摔在地上，摔了个嘴啃泥。据后来去收尸的我母亲说，他的头磕出了一个大洞，血蜿蜒地流在地上，比他身体的长度还要长，他的鞋也摔掉了，也许是被谁拿走了，不知去向了，他的黑公文包还在，足足摔出了一丈远，也许是这个包需要和身份匹配，没人要。这样，我们才在这包里发现了他的秘密，他原来是在外面接合同的，凭他的口才和能力，卖给一些作坊，他在这里面再抽取一点回扣。

我母亲对我父亲的死开始还是有些难过的，毕竟是太突然了，也太难看了。后来，有一个女人吵上门来，说有一辆自行车平时都放在她家，说我父亲答应送给她的；说我父亲就是小气，她陪了他四年，他就给过她一个戒指，她要求起码还要给一对“丁镶”。这件事立刻就把我母亲打倒了。父亲的抠，母亲是知道的，他本来就是个“铁蛀虫”“石板刨”“浙江省”，浙江就是他最省、吃蛇的人还会将鳗忘在锅里的，以为赚钱不易，但他在外面金屋藏娇，母亲没想到，她马上去信基督了。人们都说，人生有了重大的变故，只有在基督那里才会得到安宁。也许吧。不过，有心的人发现，我们家原来搁在屋外的东西都不见了，一个蓄水的小水缸、一只放垃圾的破畚箕、一株长年没变化的仙人掌。还有更细心的人说，我们家原来生炉子都是在外面的，点了柴、放了煤，等烟散尽、等火头烧充分了，再拎到屋里来，现在一切都挪在屋里头了。我母亲是胆小了，怕别人找事。

我母亲信基督很认真，三祈五祷，礼拜天一定去福音堂。最最神奇的是，她原来不怎么识字的，现在居然能看懂繁体的《圣经》。每天下午四点，她必定是站在自己的桌前，桌上是摊开的《圣经》，她撑着手，语速平稳，一点点地朗读，有时候读不下来，她会反复几次，就这样一页页地读下去，从《旧约》读向《新约》。西窗边是越来越弱的光线，我每次看到她这个样子，都会觉得母亲很虔诚。她身形的轮廓非常漂亮，尤其是头发上，像镶了银边。后来我才知道，那不是银边，是她有一缕头发突然地白了。对于她的朗读，教内的兄弟姐妹们说，是受了神的指引，她有生命了，就像玛利亚的未婚先孕是神的意思一样。对于她的白发，有人说，是她某一条神经给伤着了，在这缕白发上逆袭了，就像有人受了刺激睡不着了、聋了耳了、生了癌了，母亲是白了发了。

母亲有基督，那我怎么办？我肯定在家里待不住了。我害怕和任何人接触，最难过的是看到别人在公判布告前议论，如果这一批中有强奸的、鸡奸的、流氓的，或乱搞男女关系的，我都会觉得他们一定在议论我的父亲。于是，我也只好离家，远走高飞。对于我的离家，我母亲并没有反对，她只是问我，你觉得在家里很难吗？我点点头。她说，其实我也觉得很难，我要是有个地洞可以钻，我早就钻进去了。我那年二十岁，没有书读，也没有像样的工作，有一份工作是在街道的合作社里削筷子，所以也没有什么好留恋的，就跑去上海了。我们温州的人有个传统，喜欢做一点小生意，其实我父亲也属于这种形式，心想，跑着总比待在家里好，做着总比没有事情做好，总会碰到几个钱的。

很多人都以为我跑上海有那么点子承父业的味道，其实不是，我父亲所做的和我在上海所做的有着天壤之别，他那个属于“空手套白狼”，我这个属于投机倒把。从难度上讲，他那个只需厚颜无耻，我这个则需要千辛万苦。在这之前，我父亲也没有给我半点启蒙，就连去上海要带介绍信都没有告诉我。倒是我母亲，也许是听过我父亲在牙缝里漏过，说上海人喜欢菜油，说你不嫌麻烦就带上两斤，也许还有用。事实证明我母亲说得千真万确。

我是坐“工农兵18号”的轮船去的，这艘船在我的成长记忆里就是豪华和奢侈的象征。那时候能坐一趟船到外面去，无异于后来的出国和现在的登南极北极。这艘船原来叫“民主18号”，后来改叫“工农兵”，再后来改叫“瑞新”和“繁华”，但我们一直都叫它“民主轮船”，这是一块牌子，也是一种情结。我坐的是5块钱一张的通铺，其实也叫散席，我不敢坐8块钱的三等舱，后来我知道了还有一等、二等，那是我无法想象的，因为8块钱已经相当于我削筷子的三分之一工资了，我这样去一趟上海，等于把我一星期的生活费都用掉了。通铺在船底的大舱，身边是许多运载的货物，也有牲口，有难闻的气味萦绕在周围，让人难以入睡。我的身上带了母亲给我的30块钱和两斤菜油，这也许是我母亲所能给我的。说真的，那时候的母亲不会担心，我也不知道危险，我们都不会去想这样出去有什么不妥，都觉得这就是当时的唯一选择，并且是正确的选择。我就是这样待在这个闷舱里，守着身上的钱和那两斤菜油。我都不去想象外面是什么样的。其实，那个时候，我们的船正处在汪洋大海之中，我犹如一粒灰尘，如果我想到了沉没，那我一定会觉得奄奄一息了。我只能醒着，看身边他人的一举一动。我身边正好是一位苍南人，他挑了一担瓜子到上海去卖。同样，我也想象不出，这一担瓜子挑到上海能卖多少钱？在上海怎么卖？是摆路摊还是沿街吆喝？卖了以后他又会做啥？抑或他来上海本来就是有其他事的，这一担瓜子等于是他的盘缠，就像我要带上菜油。我们在一起瞎聊，我们都为临铺挨着而高兴。他老是叫我吃瓜子、吃瓜子，我当时听他的口音很有趣，我第一次听到温州口音以外的“外语”，他是说“西瓜子”，而不是“吃瓜子”，我觉得非常好听，它像音乐一样让我没有睡意。我在这船舱里待了一天一夜。

可以想象，第一次走出公平路码头，我就像一只家禽被逐放到了荒野上，心里慌乱无比。我不知道自己要到哪里去，要干什么。我唯一的本能就是随着那个卖瓜子的苍南人，他快我也快，他慢我也慢，有一下，我还下意识地拉住他的箩筐，生怕自己走丢了。后来，那个苍南人对我说，你不要老跟着我，你既然到了上海，就要撒开来跑。先找个地方住下来，去福州路那里登记，他们会排给你一个旅馆，要不你就会站路上了。我将信将疑，这是我第一次听说有这么回事，住宿、登记、派单、分配。苍南人显然是有经验的。

福州路那个住宿介绍所像一个大集市，每天，上海旅馆的床铺都会汇总到这里来，再由这里派单出去，把那些来上海出差的、像无头苍蝇一样的人们派送到下面去。那个像厅一样的房里挤满了各式各样的人，但仔细看看还是有队伍的，再看，才知道那些窗口是有要求的，写着“军人证”“记者证”“省介绍信”“市介绍信”“机关介绍信”“企业介绍信”。看着这些“信”，我感觉到自己尿急了，肚子也一下子饿了，心也慌得不行。怎么办？我没有介绍信，我也不知道介绍信为何物，我身上只有一本居委会的票证簿，我本来是要带户口簿的，是母亲怕我丢了，说丢了就没命了，才给我这本票证簿的，里面有油票、肉票、豆腐票、肥皂票的存根，至少可以证明我是个有“身份”的人，不是“黑人”，但票证簿显然在这里是行不通的。我大脑空白，茫然四顾。后来，一个热心人告诉我，在上海，露宿街头是不会的，你可以去睡澡堂，不过不是现在，现在人家还在营业，你要等到晚上，等他们澡堂打烊，你再进去睡。这无异于在我兜兜里塞了一块钱。于是，我从福州路走出来，走入了一条宽阔而又冷清的大马路，后来我知道了它叫北京路。我无所事事地往前走，心里是空落落的。我无心观摩路旁的一切，也不知道要走往哪里去，我似乎有一个心愿，就是巴望着夜幕赶快落下来。后来，我无意中发现路边有一个平安澡堂，我的腿突然像失去了力气，像失散的士兵终于找到了部队，我停下来就再也不想走了。那个时候大概是下午五点钟。

那天晚上，我就住宿在平安澡堂，这是个人味、尿味、肥皂味混杂的地方，但我觉得它很温暖。我还在那里美美地洗了一个澡。我从来没有洗过这么奢侈和肆意的澡，泡在油腻的汤里，立刻就昏昏欲睡了。我在家的时候，洗澡是很简陋的，夏天在院子里冲一冲，冬天在屋里像磨墨一样，一盆水从头洗到脚。现在，一池的汤水让我的身心都放松开来，把我上辈子的油污都泡出来了，把元气和血液都泡出来了。我差点泡虚脱了，最后还是一位澡堂老司把我捞了上来，放在洗澡人休息的躺椅上。我就在躺椅上睡到了天亮。

醒来的时候，我身边坐着一位笑眯眯的老司，他说，你昨晚差点晕倒了。我说，啊，是吗，我一点也不记得了，只记得泡得很惬意，泡得灵魂出窍。老司说，朋友，你要记住，以后在外面一定要警觉，不可忘乎所以，更不可肆意妄为，泡澡也一样，尤其是累了虚了，不宜泡烫，不宜泡久，那样容易被疲惫撂倒。这话可以举一反三，在后来我浪迹天涯的经历中起了很大的作用。老司后来又说，我们做个交易怎么样？我警觉起来，什么交易？老司说，我昨天就闻到你身上的菜油味，真香啊，你带了菜油了？我说，那又怎么样？他说，你要是经常来上海，你带菜油给我，我帮你介绍旅馆，我一个侄女就在遵义旅社，你可以住她那里。这的确是个好消息，老司说的也不像在蒙我，我就分了一斤菜油给他，剩下的一斤，我说带给他侄女做见面礼，我想马上搬到遵义旅社去。

老司的侄女，就是我前面说到的陈优犁，她那时是遵义旅社的一个服务员。我带了老司的口信给她，再把剩下的菜油给她，她就很高兴，就马上让我住下了。上海人对于菜油的感情，就像温州人对于海鲜，不知是上海人特别喜欢吃菜油呢，还是温州的菜油特别香。当然后来，上海人不仅喜欢温州的菜油，还爱上了温州的瓯柑、虾干、走私表。陈优犁是那种会精致打扮的女孩子，贴身的小西装，笔挺的“四条柱”裤子，方口皮鞋，走起来碎步“的笃、的笃”的，小胸脯也一抖一抖，笑声仿佛从腰肢间发出来，铿锵有力。我从来没见过这样的女孩子，挺拔、蓬勃，和温州羸弱的女孩子不一样，立刻就把我吸引了。我还喜欢听旅社的工友在过道里喊她，陈优犁，陈优犁，上海话把这三个字叫起来很好听，特别的悠扬，特别有音乐感，我如果在房间里，都会忍不住探出头张望一下。我因此也迷恋上了上海话，很快就学会了“赤那”“杠头”“小赤佬”“侬哪能”，还成了口头禅。后来，我到上海的时候都是直接去找陈优犁，每一次都会带上上海人喜欢的东西，而她，无论我去得早还是晚，无论她在不在上班，她都会把我安排下来，使我从码头出来就不再那么慌乱，可以径直奔向栖身的地方，这个感觉非常好。

陈优犁最早是在遵义旅社，后来调到了九江路，后来又调到了浙江路，最后落实在江西中路，也就是黄浦旅馆，那是我待得最久的地方，像家一样。那个时候，我和陈优犁已经非常熟了，没事的时候，我都会靠在服务台前和她聊天。从外面回来，我也会记着给她带一点零食，上海的女孩子都喜欢零食，上海女孩子吃零食也是一道风景。而她也利用她的资源在给我提供便利，比如我入住的时候要是没有床铺，她就会在洗衣房里给我搭个铺，第二天再把我转出来。后来，待得久了，我对房间的要求也高了，觉得那些统间杂乱，不便，不仅睡觉不便，放东西、换衣服都不便，她过来说话也不便，她就把我换到了屋顶阳台的一个小阁楼。那个阁楼很小，勉强住一个人，门和窗都开在阳台上，实际上也并不隐蔽。旅馆里喜欢把洗好的床单被套晾在屋顶上，风吹得它们啦啦作响，也经常会有人在那里走来走去，但对于我来说，那无疑就是豪华的单间了。我在的时候，陈优犁也会过来看一看，我不在的时候，她也会避开领导躲到这里来午休，我的枕头上总会留下她好闻的雪花膏香味。她也会借我这里来换衣服，我怎么知道呢，有一次，她那条白色的“的确良”假领就落在了我的床铺上。不知是她故意的还是疏忽的，但我觉得那特别的不一样，老想破译出这假领上承载了怎样的“密码”。我很快乐，在枯燥的外地，在疲惫之余，能有这样一份温暖的内容，实属难得。当然，我也知道，我们不是在谈恋爱，两地的差异和两人的角色，都使得我们没办法往这上面想。

后来有一天，陈优犁来阁楼里找我，叫我以后不要住在黄浦了。我不解，问为什么？她说没有为什么，说你在上海时间也不短了，其他旅馆也熟，你可以寻求别人去。我觉得这个理由站不住脚，找别人和找你不是一样吗？陈优犁就换了一个话题，说，你认识小李吧？我说知道啊，怎么啦？小李是黄浦旅馆的班长，他喜欢管人，有时候我入住迟了，还要经他批准才行。陈优犁说，他让你下次到福州路排队去。我无奈，呜呜。

再次来上海，我就不住在黄浦了。但我一直在想着陈优犁的意思，什么意思嘛，没头没脑的！突然有一天就想明白了，是陈优犁和小李在谈恋爱！上海人是很讲究清爽的，不希望事情纠结和缠绕。小李一定在猜揣陈优犁，一定对陈优犁提要求了。这样想，这件事也就解释通了。

但是后来，陈优犁又让我去住黄浦了，也就是说，陈优犁和小李不处朋友了，或者说，陈优犁不理会小李的意见了。

现在，三四十年过去，我和陈优犁又坐在一个叫作“遥握”的咖啡馆里，我们有一下没一下地回忆着过去。陈优犁说着说着漏出一句话，我现在还没有结婚呢，呵呵。我诧异，问为什么？她说，原因很简单，感觉不好，感觉不好就觉得很没劲，后来又说了几个，都这样，就不再说了。我说，这么脆弱啊。陈优犁说，我这是脆弱吗，我这是坚持呐。我说，是啊，生活里不测的东西太多了，坚持也是一种考验。

二

昨晚睡得很好。我睡眠本来就好，长期在外面跑，基本上没有那些娇生惯养的毛病，吃住行，只要是心理上有所准备的，再苦再差的环境，我都能自如地对付。曾经有一次和同事出差，同事悄悄跟我说，我发现一个秘密，你的睡姿一夜都不会变，睡下时什么样子，醒来还是这个样子。我告诉他，这都是苦难留下的毛病。他说，怎么是毛病呢，这话怎么讲？我说我小时候和母亲一起睡，一条薄被，像帐篷一样，我们就像是缩在帐篷下躲雨，轻易不敢乱动，这就养成了睡觉一动不动的毛病。所以，当昨晚会务组又安排了一个人进来，我睡着了，一点儿也不知道。好在来人也特别的善解人意，好在房间的设计还特别的人性化，见我睡了，那客人就抱了被子宿在客厅了。

上午是见面会兼论坛，下午还有。会议就安排在ZD大学的主楼20层，我们走出宾馆，横过马路，对面就是。会议室其实就是建筑与设计学院的，所以只能开一些小规模的会议，位置摆了两圈，席签重重叠叠，因此也就显得拥挤紧张，这样的效果反而很好，给人一种务实、纯粹的感觉。因为是学院邀请，来人倒都是一些大牌，但我不是，我只是一个做玻璃物件的，要不是在上海，我来都不会来。主持人是学院的教授，没有客套，语速非常快，搞学术的人都这样。他先是报了一个名单，要大家按照顺序发言，倒也干脆，不用推三阻四的。先是轻工部的一个副部长，再是行业协会的秘书长，再接下都是国内做玻璃的龙头企业，台玻、福耀、耀皮、南玻、信义、金晶、洛阳浮法、沙玻、威海蓝星、株洲旗滨，还有德国和英国公司的代表。我的企业不算大，所以，轮到我发言是下午了。大家的话题主要围绕着玻璃产品的研制和开发，涉及飞机玻璃、汽车玻璃、低辐射镀膜玻璃、太阳能电池面板、平板玻璃、颜色玻璃、超白玻璃、玻璃家具、幕墙、灯具、仿水晶、精密电子、光学仪器、特种镜板，如果不是相关行业，肯定要听得一头雾水。在这个过程里，大家都提到了一个关键词——“浮法玻璃”。顺便也普及一下，其实玻璃的一切关键都取决于这个浮法工艺。玻璃工艺的形成应该也有近两百年的历史了，但玻璃如何真正地运用，在过去的一百多年间是非常有限的，仅仅是一般的器皿和一般的装饰，而且利用的价值就像它的质地一样非常脆弱。确实也是，当玻璃像岩浆一样流出来的时候，它的随意性和不稳定性是可想而知的。20世纪早期，英国人首先想到了要在玻璃的“改性”上做文章，这个工业革命的意义，无异于我们现在的火箭和卫星的利用，皮尔金顿公司就是通过保护气体在锡槽里的作用，解决了玻璃的成型问题和稳定问题。我们现在谈到的玻璃，确实，它的作用已经和其他新型材料、复合材料差不多了，比如没有波筋、厚度均匀、上下平整、更加光滑、更加牢固、更加透明，且能耗低、成品率高，那它不是比其他材料更漂亮，更有优势吗？这话说得远了。

下午还是这个会议室。门口摆着茶点和水果，我泡了一杯咖啡进来，而且是加浓的，目的也是为了自己不出现突兀的哈欠。经过一个上午的认真，下午的发言相对松弛下来，没有排名，我就主动和主持人申请，让我第一个讲，说自己还有个要紧的商谈，说得冠冕堂皇的，主持人就同意了。

我这人说话向来没谱，没有轻重，也不分场合，这和我的出身、教养有关。我说点题外话吧，我是感慨于两点才来这里开这个会的，一是在将近四十年之前，我差不多就在上海浪迹。我从来也没有想过自己哪一天会和知识沾点边儿，所以现在，在这个著名的ZD学府里开会，我是很惶恐的，同时也是很欣慰的。二是那个时候我在上海买过玻璃，那个时候的玻璃不像现在的玻璃那么“贱”，那个时候的玻璃是奢侈品，在我们那个地方，玻璃茶盆、玻璃杯子、玻璃鱼缸，那都是可以直接俘获姑娘芳心的，而平板玻璃，则可以决定一个婚姻的品质。我的生命里与平板玻璃有过一些交集，而这个交集又改变我的命运，鉴于此，我才乐意过来开这个会。从感恩的角度讲，我是感谢玻璃的；从抱怨的角度说，它又陷我于要命的困境。我不知道我到底讲清楚了没有，或你们听懂了没有。不懂也没有关系，这不能怪你们。我一个死去的朋友说过这样一句话，如果你在两分钟之内还讲不清楚你的意思，那你就永远不要讲了，再讲也肯定都是废话。

我说完这段话就走了。主持人在解释我的离席原因，我相信其他那些老师也一定是诧异的，甚至是鄙夷的，他们面面相觑，心里一定会觉得怎么会让这样一个人过来开会，一点儿也不靠谱。都无所谓。倒是一个年轻的老师主动出来送我，边走边说你讲得还是挺有意思的，有许多别样的信号，你说的是什么年代的事情呢，我相信这里面一定有故事。我谢谢他的热情，我告诉他，那都是20世纪70年代的事情。老师说，噢，怪不得我们听起来会有些距离，那你今年有这么大了吗？我说我六十多了。老师兴奋地说，你说的那时候我才刚出生呢。我看看他的样子，说有可能。

我下午其实没什么商谈，是又约了陈优犁，这时候她已经在宾馆里面等了。我们说好一起去看看一些老地方，没有她这个老上海，我可能都无从找起。现在，我坐在陈优犁的车里。她是个有享受倾向的人，很早以前就是这样。所以，她尽管现在独身，但还是开了一辆宝马Z4，很精致，配置也不错，我坐在里面有点儿恍惚和幻觉。这种感觉非常微妙，我想，也许是因为身处上海，也许还有在陈优犁身边的缘故。陈优犁的车载着我朝浦东的方向驶去，这是我们下午的目的地，按照她的说法，我们不走延安路隧道的捷径，我们先重温一下多年前我在上海的岁月。我们从北京路上过来，一路走一路说，说九江路、浙江路、福建中路、黄浦旅馆；有一些在南城，像遵义旅社、十六铺码头；我那时候也看新闻，南京路江西路的拐角处就有一面报墙，那个时候，西南边境战火正燃，我关心着它的每个进程；还有福州路的旅馆介绍所，每个人到上海的第一个落脚点，再由这里被一点点地分派下去，现在想起来还是有点儿不可思议，这是多大的一个工程啊。我们沿着外滩往左走，上了外白渡桥，这座著名的铁桥以及边上的石头房实际上就是上海当年的地标。陈优犁问我，去浦东那时候有两条路，你一般会走哪一条？我说，我只知道一条，就是提篮桥监狱边上的那条。在都市里面能看到一座国际监狱，那是很罕见的，高房子、小窗户、铁丝网，什么人关在这里，这些都是我当时的兴奋点。陈优犁说，走陆家嘴也行，近一点儿。我说，这个我不知道，外地人在上海不敢乱窜。

上海那时候的生活已经是很方便了，公交很发达，那些老电影里看到的电车都还有，无轨的有，有轨的也有，走在路上，身旁有“咣当咣当”的声音，让人恍如隔世。我买了月票，可以从这个车下，也可以从那个车上，像自己的车一样方便。上海的吃饭以前是一大奇观，到处排队，你坐在那里吃，后面是等着的人，虎视眈眈的，像拿着枪一样顶着你，再好的胃口也索然无味了。旅馆里也没有食堂，但社区里有，我们这些长期驻扎在上海的人，一般都会在社区办一张饭卡，社区食堂的狮子头很好吃，是无锡一带正宗的烧法，但蚕豆和豌豆叫不清楚，这两种豆的叫法，上海和温州的正相反。

我前面说过，我是在温州待不住了，在家里芒刺在背，如坐针毡，我母亲都去信基督了，把门口的家什都搬进屋了，我这样“稻草都捡了走”的生活还有什么意思呢，就跑到上海去了。我一直以为过去说的“跑码头”就是这样，这不是我发明的，过去生活艰难的人都这样。

经过几天的熟悉和摸索，我基本知道自己可以干什么了，投机倒把，那时候没有这么一说，后来“割资本主义尾巴”了，才把这个词也带了出来。那时候的黄浦区，就像是我的根据地，南京西路下来的静安区偶尔我也会去一下，徐家汇也是，主要看有什么东西。南京路这边的东西很多，“一百”、“十百”、友谊商店都是我经常要去的地方，去排队买搪瓷脸盆、高脚痰盂、绣花被面、铁壳热水瓶、大白兔奶糖和印花玻璃杯，上海是全中国物资最丰沛的地方，只要去排队，只要摸准了行情，都可以买得到。这些紧俏的东西被我源源不断地带回温州，加上市场的紧俏度，加上我的心理价位，很快就出手了。等东西走得差不多了，我又准备要去上海了。

我后来才知道这不叫“跑码头”，“跑码头”还是有点儿江湖意味的，还是有点儿危险的，要有侠肝义胆，要有势力和地位，要受人尊重，被人看得起。我这算什么呢？后来在样板戏《沙家浜》里体会出一句话，胡传魁问阿庆嫂，阿庆呢？阿庆嫂鄙夷地说，他呀，还是在上海跑单帮哪。言下之意是没有什么名堂，都不在阿庆嫂眼里。跑单帮就是我这样的营生，靠辛苦赚一点儿不怎么干净的钱。

那时候在上海带香烟最多。温州香烟凭票，而温州人又喜欢上海烟，尤其是婚宴上，那是一定要“大前门”和“牡丹”的。牡丹分蓝牡丹和红牡丹，一个四毛六，一个四毛九，都属于罕见的奢侈品。碰到有人结婚急用，红牡丹都可以翻上一倍。每天早上，我饭也不吃就去“一百”排队，一人限购两包，如果队不长，我可以回头再排一次。我们现在有一句话说，在北京四天办一件事情，在温州一天办四件。说的是北京地大，程序多，不好走。上海稍稍好一点儿，我又有公交卡，我可以一天办两件事情。

有一年，温州流行针织尼龙，而且就兴那种蟑螂色的，有人找到我说，有多少吃多少，这样的诱惑就像鼓风机一样推搡着我。后来我在豫园商场里找到一匹。剪布师傅说，八块钱一尺，两尺八一条裤子。我说，这一匹还可以剪几条？剪布师傅说，大概有十条。我说，那都给我吧。剪布师傅愣了愣，说，哪里有这样买东西的。

还有一次，凌晨三点，我到上海钟表厂排石英表，那是那个时期的新货，二十块钱一只。那一趟回温州，我兜里只剩下四毛钱，但我心里高兴，破例在轮船上喝了一瓶天鹅牌啤酒，吃了一碗盖浇饭。后来在调剂市场，石英表换了一辆凤凰28寸的锰钢自行车。

回忆间，陈优犁的车已经进入了浦东，这已经是一个完全陌生的地方了。我们盲目地开着，都是通衢大道，但我们不知道往哪里开，不知道我要找的地方在哪里。那个时候的浦东，是一个冷清的代名词，只有一些高耗能高污染的企业。在这里，卷烟厂、玻璃厂、污水处理厂，不是哗哗响，就是滚滚冒烟。还有一个传染病医院，据说，上海人口密度大，肝炎的发病率高，转氨酶指标控制在38，所以，那些人都关在这里。现在，这些厂，这些医院，连个影子也没有了，抬头望去，只有世贸大厦、东方明珠塔、金融中心大厦和一个类似于啤酒起瓶器一样的大厦。

噢，我不是来浦东看热闹的，不是来测量它的变迁的，我是来寻找一个我心底的符号，一个难以弥合的错节，它改变了我的生活以及生命的走向，上海玻璃厂，我曾经在这里进进出出，在这里买过平板玻璃。

平板玻璃是我在上海跑单帮的“重器”。温州人结婚，你可以有搪瓷脸盆、高脚痰盂、印花玻璃杯、铁壳热水瓶，但平板玻璃就不一定有。平板玻璃是铺在洞房里面的书桌上的，有和没有，档次就差很多。没有，它就是一张普通的书桌，有了，它就平添了许多色彩、许多话题。它可以压一些照片，可以压全国粮票，可以压崭新的人民币，既增加了情趣，又体现了富有。所以，搞一块60 cm×120 cm的平板玻璃，成了新婚家庭迫切的追求。

温州那时候也有玻璃厂，还是国营的，看起来规模也不小，但只能做那种咳嗽糖浆用的黄瓶。他们也曾想克服困难做那种透明的盐水瓶，我记得当年的《温州日报》还登过他们会战一百天的消息，但最终还是以失败而告终。我说这话的意思是，玻璃虽然是以石英材质为主，但它的活性能量很大，高温熔化后，谁也不确定它的最终走向，以及冷却后发生的质的变化。

平板玻璃那时候只有上海才有，因为难得，因为难运，相比于其他东西，我更愿意带平板玻璃；因为婚礼必需，因为意义重大，我开价也相对更高一点儿。每一次，我会用几斤菜油换供销科长的一张计划票。那时候没有快递，没有出租车，没有小四轮，没有高速公路，我接受了平板玻璃的业务，也就接受了辛苦。但是我不怕，我血气方刚，有的是力气，我把这个过程的复杂和难度都想到了，一步步去完成。我把玻璃用厚纸板包扎好，用带子把它捆结实，做成双肩包形式的模样。我就这样将平板玻璃背上了浦东渡轮，渡轮突突突地横过黄浦江，这是一段黄浦江最宽的江面，好多的船都要从这里出去，走到汪洋大海里去，所以从这里把平板玻璃背出来，也是有象征意义的。我背着平板玻璃缓缓地从渡轮上下来，因为我背的是“重器”，所以我把自己落在了最后，怕人推搡，怕人碰撞，这个时候，我就是一个搬运工，要负责货物的安全。

我背着平板玻璃踏上了76路公交，那是在市区边上开的，还开不到市区里面去，进市区还得换一趟6路有轨，那也不能到达我住的旅馆，要到达我的目的地，还需要倒一个无轨。那时候，公交是普通人唯一的交通工具，挤得很，每一辆车都是满满登登的。为了把平板玻璃安全地运到，我一般都要挨到中午，就算时间上没那么凑巧，我也要在公园里挨到我要的那个时间。在车上，我一般都会挪到最后面，把平板玻璃搁置好，用身体护卫住。因此，我在车厢的最后就可以居高临下地看到许多“风景”。我看见礼貌的上海姑娘给老人让座，看到文质彬彬的上海后生为姑娘争座，看到紧张又脸色煞白的行窃者，看到站在姑娘身后装模作样而实则想猥亵的病态者。我就这样把平板玻璃弄到了我住的旅馆。

在旅馆，因为有了平板玻璃，我几乎是寸步难行了，一刻也不敢松懈，像狗狗守着肉骨头，顽强而专注。上海回温州的轮船要三四天才开一趟，这样，我就要提心吊胆地守护好几天。到了那天，我怎样把玻璃从厂里弄到旅馆的，就怎样把玻璃从旅馆弄到船上的，船还是那艘“工农兵18号”，为了安全起见，也为了犒劳自己，我给自己买了张三等舱，毕竟船舱里人会少一点儿。船外的风景，我无心去欣赏，我知道，船头和船尾的浪花是很好看的，没有坐过大船的人，没有亲历过海洋的人，是很难想象乘风破浪的壮观的，那么的勇往直前，那么的激情澎湃，那么的顽强，那么的有生命力。但我只能忍着，安分地坐在船舱里，守着平板玻璃，听汽笛一声声巨响，就权当它在为我的成功而欢呼、而庆祝。

回到温州，我直接把平板玻璃背到新郎家，这是一块结婚用的玻璃，是要压在洞房的书桌上的，相信主人在盼望婚期到来的同时也在盼望这块玻璃的到来，也许他们准备了欢呼雀跃的心情，也许他们还准备了钱，因为是喜事，他们也许还会多加几块钱，以讨个彩头，我当然也乐意多说几句好话，漂亮的话。我记得新郎家是一座两层楼房，楼下是厨房和饭堂，楼上是前后两间，一间给长辈居住，一间做新婚的洞房。为了安全起见，我坚持要一个人把玻璃背到楼上去，我有的是力气，我都从上海背到这里了，还怕这几步吗？我背着玻璃，一步步地往楼上走，楼梯的拐弯抹角我要当心，上下高矮我要注意，千万不要磕碰，要像演杂技一样稳住脚跟，把身体和玻璃都侧进去，这难不倒我。新郎新娘，一屋的人都在等这块玻璃，他们的眼睛闪闪发亮，他们寄予这块玻璃很多的期望，婚姻的档次、洞房的热闹、众人的羡慕，等等等等，他们见我进来都不由自主地让开地方，都退了一步，生怕碰到我。也有人想伸手帮我一把，要抚一抚，但马上就被人阻止了，说当心当心，由他自己的意思是最舒服的。我真的是如释重负地把玻璃放了下来。现在，书桌上已摆好了许多照片，是新郎新娘杭州游玩时拍的，有六和塔、钱塘桥、三潭印月、白堤、苏堤，还都是那些照相点拍的，也就是说，他们家的条件还是比较殷实的，是配得上这块平板玻璃的。

玻璃的包扎被一点点打开了。这个物件太重要了，所以我包扎得也特别好。我一点点地解开绳子，一点点地剥开纸板，那段时间，他们家帮忙的人也都在现场，除了新郎新娘、阿爸阿妈、舅舅舅妈、几个姐妹，有些本来在楼下帮忙的，这时候也都跑到楼上来了，楼下还有一些人，帮忙洗菜的邻居，搭台做菜的厨师，做菜的过程要准备三天，这个气氛也把平板玻璃的呈现推向了高潮。

但是，我解开玻璃后自己也傻掉了。这块好好的玻璃、感觉又厚又重的玻璃、包扎得结结实实的玻璃，什么时候在里面不声不响地裂掉了，看起来不觉得，其实里面已经像蜘蛛网一样了，就差喇的一声碎开来。是新郎第一个叫出声来，说怎么是块裂的！这无疑像一声炸雷，大家拼命地钻了头看，这个说，就是玻璃裂了没有用啦。那个说，这个时候，玻璃裂了，彩头就不好了。是啊，婚姻是最讲究彩头的，裂，即是破碎，即是分离，这些话放在婚姻里，无论如何是通不过的。新娘马上就瘫坐在地上，呜呜地哭起来。本来喜气洋洋的气氛，一下子变得凝重起来，像黑了天一样。要是人少，这件事兴许还能够隐瞒一下，这么多人，人群马上也像炸开了锅，等于这个不幸立刻就藏不住了。

大家都知道了，就会推着这些情绪往反方向走，七嘴八舌的。我一看情况不妙，就脚底抹油，还没等他们家人反应过来，我已经溜到楼梯下了，屁滚尿流地跑回家里。

我气喘吁吁地对母亲说，闯祸了闯祸了。我母亲信基督以后人完全变傻了，还说，他们要是信基督就好了，就没有那么多讲究了，信基督，人在世间就是一个过客，这又有什么要紧的。我也不和她废话，拼命整理衣物，我现在还不知道他们会拿这事做什么文章，但我得先躲出去。母亲莫名其妙地看着我，她一定觉得我在小题大做，还真不是，我知道的。我当天就没敢在家露过面，过了三天，我托人买到了上海的船票，又匆忙跑到上海去了。

我和陈优犁说着这些的时候，我们还在浦东的路上转悠，我们找不到一丁点儿上海玻璃厂的影子，连个裁玻璃的店铺都没有。有些地方搞得好的，会在原来的遗址上弄个什么碑，记录一下当年的历史。但浦东改造得太彻底了，规划上根本就没有这么想，这就没有办法了。这时候，天上下起了中大雨，且还没有想停的意思，一下子，路面就积水了，看上去像铺了玻璃一样。路上撑雨伞的人多了起来，一会儿穿花绿雨衣的骑车人也多了起来，在十字路口，在商店门口，在人多的地方，这种颜色的交错非常有美感，看上去层层叠叠的，加上雨中的仓促，加上地上的倒影，远远望去，像一块厚厚的油画板。这种景象也告诉我们，这里已不是过去的浦东，也不是上海的浦东，这里聚集着众多的外来务工者，已经成了他们的宜居之地，今非昔比，旧貌变新颜了。高峰说到就到，车子也难走起来，我们被堵在路上了。

三

陈优犁告诉我，这个故事，一听就觉得还没完。我说，是的，没有完，现在还没有完。

第二天没会，但有一个座谈，说大家议一议，搞一个论文集。主办方的理由非常牵强，说本来是要给各位发放出场费的，可“八项规定”以后，财务的手续几近苛刻，支出更难了。想借论文集这一招儿，给大家发点稿费，弥补一下。当然也未尝不可，但这样简单的会，能出什么成果，我是持怀疑态度的。

反正我是谈不出什么观点的，也不愿意再耗，一大早就买了票回广州了。我现在有经验了，从ZD大学到虹桥车站，地铁就要一小时。昨晚和同屋的说好，我睡客厅，目的就是为了今天的早走。于是，悄悄地收拾好，蹑手蹑脚地出门，连关门的声音我自己都没有听到。

上面陈优犁的话，是我上动车之后她发给我的短信，看来，我们的交谈还得在动车里继续。动车在上海平原开得还算畅快，到了浙江境内，尤其是过了宁波、绍兴，山洞隧道就渐渐地多了起来。于是，我们的短信也变得断断续续起来。

那天之后的事，我都是听别人说的。我其实至今都没有回到温州去，自从那天从新郎的洞房里逃出来，我就躲出去了，我怕回家会带来更大的麻烦，我不在，也许这件事就没有结果了，至少我觉得会很快结束的。但听说，这件事还远远没有结束。玻璃被拆开后，发现了裂痕，新郎家就拿这个说事了，说倒了彩头，冲了喜气，甚至带来了晦气，一拨人围着我家闹了三天，要我赔偿损失。我不在家，吵也罢，赔也罢，终究会过去的。我母亲倒是不怕这些的，自从她信奉了基督，她的心变得格外的坚硬，任凭对方如何谩骂，她都不争不回，按照《圣经》的说法，“你打了她的右脸她连左脸也一起让你打了”，她自顾自沉浸在自己的世界里，在那里寻找自己的安宁。只是那新娘让她难过。那其实是我的邻居，我们家的楼下和她家挨着，她家的楼上有一半也嵌镶在我们家。据说平板玻璃裂后，这个婚就没有结成，她回到了自己家里。1979年，这样的事是可以毁人一辈子的，她要再嫁，可以说比登天还难，任何舆论都不会去支持她。更糟糕的是，她那时已怀有身孕，这个后果更加不堪。越是这样，我就越没有办法回去了。

那时候，我在外面每月都寄钱给我母亲，我寄13块钱，是我母亲工资的一半，我用这样的方式保持着与家里的联系，与我母亲的关系。现在想来，过去的一些事真叫好，事简单，时间慢，就像那首歌里唱的，车马都走得慢，一生只够爱一个人。汇款要半个月才到，写信也要一星期，电话没办法打，因为大家都没有；每一件事操作起来都很花工夫，也就越发觉得这些事情的巨大，回家也就成了非常奢侈和隆重的行为，正因为这样，才有惦记，才有纠结，才有乡愁。如果没有这些，没有这么难，我们的一切关系也许都不会发生，一切都变得容易和微不足道。

我和我朋友说好，我每个月1日汇钱，半个月后你到我家去看看，看看我母亲怎么样，问问她钱收到没有。我朋友告诉我，我母亲都不在家，早中晚都候不着。这使得我联想很多，她是不是也像我这样在躲避麻烦？我问朋友，有没有发现我们家门口什么异常？朋友问，什么异常？我说，比如门口摆了花圈，屋角被人扒了？朋友说，那倒没有。温州有很多下三烂的报复伎俩，比如大粪泼门、玻璃涂漆、胶水冻锁眼、堵塞下水道，等等。这些都没有，那我母亲去哪里了，不会也被我的平板玻璃给气疯了，背井离乡了？

后来知道，我母亲是去信基督了，她比起原先更上瘾了。她原来的功课只是三祈五祷和通读《圣经》，现在，她的业绩大有进步，已经能在一些弄堂的聚会点里布道了。母亲由挫败而信基督或寄托于基督，我是理解的，但进步那么快，我是没有想到的。那时候，社会动荡，心无安宁，没有目标的人很多，愿意麻醉自己的人也很多，这些人都是那些聚会点的常客。晚饭后，他们在路上闲逛，走着走着，被那些隐约传出的歌声吸引了，他们或自觉，或被动，或好奇，或疑惑，都想探个究竟，这就来到了这些聚会点。那时候，我母亲会和他们讲《新约·约翰福音》第十二章的故事——“那时，上来过礼拜的人中有几个希利尼人，他们来见加利利伯赛大的腓力，求他说：‘先生，我们愿意见耶稣。’”母亲把主题落在了“愿意”上，就像她那样真心真意地愿意，这个愿意没有条件，是人心底自觉的生发，是今后虔诚的开始。而不是经过劝导后被动产生的，有条件甚至有功利的。

当人们心存疑惑左右摇摆时，母亲又会和他们讲讲另外的故事，《圣经》的好处就是通俗易懂，深入浅出，寓意丰富，老少皆宜。“耶稣和门徒渡海，遇风浪。那时，主已经睡了。门徒惊惧，催主醒。主斥了风浪，海便静了。加利利海自主斥了那番风浪后，至今都没有起过风浪吗？不是的。当主斥风浪时，海面正待要平复下来。以后海面照样是常有风浪，所谓一波未平一波又起。信徒的心啊，也犹如这海面一般，当其不宁时，一经主的管教，就觉得有了安宁。然而，到了时过境迁，在另一光景下，或正好在病痛中，他的心里却又要起风浪了。故，被主斥责而得来的安宁是短暂的，心里没有主，风浪照样要出没无常。而这些已有的安宁又从哪里来呢，自然是从耶稣的生命中来的，而生命中有了耶稣，也就有了能量，自然再大的风浪也不惧怕了。”我真不知道母亲有这样的水平，这样的口才，看来艰难困苦的确是磨炼了她。

那个新娘，我们都叫她阿芬的，她也真是命苦。年少的时候，母亲就莫名其妙地爬到河里去了，什么病也没有，也没有什么想不开的，大家都说她是被鬼跟住了，鬼叫她到河里来，她就乖乖地去了。她父亲受了刺激就开始酗酒，晚上喝，早上也喝，有一天喝了两斤白酒，身体烫得躺在水泥地上降温，我们还帮她用水浇她父亲，那些水浇在他身上都没有一点反应，就像死猪一样。还没完，那天晚上，趁我们不注意，她父亲自己把自己颈上抓了个洞，大家都以为他睡着了，早上才发现，他流血过多，已经死了。阿芬的媒还是我母亲做的，母亲可怜她，还和我私下里说，那块平板玻璃就算白白给她带吧，不要收她的钱，就当送给她，让她高兴。没想到，是这块平板玻璃把她的婚姻搅了，我真是该死。这种事，又没有其他办法弥补，我只得躲出去，不让他们看见。

阿芬后来生了一个小孩，这个小孩没有留住她的婚姻，新郎家宁愿看重彩头而不要这个小孩，这就不是决绝的问题了。这小孩也怪，是个“鱼人”。鱼人是我们温州的说法，别的地方不知道怎么叫。这种人有个很大的优势，就是长得都不像父母，就是像自己，甚至全世界鱼人都长得一样，无论中国的或是外国的。按理说，小孩不管出身怎样，有没有病，应该都会像父母的，但鱼人就不是这样。他们都长着圆圆的脑袋，眼睛都靠在两边，一股很憨厚的样子，生气的时候也是笑眯眯的。开始的时候大家都说阿芬的小孩漂亮，白白净净的，还丹凤眼。后来才搞明白，这是“唐氏综合征”，也不知道是染色体里面什么多了、什么少了。这就更苦了阿芬，这又让我产生了联想，我就更回不去了，我要是回去了，大家一定会怪罪于我，就是大家不这么想，我自己也会这么想，我看见那个鱼人也会愧疚。还据说，那段时间，都是我母亲帮她一起带小孩，这也多少减轻了一些我的罪过。

我也是自那以后就不再跑单帮了，基本上就断了温州的路子，以及回家的路子。心里有愧，赚钱也没有什么意思。我后来就不光是待在上海了，我全国各地到处跑。当然，从上述事情上可以得出结论，我也是一个“一根筋”的人。我还做玻璃，从玻璃上跌倒，也从玻璃上爬起来。我开始就是开玻璃店，代理上海玻璃厂的平板玻璃，或替人裁玻璃、配玻璃。我有玻璃的资源，也有玻璃的情结，更有做生意的头脑和经验，我们的玻璃店开遍了上海郊区，市区一时还进不去，吴淞、崇明、闵行、嘉定，都有。我从单纯的卖玻璃到定制玻璃、从客户有需求到我自己推出玻璃产品，这是1992年，玻璃的使用已经相当的普遍了，而最早一轮的房地产热也带动了玻璃的大发展、大繁荣。但是，也有一些玻璃企业，因为机制的局限，因为设备的落后，因为产品的滞后，开始面临困境，我就是在这时候接管并买下了广州玻璃器具厂的。这个厂原来是吹玻璃花瓶的，另外还做玻璃工艺品，如果和当年的温州玻璃厂相比，那他们的技术还是可以的，外行人一看就觉得他们的技术了不起。但这种花瓶之类的东西又有什么用呢，又不高端，又不赚钱，淘汰是自然而然的。

我说过我是“一根筋”，我就想在家居玻璃上有所建树，有所突破，那个平板玻璃的裂，是我的心头之痛，甚至是永恒的痛。我开始解决玻璃的钢化问题，这个时候，钢化不是什么难题，只是看你运用在什么地方。就像一百年前人类就发明了烧不坏的灯泡，但为了不致工厂倒闭，不致工人失业，这项发明还是被人为地搁置了起来。我的产品涉及家居的一切可能，这个里面的技术一般人想不到，甚至容易“误入歧途”。有一次在机场，在等起飞的时候，边上一位听说我是搞玻璃的，就拿出一个日本的保温杯问我，杯体是双层的，但吹拉出来后怎么会没有看见封口？我说，你的思路还停留在过去的热水瓶时代，为什么过去的热水瓶都有一只脚？但是我告诉你，这个问题20世纪七八十年代就解决了。现在的难度不是封口，像我们厂，难度不在于防止变形而在于造型够大，比如长200cm、高100cm、宽50cm的鱼缸，你怎么样把它拉出来，就是换了铁的，都是一个难度，更何况玻璃。再比如玻璃圆桌、玻璃椅子，它要成型得规整，成型得平衡，在活性程度很大的玻璃上，掌控是非常非常难的。这也是我们企业现在的名声，是独一无二做玻璃家居的。一切都源于过去那块裂掉的平板玻璃。

我对母亲是放心的，信基督的人，“星辰”是很大的，不怕病，不畏难，什么地方都进得去，什么地方都出得来。帮忙把隔壁的鱼人带大之后，她后来都在外面做善事，她觉得做善事不仅在建设自己，更重要的是在造福后人，具体到造福于我。她去医院给人做祷告，去殡仪馆给人做祷告，后来索性去伺候病人了。一个患肠癌的老太太，说起来也是教会派遣的，说有个姐妹被“撒旦”

跟住了，要去帮她。这也是教会的微妙之处，把同道说成是兄弟姐妹，这还能不去？这肯定都是义无反顾的。母亲就带了神圣的使命去了，吃住在姐妹家，陪说话、端屎端尿，负责她的起居。到最后姐妹的弥留之际，她还陪着她睡。毋庸置疑，母亲自己一定是充实的、美好的，自然也是忘记了我了，或者说我反正也像地上的草，卑贱得很，不看他，他自己也会茁壮成长的。

这些都是我和陈优犁在动车上短信互动的内容。在短信上，我只涉及了母亲和阿芬，涉及了我的玻璃事业，却没有涉及我的个人生活。其实，我是没有成家的，至今独身一人。陈优犁说，你不是挺能干的吗，你干吗？我笑笑，我的比你的复杂，你看我父母的婚姻，你看阿芬的婚姻，我对这个东西不相信了，我是复杂和矛盾的结合体。

在和陈优犁的短信中，我们也谈到了回家。我前面也说过，物质条件的局限，使我们的乡愁变得很浓郁，变得心安理得，同时又使我们的不回家变得合情合理。我后来在央视那档《找人》的节目里看那些不回家的人，有些就是一个很小的原因，一个疏忽、一句重话、一点小小的怨恨、一次信息的丢失，就再也回不去了，也找不到了。我也是这样。

我后来回家也是一件很突然的事情。我以为我和家里的关系就这样了，和母亲的关系就这样了。母亲是主的人，她心系大众，她早已习惯了没有我的生活和日子，信基督的人好像都有这样的情怀。有一天，我们温州的电视台找到我，说想邀请我参加一档认亲节目，节目名叫《咫尺天涯》，顾名思义就是近起来很近，远起来很远。我说我没有这个意愿啊。节目导演说，你没有家？我说我的家只停留在我20岁之前，我今年都已经60多了，我一直就客居外地。导演说，那你没有家人？我说家人本来是有的，我母亲，但我也已经三四十年没见过她了，要说起来她今年也有86岁了，以她生活的坎坷，我觉得她活不到现在。导演说，那你也没有姐姐妹妹？我说没有，有的话我还会这么轻松地待在外面？导演说，那你更应该参加我们的节目了，有一个女人，通过各种渠道各种手段，一直在找你。我说不可能，还渠道、手段。导演说，你看，我们不是这样找到你了吗，这个渠道和手段就很特别。于是，导演就讲了这样一段类似于侦破一样的故事。说一个叫阿芬的女人，要找40年前曾帮她捎过一块平板玻璃的后生。她是受邻居大妈的委托，大妈生前不知道儿子在哪里，手头也没有儿子的半点线索，大妈的DNA倒是好弄，但儿子不上数据库也白搭，现在唯一有希望作为凭证的就是大妈的一绺白头发，因为在许多年以前，白头发是大妈一瞬间留下的一个标志，还有就是一个关于平板玻璃的故事，因为就是这块玻璃，导致了后生的离家出走，直到现在。节目组还真有心，分析来分析去，根据人的创伤心理以及偏执个性的行为走向，在玻璃行业寻求帮助，找许多年以前背井离乡的、专注于一个行业的、有和玻璃有关的特殊经历的以及性格有奇异缺陷又对白头发异常敏感的人，还真的找到了我。当然，这个途径也是非常典型的，稍稍有一点点偏差，也许就找不到了。

这个节目我当然不会上，我不喜欢这类秀场，我会不自然的。再说了，不回家，无论什么理由，都是说不响的，很容易现场被人吐槽。况且，面对阿芬，我一辈子都是有愧疚的，可以想象，那个场合，阿芬一想起身世，一定会情绪失控，而我也一定会无地自容。但节目组的努力，我还是要感谢的，我给了他们一年的广告植入。阿芬我也碰到了，她应该和我差不多的年龄，但明显老多了，这是命运落下的，也是辛苦落下的。我随她一起回了一趟温州，按照她的话讲，你自己去，东南西北也不知道了。我们老家那片地方，2000年就拆迁了，拉了马路，建了商场，政府有规定，原房40平方米以上的，可在附近安置，但房子也是很差的，其他的小面积住户，都动迁到很远的地方去了。我心想，我就算早几年过来，也一定是路也找不着了。我和阿芬家本来就很小，还凹凸状嵌着，合起来才50多平方米，就只能搬到很远的地方去了。阿芬说，早年鱼人还小，都是我母亲帮忙一起带的，那时候真是太难了。后来，我的母亲，大概是在外面跑辛苦了，脑梗中风了，都是阿芬来照顾她，直至她死。为了感谢阿芬，同时也洗刷自己内心的歉疚，那些天，我陪着她跑指挥部、开发商、公证处，我把我母亲名下的房子写给了阿芬，也了了一件大事。

阿芬后来也一直没嫁，她带着个鱼人怎么嫁，就没有这个念头了，这是其一；我觉得，更多的原因还是她不相信婚姻了，更不相信感情了，说变就变，什么用也没有。鱼人倒是活得无忧无虑的，他肯定无忧无虑。据说，年少时对乐谱有感觉，还在少年宫乐团里当过指挥，鱼人开发得好，好像是有特异功能的。后来画画，现在热爱广场舞，广场里有他，他就是焦点，据说还跳得不错，尤其是转身微微翘首45度，比那些大妈做得好，大家看了都会笑。这也是一个有福的人，把他母亲的福也都享掉了。不再赘述。

四

我后来又去了一趟上海，不是去参加什么会议，而纯粹是为了去会陈优犁。我要对她说，生活就是生活，强调那么多意气干什么。很多时候，都是因为意气，我们把生活给耽搁了，把自己的年龄给耽搁了。

我们还是坐在ZD大学附近那个“遥握”的咖啡馆里，她感觉到了我的心思，人真有趣，心思不对了，语言和动作也就僵硬起来，不像前面那样松弛了。她斜眼看着我，板着面孔说，我们其实也是可以的，不要说过去那点感觉，就是现在说起来，也是挺轻松的，也有情趣和愉悦。但我不能，我要是答应了你，好像我对婚姻就没有原则了，好像是为了婚姻而婚姻，我向来厌恶凑合。我要是现在答应你，那我以前的坚持就白费了，我的坚持就变成了作秀，还会被以前那谁谁笑话，说你看，我的感觉是很准确的，我以前就感觉他们有名堂，是不是掉到我嘴里了？我讨厌被流言击中，那样多俗套啊。我看还是算了。

我看着陈优犁，突然觉得没话说了，心想，这个可怜的人，我以前还以为她挺勇敢的，其实是被那个自我害了，变得可悲起来。我熬着时间，把眼前的咖啡喝完。我们往外走的时候都客气地说，常联系啊，现在电话方便，交通也方便，如果有空，抬抬脚就可以过来。其实，那之后，我们就再也没有联系了，觉得被一种莫名其妙的东西困顿着，有时候在微信里看到了，也懒得吱一声。

（选自《花城》2018年第1期）

甜蜜点

◎须一瓜

——所谓甜蜜点，指的是在击球的瞬间，球与杆面发生的最佳接触区域。如果击球的部位正好在甜蜜点，我们可以认为能量没有损失，打出的球会又直又远。反之，离甜蜜点越远，能量损失就越大。

这是五月的、一个春风沉醉的晚上，初升不久的、红黄色的巨大月亮，透过佛光寺的十一层的舍利塔八角飞檐，照耀着山下的湿地公园。湿地公园占地两百多公顷，狭长如日本地图。靠海的那一段，为湿地公园前区；靠天枢山的佛光寺一带为后区。忽然被重视的湿地公园，前区开发得比较早，那里水域更充沛，有几个人文主题园区，黑天鹅湖、芦苇雕塑群、陶然美食长廊、书画休闲岛、古琴竹韵苑，等等，节假日尤其人声鼎沸；后区则野气荒芜，沼泽与山石交错，山枯水瘦，游客稀疏，一派天然的原生态荒凉感。所以，在那个年度最大月亮之夜，前区游客灯火喧腾，后区依然是清幽月色统领江山寂静。

但还是有一些与众不同的赏月人选择那里。

一个女人把车子停在后区的一小片木麻黄林沙坡边。已经是汽车断头路了，但有一条石板小路，可以通往天枢山门。她下了车，轻车熟路地走向右侧的一条野草匍匐的草径，草径则通往海边的一条废旧短石坝，仿佛被弃的小码头。石坝的两边，乱石交错，红树林稀疏。她一直走到石坝的盲端，远方，能听到海潮哗哗，有点单调。她在一方废弃的石料堆边，铺下了一块旅行毯，悠然斜倚在旅行地毯上，不知怎么她手里就有一个苹果。咬苹果的沙沙声，呼应着前方海水的哗哗声。奇异的和谐感，让她笑起来。她打了一个电话：到哪儿了呀？快点啊！月亮刚好被佛光宝塔的飞檐挂住了，你再不到，它就离开宝塔啦。

巨大的月亮，由砖红转为粉黄。砖红色的时候，让女人觉得用一根别针，刺破它一下，它就会像没有煎熟的荷包蛋那样，流出浓稠的蛋黄般的月汁。她背靠石料堆，看着它由红转粉黄再转白，并在渐渐瓷白的过程中，又升高了宝塔两层。女人等候的人还没有到。这时，几个提着烧烤架、吉他和啤酒箱的青年男女，沿着废旧石坝，嘻嘻哈哈地也走到了石坝盲端。他们显然也看中了这个海天一色的最佳赏月点，看到已经有人捷足先登，显得集体懊丧。女人看出了他们想挤掉她的企图，说，我朋友马上就到。

三男两女互相张望着，收起烧烤架，怏怏离去。

走下石短坝，他们往西而去。这五个年轻男女，其中一个人，因为食堂饭卡不慎落地，低头寻找的时候，他看到有辆车开进后区，远光灯雪亮开道，车子停在了木麻黄林边。找到食堂卡的小伙子，赶到伙伴们身边还叨叨了一句：那女人的同伴来了。这些绝了念想的年轻人，把赏月地点，改在了两方莲花塘中间的莲香拱桥。莲香拱桥的百年石缝里，青草劲生。拱桥前方，整个天枢山沐浴在月亮的光辉中。沿山形蜿蜒的寺庙黄泥外墙，在近乎白昼的月色下，新美如画。莲香拱桥的护栏两边，都是基本干涸的池塘，不过，等改造工程推进到这里，这些池塘会恢复水波荡漾，“曲曲折折的荷塘上面，弥望的是田田的叶子”，一个女孩儿很文艺地来了一句。一个小伙子马上接口，语调是苍茫压抑的鬼腔：沿着荷塘，是一条曲折的小煤屑路。这是一条幽僻的路；白天也少人走，夜晚更加寂寞。荷塘四面，长着许多树，蓊蓊郁郁的。没有月光的晚上，这路上阴森森的，有些怕人。今晚却很好，虽然是超级月亮，却一派鬼气蒸腾……

女孩儿子尖叫，夸张踢打用鬼腔变造《荷塘月色》的小伙子。

——月光响亮的白夜啊。一个小伙子在用别的方式，吸引女孩儿们关注。

这帮有情调的小文青，没有想到两天后，他们看到了全市爆炸性新闻，就是那个时间，那个地点，一对情人在那个石坝盲端被杀。啊，我们看到过那个女人！我们看到了那个男人的车！凶杀就发生在我们身边——就在荷塘那一边！我们可能看到了凶手！年轻人兴奋大于惊恐，他们浮夸地讨论说，其实我们已经提前感受到煞气。那个晚上，那个时刻，绝对是不吉祥的。连女孩儿都发表意见，一个说，我就说那天晚上的月亮，像个血月亮；另一个女孩儿说，在西方，在中世纪，人们都相信满月使人精神错乱。疯子的英文单词Lunatic 就来源于拉丁文中的月亮Lunar呀。

当警察辗转找到他们取证的时候，他们说话就挤掉了水分和文艺腔。捡工厂食堂饭卡的人说，当时弯腰寻找中，感到身后，远远地有一辆SUV车停到木麻黄林边，雪亮的灯柱还晃到过他，但他没有注意有没有人下来，就追着伙伴们走远了；而那个自称看到凶手的小伙子说，他下了莲花桥在僻静处撒尿的时候，看到一个穿自行车骑行服的青年，大步穿过木麻黄林。虽然月亮很亮，但是那人戴着骑行帽、围着骑行面巾，面巾上是黄色夜视镜，看不清脸。个子不高，动作敏捷。不过，他马上承认，湿地公园这条路上，骑行者一向比较多。也许他也是停车撒尿的。他补充说，他身形矫健，绝对是户外运动者。他不再吹牛说那个男人是凶手。

他的谨慎措辞，后来被小伙伴们认为是恰当的。果然，又过了三周多，五月下旬吧，媒体的长篇报道出来了《超级月亮下的超级嫉恨——警察对出轨妻子及情人的残暴虐杀》，文章说，女人的丈夫，一个打黑警察，因为嫉恨，用角钢劈烂了幽会中的情敌脑袋，劈掉了妻子半张脸。两具尸体是在次日下午，被一个湿地施工队发现的。凶手对自己的犯罪行为及过程，已经供认不讳 。

“那天的月亮，比平时亮百分之四十，也比平时的满月大百分之十五，但显然，那个年度最亮的月亮，照耀着人间的超级嫉恨。”——文章的结束语这样说。

一

彭景甚至不知道那天晚上的月亮是年度最大的月亮。早在几天前，是有媒体在叨叨，年度最大最亮月亮来了。就像过去说的流星雨一样，他没有去注意是具体哪一天，这样自然也就模糊了好时光。妻子小鹿也没评说过一次超级月亮，不然，他想，他会有印象的。午休前，小鹿打来电话，那也就是她的最后一个电话，她说，今晚要给一个孩子上课，在安延区哟，太远了，我干脆下班后，在外面随便吃点，直接去上课吧。彭景说，好，我也加班。小鹿说，那我叫我爸妈也不做你的饭了。彭景说，嗯，好。

但最终彭景也没有加班。本来约好要见面举报辛口村村主任恶行的卖水暖夫妇，临了说有事不来了。举报人曾致电打黑办控诉，说辛口村两百亩盐场改造招投标是假的。他们去参投，被人莫名其妙打得耳骨爆裂、小便失禁，赶快逃离。后来村主任中标，转包他人获得暴利。他们才知道村主任是当地黑老大。线索转到了司阳公安分局。彭景所在的司阳扫黑大队，准备接待这对义愤夫妇。但是，他们临阵变卦了。举报人放警察鸽子，或证人反悔逃避，也是经常遇见的，更有甚者举报后又畏惧黑恶势力，出卖暗访查证的警察，害得调查便衣被揍得半死。这也是扫黑除恶工作推进艰难的原因之一。据报载，去年，本市“打黑办”受理举报电话近两千人次，接到举报信、接待举报一千多单，从中发现涉黑恶线索一百多条。对受害人而言，“黑恶”是他们生活的高度痛点。当然，也有情绪化的危言耸听。很多人一怒之下，举报信第一句赫然就是：某某某是黑社会！信马上就转到打黑除恶这一口了。一查，夸大其词、虚张声势，不过普通纠纷，无非是气愤不过，就这么来一句泄恨。所以，一激动，就说某某是黑社会，一冷静，就放警察鸽子，反正什么情况的发生，在彭景看来，都很自然。所以，卖水暖的夫妻爽约，他无所谓。既然妻子跟岳父母说了，不做他的饭，他便在分局食堂吃了晚餐，然后，换了便衣和跑步鞋，乘公交车到了云山路口，开始跑步。

云山路，沿着云山山脉，一直通往郊外，单程七八公里长，还有专用的红色塑胶跑道，沿途夹竹桃、三角梅绚烂，有一个地段则是茉莉香气馥郁。所以，时间充裕时，彭景就会在那里跑一个来回。十几公里跑下来，两小时不到。浑身湿透，精疲力竭而身心欣快。彭景是在跑步时蓦然发现今天的跑道特别明亮，进而发现超级月亮。整条云山路，能见度高得简直可以看书。回家后，估计岳父母没有去遛豆包，他就把院子里的豆包直接牵了出来。岳父母不喜欢狗，尤其是土狗。对女儿女婿度蜜月捡回的土狗豆包，非常不满。豆包还居然是空运回来的，在岳父母眼里，这简直是败家子所为。所以，岳父母退休到南方客居，对小鹿夫妇的第一个要求就是，豆包不能进屋！只能拴在院子里。这令彭景不快，但孝顺的小鹿给豆包买了一个尖顶木屋，说，我爸我妈在我们这的时候，豆包就暂住院子里吧。没想到，狗木屋那么贵，让老人又很生气。更没想到的是，小鹿父母退休后的第一二年，还是经常返回北方，天天念叨，北方这好那好，可是，渐渐地，他们回去的时间越来越少，不只冬天秋天在南方，甚至夏天春天也不太回去了。他们适应了潮乎乎、黏糊糊的南方。最后，稳定的南方生活开始了。对此，彭景几乎掩饰不住焦躁。岳母个性天真或喜欢天真，总是不敲门就直闯小夫妻卧室，少女一样嬉笑而入，仿佛不知天下有隐私，而且，她用这种纯真举动，告诉对方，你们肯定也没有见不得人的东西。如此数次，彭景性意阑珊。此外，两人世界被彻底拉扯变形。本来居家过日子，观点看法不一致难免，但是，现在，小夫妻只要有分歧，立刻就变成三打一。彭景在背后厌恶地说，让你爹妈早点儿滚吧。小鹿说，如果你让我爸妈知道了你的卑鄙心思，你就别想我再跟你回东北看你爹妈！

让小夫妻一致生气的是，小鹿父母对豆包的忽视与冷漠。这倒让他们夫妻同心。但彭景一旦表达，小鹿又会不顾原则地维护老人意见。这样下来，老人觉得豆包就是女婿执意不放手。十分可恶。

因为家不再如过去那么单纯宽松，也因为忙，彭景经常加班，早出晚归。他经常在单位吃饭，尽量避过日益主政的老人。如果避不了，在家，他几乎不跟他们说话。岳父母也不是迟钝的人，背后就跟女儿告状说，一天到晚不吭气，跟他说话，都是回答你一两个字：嗯。知道。好。行。不要。我们就是保姆，也要一点儿尊重吧。岳父说，不就是个中队长？这么骄傲要不得！老人家敢于生气，关键是他们明白，回燕小区，是他们女儿单位分的房子。这等于还是住在自己家，反过来，彭景倒有点儿像外人了。

当然，最凄惨的就是豆包。用小鹿的话说，自己父母过来常住以后，豆包再也没有回屋住了。豆包并没有像小鹿预计的那样感化老人，相反，老人越来越明显地驱赶豆包，说，赶紧生个孩子！把不该养的送掉！遛狗也是问题。如果女儿女婿忙，请求老人带豆包走动一下，放掉狗屎狗尿——不能说遛。只能从卫生角度出发，不然院子里很臭。他们倒也愿意了。但一般是，豆包一拉掉屎尿，马上就被牵拽回院子。说起来，小区后的电台山走走，风景很不错的。但后来老人听本地人说电台山上，解放前是个杀人刑场。老人家就坚决反对上山遛狗了，怕阴气重。所以，最多带豆包往农贸市场方向走走。自己不进电台山，女儿也不许去，尤其是晚上，女婿去了，最好在外面撒泡尿回来，必须把山上的邪气什么的祛除，才能进屋。

在那个月亮又大又亮的白夜，彭景跑完步，没进屋，就到院子里解开豆包的绳子。一人一狗，直接往小区后的电台山路走去。电台山下燕回小区的房子，是市青少年宫分的房改房，就在电台山脚下。电台山说是山，其实不高，只是一座曲折幽深的平顶山冈。上山的路，曲折如“乡”字，在仅可两车交会的小山道上，沿途绿荫错落，茂密高大的老杧果树，两边枝叶相拥成穹顶。沿着“乡”字形曲折至极的绿色隧道，一人一狗就走到了豁然山顶。山顶开阔寂静，一栋电信旧楼里，几盏加班的灯光昏然欲睡。该单位已经搬迁到新区办公大厦，剩下零星扫尾人员。这栋二十世纪八十年代的平顶旧大楼，前面是一棵巨大的橡皮树，树下是一排停车位。大楼侧面是荷花鱼池、紫藤深覆的假山和一座仿木水泥亭子。沿着观风亭子边的小径，就通往大楼后面大片葳蕤的杂树林子，盆架子树、李子树、苦练子、小叶榕、石榴、不怎么结果的老杧果树、棕榈、旅人蕉、大叶榕树、印度紫檀。树林间血管似的幽微小径边，散落着一些永远有落叶和鸟粪的石桌石椅。看上去它们都很干净，坐下去，肯定满屁股灰。

月光如淡金色的天水，濯洗着明亮寂静的山冈。因为四下无人，被解开牵引绳的土狗豆包，在如水的月光中奔跑跳跃，反复冲锋到树木深处，追野猫惊山鼠不亦乐乎。彭景坐在仿木亭子前的小鱼池边，蛙鸣如鼓。池边半浸着几块石头，一块最平整的大石边，是一大蓬斜倚探水的三角梅，另一边是半人高的杜鹃花丛。遮挡性很强，每次彭景都喜欢坐在这里，或两脚踩地，仰躺在石头上，抽着烟，看着天，看着观风亭顶上厚厚的落叶，等着豆包在山冈疯跑几圈，再一起回家。

小池塘里，鱼儿不时在月光中跃出水面。

一瓣白色的杜鹃花瓣，无声地落下，飘入水面。

这个时候，妻子小鹿已经在超级月亮下，命归黄泉。

这是彭景在电台山最后一次遛狗。

二

彭景进门的时候，老家人已经睡了。他知道，老人生活很有规律，一般九点半就上床、早上四五点就起来了。一听到彭景进门的声音，岳母迎出来了，一直看着他的身后，说，你们没一起？

小鹿没回？

岳母说，打她电话，都没人接呢。

小鹿平时私下授课，最晚十点就回来了。现在已经十一点多了。彭景掏出电话。电话响一声就转短信了。他说，可能没电了。你先去睡。彭景洗澡前后，分别又打了四五个电话，都没有人接。他隐约不安了。可是没有寻找方向，不知道她今晚给哪个孩子上课。偷偷做家教，给孩子上长笛课，是工作之余的私活，同事不一定可问。彭景也不知道她现在手上还带着几个孩子，只知道，今晚上课的孩子，家在安延区，离回燕小区十多公里。夫妻俩只有一辆车，平时都是小鹿在开。没有车，又没有方向，而且夜已深，不便惊动她朋友同事，彭景只能在家干着急。大约深夜一点四十，他打了“110”电话，询问安延区一带有没有车祸。对方说有两起车祸，但都不是小鹿开的那种红色海马。

也一直没有收到小鹿回电。结婚这七八年，这是从来没有过的。即使他们闹小别扭了，她懒得打电话，也会短信留言，告知去向什么的。彭景越来越不安，电视节目实在看不下去，电话在手里翻来翻去。有一次听到院子里豆包忽然叫起来，以为小鹿回来了，连忙开门出去，却什么人也没有。

早上七点一过，他开始和小鹿的朋友、同学、同事联系。这些都是走动比较多的人，但是，无一例外，他们都不知道小鹿在哪里。到了单位，他找到市局情报资料部门，询问昨晚是否有出现不明尸体的情况，也没有。彭景给青少年宫小鹿办公室打了第三个电话，接电话的人说，小鹿还没有来上班，也没有请假。

彭景感到绝对出事了。他借了车，直接到了青少年宫。办公室的人也热情地帮打了好几个找人电话，但都没有任何消息。自然也打听不到安延区上课孩子的家，但彭景还是模拟着小鹿下班去安延的线路，开了过去。毫无收获。这期间，他不断打她的电话，不通不通不通。家里的老人已经慌乱了，他们不断打彭景电话，因为没有结果，因为烦躁，彭景总是一句话，没找到！或者，别打了！找到我自然会说！就挂了电话。后来，岳母一打通，话未出，哭声就传来了。彭景直接扣了电话。他根本不愿意和他们说自己的焦虑，自己的苦寻，自己的担忧。甚至，老人家越着急，他就越讨厌。这个尚未做父亲的人，似乎还没有能力理解做父母的心。

这一夜比前一夜，更加煎熬。彭景半夜十二点才到家，他没有去遛豆包，直接进了自己房间。岳父母也没有睡，一看到他，他们就急着要听他的想法。彭景把他们关在了自己卧室外，然后他听到了岳母号啕大哭的声音。彭景在里面使劲堵住耳朵，岳母却没有停下来的意思，相反，他听到哭声的空隙，两个老人在公开地谴责：没心没肺啊，出这么大的事，还照吃照睡，一点儿都不担心老婆死活，只顾自己睡个死啊！我们人生地不熟，不然我们早就到处找人了……

彭景猛地打开门，门开得过于用力，打到墙又反弹欲关，他狠狠踢了一脚门：吵什么?！都去睡觉！

老人呆怔了一下，岳母大声擤了一把鼻涕，直接甩在了地上，说，你倒好，你当然睡得着，我们可是一分钟都睡不着，小鹿到底在哪里？活不见人，死不见尸……

岳父一把捂住了她的嘴：说什么鬼话你！

——够了！都回屋！你们明天可以睡到自然醒，我还要上班！

岳父母互相看了一眼，公开交换眼神里的仇恨火焰。但是，他们也是第一次看到女婿这么放肆、这么恶狠狠地对他们说话，一时没有应对经验。女儿不在，这个家似乎马上就不像他们自己的家了。老人又焦急又愤怒，但还是交换着眼色，互相暗示着，回了自己房间。

日久见人心！

变死了这个人！

他们在屋子里也同样恶狠狠地咒骂着。

第二天，他们的女婿并没有按他自己说的那么正常上班，大约是下午三点多，他的领导、司阳分局有组织犯罪侦查大队长老谢过来问他吃中饭没有，他说没有。谢大说，走吧，我陪你到外面吃点面。彭景就和他一起离开办公室下楼，一到楼下，突然地，几个人扑上来就把他按住了。彭景莫名其妙，这不还在分局院子里吗？他挣扎着大喊：怎么回事?！要干什么?！他冲着谢大的身影喊，谢大！妈的怎么回事啊?！

谢大已经上了车。按住彭景的几个人，七手八脚地搜了他的身，然后把他推进了车里。彭景开始还怒吼了几声，发现大家死一样的沉默。他也不再吼叫了。他知道没用。同时他想，没有什么大不了的，有什么误会解释不清呢。这个时候，他还没有想象力把自己和小鹿失踪联系起来。他很困惑恼火，但并不害怕。彭景到底还是判断错了，车子直接开进了市局刑侦支队大门。他看到重案组的老丁走过来，笑了一下，似乎想说什么，但又泄气了，连带着脸上的笑容都很别扭。所有的人都不看彭景，熟悉的、不太熟悉的。一拨人没有表情地把彭景带进重案大队三楼的一个空办公室。两个小时都无人进来，彭景独自枯坐着，心里惦记着小鹿的情况。但手机已经被没收，他不知道是不是有好的消息已经传回来了。大约是暮色渐起的时间，门轻声一响，他扭头看见一个曾经和他工作配合过的支队重案队洪彦，吹了一声口哨，一瓶矿泉水就抛了进来。彭景接过的那一瞬间，门已掩上。洪彦青春帅气的脸，消失了。

三

早知道接下来会二十多天日夜不能睡觉，那么他在空办公室枯坐的时候，一定会设法让自己眯一会儿。作为一个训练有素的人，他知道越艰难的情况，越要照顾好自己。后来那些生不如死的炼狱日子，让他痛悔独自在那空办公室的发呆枯坐，实在是天大的浪费。

大约是晚上七点多，彭景所在司阳分局局长老孟、市刑警支队副支队长何大头和重案大队的大队长老丁几个走了进来。洪彦也进来了，夹着讯问笔录本。两个年轻警察给他戴上了手铐。彭景觉得太过荒唐，就像看别人被铐上一样，迟钝地看着自己的手。老孟看了一眼自己的部下，不知道是对谁点头，他点着头，环顾着这间办公室，说，嗯，好好想，慢慢说。政策、流程，工作方式，你比谁都熟。这么熟了，彼此不要浪费时间。

我妻子回来没有?!

似乎有个年轻的警察发出轻笑。但因为无人同步反应，那鼻息似的笑声便戛然而止。屋子里却因为这个无人共鸣的笑，氛围古怪。老孟说，我还有个会。何大头没有表情地看着老孟出去，然后把眼光平移到彭景身上。彭景盯着他。彭景和他不算熟，但是，新入职的时候，听过他的两场培训课。何大头个性暴烈、语速极快，自负乐观，雷厉风行，都给新人留下不好惹的印象。

老丁看了一眼做笔录的洪彦说，开始吧。你先说说五月六日这一整天的经过。彭景说，有我妻子消息吗？依然是无人回应。彭景感觉到了什么，沉默了一会儿，他把自己从早上起床开始，直到晚上遛完狗回去，说了一遍。他说，我现在急着知道我妻子的情况。先把手机还我一下！

何大头拍了一下巴掌，赞许地吁了一口气：这表情到位。好。你把当日下班后的情况，再仔细说一遍。彭景皱着眉头，又说了一遍。

你妻子说晚上给人上课，你就说，你也要加班？

是。

为什么又不加班了？

反映情况的群众不约了。

你妻子几点打电话，说晚上不回？

中午，大概一点左右。

群众爽约，是几点联系你的？

那是短信。我是午休起来看到的。

那短信时间，是比你妻子来电早，还是晚？

我没注意。我反正是午休起来看到的。

那短信比你妻子的电话早到。

你什么意思？

从时间上，你可以告诉妻子正常回家的。即使午休起来看到取消短信，你还是可以回家的。因为你不需要加班。但是，你没有回去。

对。

为什么？

不想回去。这很正常。我去跑步了。

有人看到你跑步吗，在你说的云山路？

也许有人看到我。

跑了多久？

来回十七点六公里，跑了两小时零四分。

记得很准哪。

春节后一直忙着加班，很久没跑长路段了。所以，特别看了时间。

几点到家的？

十一点左右。

你在分局食堂吃完晚饭是几点?

七点十分。

然后，你就去乘公交去了云山路口?

对——不，我还到办公室换了衣服，穿上跑步鞋。还充了点电。手机快没电了。

充了多久?

二十多分钟吧。

那就是说，你七点半离开单位。

差不多吧。

好。何大头指了指手腕，听说你有个运动手环?能记录你的运动路程，时速，时间?

手环丢了。

丢了?!

对。

这个能够证明你跑步时间与路程的手环，——丢了?

对。

难得有闲跑十几公里，居然手环丢了，没得记录了?怎么丢的?

等想起来时，发现已经不在手腕上了。我妻子知道我丢了大半个月了。

嘿，你妻子！没错。她当然知道。

从司阳分局打车到湿地公园，半小时够了。是吧?

彭景盯着何大头，又转而瞪着老丁。职业的本能，他确定小鹿出事了，而且他被何大头盯上了。湿地公园?但安延区不在湿地公园。彭景的迟钝、空洞、思虑，丝毫的表情变化，老刑警何大头都尽收眼底。

老丁把一个小塑料袋装的一颗银白色警服扣扔在桌上。

你警裤的后兜扣呢?怎么少了一颗?何大头问。

彭景说，我不知道。但谁都清楚，警裤纽扣质量差，很容易掉。

是啊，就你的掉现场了。

怎么就认定是我的?!

那好，根据现场的“嗅源”，警犬在七八件衣服里挑出了你的衣服。这又怎么解释？

是什么“嗅源”？

老丁把一个带有球形小陶器挂件的钥匙串放在桌上。隔着小塑封袋，彭景也认出，是他的家用钥匙。钥匙串上的球形小陶器，是小鹿外出旅行买的。彭景一眼就反应过来，小鹿又拿错钥匙串了。因为家里有老人，他经常不带家门钥匙。办公室的钥匙，都在包里。而小鹿每天带，是要在下班时去信报箱拿报纸信件。而拿错钥匙的错误，她经常犯。因为他俩进门都喜欢把钥匙串顺手放在鞋柜上，每串都是四把钥匙，又都有同款小陶器挂件，区别是，小鹿的小陶器上的绳子是暗红色的，陶器上写的是“惜福”“感恩”；彭景挂件绳子是暗蓝色的，陶器上面的字是：“知足”“常乐”。彭景知道麻烦大了。这是难以解释清楚的。

是啊，拿错了，是啊是啊，她拿错了。拿错了，还在现场掏包秀出来给情人看……

应该是作案人搜找钱财倒出来的……

当然，当然……何大头突然一脚把办公室转椅蹬到柜门边，椅子猛烈撞到柜门，又反弹回来。——够了！混蛋！都他妈的圈里人，自己人，玩虚的，太他妈无聊恶心！实话告诉你，谁摊上这个事，未必做得比你好。够了！给我痛快点！——下班以后的经过！

我说的是实话。

何大头一把揪起彭景的胸襟：这样有意思吗，小子?!

我想知道我妻子的死活！

何大头一把将彭景搡在椅子上。

四

湿地公园月圆夜杀人案，震惊全城。

人心惶惶，警方压力极大，专案组配置了精兵强将。所以，本地新闻第一次报道时，警方就同步透露了嫌疑人已经被控制，及时松弛了社会神经。三周后，关于案件侦破的长篇披露，就算是给了公众一个明确的交代。可以说，警方是不乐意后续报道再度惊扰社会公众的。但是，如果不说清楚，也就是媒体不发声，各种关于该案的信息也一直在沸沸扬扬地流传。有些个不负责任的外地媒体，道听途说，用外围材料，拼凑报道了一篇《都是月亮惹的祸》，以博人眼球的小报写法，尽情渲染警察杀人。真是警方哪里痛，它就在哪里下刀子。它突出强调的是，凶手是警察！也就是超级月亮下出轨女子的丈夫，是打黑警察。警察杀人，心狠手辣，读者也觉得理所当然了。

这种被动局面下，警方加大审讯力度，最后被迫召开了新闻发布会，邀请本地几家严肃媒体的采访。案组负责人详细介绍了案件侦破经过，低调承认凶案嫌疑人是同道。一时，媒体沸腾。也许那天晚上的月亮，实在太大太亮了；也许，那对情人在死前太过浪漫，而死法又太过惨烈；而嫌凶警察冲动杀人后，内疚不安，全面认罪伏法显得良心醒目。总之，各路记者的报道都显得很有激情。多家记者采写到“嫌凶”出身科班、综合素质强、能力出众，在多起疑难案件中立下赫赫战功，曾获省优秀警察殊荣，不料一时冲动，自毁大好前程。总之，不论报纸、电视、电台的后续报道，都多角度地切入湿地公园杀人案，令人唏嘘感叹。

冲击波一直在持续。

市青少年宫每一间办公室的报纸，都被大家抢阅。教职员工们被小鹿老师家的报道惊骇到了，尤其，两名接待过上门寻找妻子的杀人犯的老师，她们后来再度回忆都非常后怕，说，当时，她们就感到这个男人像个杀过人的人。有一个老师说，她闻到了他身上的血腥气；也有老师对杀人的冲动表示同情和理解，毕竟是妻子有错在先啊。

类似的激烈议论，在政府最重要的隆启开发区管委会一间办公室里，也有这样的强烈效应。靠里屋的第一办公桌上，位置空了。它的主人，就是湿地公园里被杀案里的男主角。这个在大办公室里排名第一的主人，一头白发，却是个青年才俊，做事灵活，尤其善于协调各种力量，偏偏为人谦逊。大学出来，很快就成为市里重要领导秘书。领导意外猝死后，很快也有喜欢他的贵人接棒，把他送到了新开发区的重要岗位——管委会主任助理。一人之下，仕途依然稳当，显然，这是要接主任的班的，但小李很低调，虽然手眼通天，贵人如云，做事却非常勤勉，而且，坚决让大家叫他小李。隆启开发区里许多有仕途追求的同僚，对于他的不良暴死，虽心有戚戚，却也个个满腹复杂猜测。

小李的暴死，感到天塌地陷的是龙庭村村主任的李天禄一家。

正要午休的李天禄，接到儿子李海狮打来的丧讯，一声惊吼，吓得客厅里卧着纳凉的两只德牧，站起来就避窜而去。但很快，它们听到了李天禄呛咳似的哭声。他不断地咳嗽，不断地呛咳，这个噩耗像一团乱麻，捅进了他的心窝。他不再有哭腔，可是，泪水直淌。他想问儿子一个究竟，可是，他发不出声音，一动声腔就呛咳。

儿子李海狮吁了一口浊气，骂了一句粗话。很明显，如果今天是他被人劈死，父亲一定不会这么伤心。李海山是大伯李天福的小儿子，比李海狮小两岁，从小就聪慧过人，腿勤嘴甜人乖巧，哄得李氏宗亲男女老少都喜欢他，而且书读得特别好。当年李天福被村民打死，李天禄就把他当亲儿子抚养。李海山也最听天禄叔叔的话，不仅如此，这个侄儿，竟然比他自己的三个儿子（小儿子被火车撞死）都像他。李天禄现有四个子女，李宝秧（已嫁人）、李海狮、李海龙、李宝船，两男两女，全部遗传了他老婆的溜肩、牛眼、菜罩鼻子。反观侄儿李海山，和李天禄一样魁梧壮实，连一头麻灰头发，发旋、发量、前后发际线，都和李天禄相近。李氏少白头在龙庭村远近有名，儿子女儿尽管也是少年白发生，却都不如侄儿李海山，袭承了李天禄的白发威武。李海山就是顶着一头麻灰白发，意气风发地考进了西安交通大学少年班。学成归来的李海山没有辜负天禄叔叔的期望，不过七八年工夫，不论白道黑道，似乎都知道有这么个不可小觑的白发才俊，而他的根，就在龙庭村。李天禄引以为傲，对外人常称“我儿子”。比如，就在月亮最大最圆的那个晚上，本来李天禄打球后是赴鸡肠岛打牌的，那是一个土豪们的私密赌场。李海山一个电话，说，刚调来不久的副市长老林，想招待一个大台商，你要不要来陪一下？当然要，什么叫陪一下，不是去埋单那么简单，是一个合理勾连，赏赐你一个亲近权力圈的微妙机会。这是信任。多少人做梦都没有这个机会，李海山才有，他会不动声色地安置一切，非常隐秘自然，宾主尽欢，个个自在。人人有收获。

果然，新领导老林对李天禄感了兴趣，愿意多聊聊农村经济发展情况及周边多个配套项目开发情况。李海山看起来和老林有很自在的兄弟情谊，还有三个菜没上，海山就直率说自己早有约，得先走一步了。李天禄那天，因为打球，没有带保镖司机。他把车子给了侄儿，李海山还谦让了一下。李天禄说，等客人尽兴后，他会让司机开别的车来接他。

这就是李天禄和李海山的最后一面。这个晚上，接触到亲切市领导的李天禄一夜难眠。李海山被人一记打烂后脑勺的时候，李天禄在床上辗转反侧浮想联翩，满脑子都是李氏家族金光耀眼的未来。这个开局，实在太诱人遐想了，过去，李海山也有制造机会，让李天禄和职能部门的权势者相识，但是，层次相对较低。李海山也一再告诉自己叔叔、堂兄弟们，资本原始积累已经完成了，要告别打打杀杀的低级模式，可以尝试正经大业了。是李海山引导叔叔，一边捐助老人院，一边不惜重金进了区政协；也是李海山引导，让叔叔接触高尔夫球，开阔眼界，扩大平台。打炮与打高尔夫，毕竟是云泥之别的人生；李海山还带叔叔堂哥们去佛光寺拜见过法师，给寺庙送好茶油米；也是他坚决请求叔叔，把手臂上年轻时的粗劣文身去掉，这点和从日本学艺归来的小女儿李宝船意见一致，但李海山照样反对堂妹要给父亲在胸口新文“艺术龙”图案。李宝船妹妹说这是她设计的家族标志、艺术家徽，是图腾。李海山根本不辩，一笑否决。李天禄就不文。李宝船便给李海狮、李海龙手下的李氏青年们大文特文，倒也很有团队精神。李天禄知道，随着李海山关系的拓展纵深，他们家族会进入全新天地。他还多么年轻啊。

没想到，这小子居然在阴沟里翻船！

那个中午，李天禄把桌面上能摔出响声的物件，通通摔在地上。李宝船刚从日本带回来的一套昂贵的江户杯子，被他用来砸烂了墙上的超大液晶电视屏。李天禄满腔悲愤，他愿意拿任何一个儿子跟李海山换命。这个念头，他一点儿也不觉得羞愧。他对李海山的陕西老婆更加怨恨。这个西北女子，嘴尖又霸道，一副克夫的狐狸脸。李天禄对侄儿，唯有这一点不满意，现在，李天禄相信，不娶这个西安狐狸脸，李海山肯定不会在外面搞这些名堂，那么，李海山就不会死。李天禄对李海山老婆及十岁女儿，全部恨上了。

龙庭村很多村民却在窃喜难掩中。不是因为李海山的死，而是因为李天禄的悲伤。据说有十来个被村主任打过的村民，憋不住偷偷串门小联欢了。这个近千户人家的大村，上访告过李氏家族状的至少有两百多户，不安分的坏人刁民很多，不过，他们都没有赢。而李家马上就知道谁谁到哪个部门告了他什么，谁谁向哪个部门反映了他的情况，然后，村里连线所有人家的大喇叭，就会传来村主任的警告与怒骂：

“喜欢告状是不是？去！尽管去告！各级纪委都来查过，国土局的人也来查过，能拿我怎么样？我不也没事？老子有的是钱，谁来查我我他妈轻松打发！钱怎么花，都比给你们强！多告几次，我还能多结识几个能人！——去告！赶紧去告！”

有几个告状上瘾的刁民，被打断胳膊、腿之后，也慢慢老实安分下来。现在，有毅力告状的人越来越少了，妄议村主任家族的声音，也越来越隐蔽了。村委会的大喇叭里，强调安定团结，严禁拉帮结派，不许交头接耳、议论村事。甚至在结婚喜宴上，谁和谁在一起低声讲话多了，就可能被举报，自己也会紧张；几个喜欢闲嚼舌头的妇女，被大喇叭点名后，以“搬弄是非寻衅滋事”被村委严重警告，扣罚了三八节的礼物：一套浴巾和沐浴露。龙庭村还禁止没事胡乱串门。据说这是村里选举期间实行的新文明习俗，后来，慢慢就强制沿用下来。躲不起、打不过、告不赢、说不得，所以，龙庭村的村民，有点儿憋得慌。一听李天禄悲伤了，就有刁民忍不住开怀了。

当然，对全市更多的市民来说，这个冲击波，不过是饭后茶余一次性的刺激物。几天之后，他们就慢慢淡漠起这件白夜杀人案了。有人拿那张旧报纸包了单位新分的菠萝。有人拿它垫在屁股底下，坐在马路牙子上等人。在地下通道里，有个戴着黑色棒球帽的女孩儿看到一个流浪汉，把那份报纸铺开，然后睡在上面。戴黑色棒球帽的女孩儿，一眼就认出那张报纸。她读过那份报道《超级月亮下的超级嫉恨》里面有超级月亮挂在佛光寺舍利塔边的配图，看起来，塔和月亮，仿佛是一座巨大的表盘，固定下了那个凶杀时刻。棒球帽女孩儿身形俊逸，但脸色苍青，似乎不高兴。她大步流星地走过地下通道里的嘈杂人流，走过躺在那份报纸上的流浪汉。突然，她收了脚步，驻足谛听了一会儿，开始转身往回走。走回地下通道深处。她再度走过了睡在旧闻报纸上的流浪汉，停在他斜对面的一对老艺人跟前。

男的老艺人在弹吉他，音响震颤。他的个子很矮小，穿着敞怀的格子衬衫，里面是白色T恤，弹琴之势有超越年龄的青春洒脱，让他看起来很高大；女的老艺人起码有一米七五，她坐在一张酒吧转椅上，一头浓密灰发，扎着一根麻花辫。她的膝上是一个六角形的旧皮质手风琴。几个月前，也就是今年春节，大年初一的上午，女孩儿在城南庙门大街下的人行隧道里第一次见过他们。大年初一的清晨，呵气成雾，地下通道行人寥寥。男的老艺人似乎在修理他们的音箱，边修边用口哨在和女老艺人的琴声。打麻花辫的老太婆在拉琴，她闭着眼睛，坐在柱状麦克风前人琴合一，海浪拍崖、恍若无人似的演奏着，莫名动人。是《贝加尔湖畔》。整个几乎无人的通道，构成了琴声极为美妙的回旋。深情感伤的旋律，统摄了通道所有空间。这对七十多岁的老人，怎么演奏这样的曲子呢？女孩儿感动而茫然地看着通道的两头，似乎希望有人和她分享这动人的琴声，但仅有的几个穿着春节新衣、脸上满是熬夜后赶路的匆忙过客。女孩儿在老艺人的小花钵里，放下了一百元钱。他们似乎没有注意到她，老人似乎都不睁开眼睛，不知道女老艺人是怎么知道男老艺人调好了音箱，并拿起了吉他。他们默契地又开始了合奏，依然是《贝加尔湖畔》。

一曲终了，女孩儿默然离去。几步之后，女孩儿转身回喊：

嘿——新年快乐！

小个子的男老艺人睁开了眼睛，用吉他模拟人音，回她新年如意。女老艺人没有睁开眼睛，她谛听着女孩儿远去的脚步声。

之后，女孩儿再没看到这一对流浪老艺人。没想到，几个月后，在远离庙门大街人行隧道的中山公园西门，在市府大道的地下通道里，再次邂逅老人。刚才走得太急，行人视线遮挡，正好又是他们的演奏间隙，所以，她差点儿就错过了。女孩儿返回，是再度听到了让她熟悉的旋律。女孩儿重回老艺人跟前。男老艺人记忆力惊人，一眼就认出了几个月前向他们问新年好的陌生女孩儿，所以，曲终他立刻用琴声再度问候新年如意。虽然，新年已经用旧了一半。女孩儿不由笑了。女孩儿往他们的小花钵里放了五十元钱，发现里面都是硬币。女孩儿语气有点抱不平，说，哈，这么少？

男老艺人非常得意地：嘘——藏起来了。

女孩儿说，你们也喜欢这首歌？言下之意是：你们都这么老了呀！

你经常听我们演奏吗？女老艺人下巴指着她问。

嗯，是呀。每次都是它。女孩儿在夸大其辞，但是，老人并不揭穿她。女老艺人说，我们能演奏的歌曲太多了，不断地变换。也许，你来正好都赶上它了。

我喜欢赶上它。女孩儿的脸色比刚才好看多了，开始有了光。但她小声地嘀咕了一句：原来你们并不是特别喜欢它才演奏的。

不不，老人异口同声地指着对方，他（她）喜欢。

女老艺人说，姑娘你过来。男老艺人对着女孩儿，指了一下自己闭目的眼睛。女孩儿确定了自己的猜疑，女老艺人是个瞎子。女孩儿走到她的跟前，老太太拿掉她的棒球帽，摸索着女孩儿的头、脸、胸和腰臀，最后是手。

往北走吧，姑娘，女老艺人说，不要再回头。南方配不上你的美。

女孩儿离去的时候，听到身后再度响起了《贝加尔湖畔》。

五

何大头厌恶彭景。在他看来，彭景的耍赖很低级，很丢警察的脸。何大头私下认为，这事带来的羞辱感，每个男人都能理解。但是，这种事，要么不做，要么你做得无懈可击。都已经被逮住了，身为警察，再这么死不认账，很无聊也很窝囊。何大头越来越恼火，但审讯的前十天，何大头都克制了自己的脾气，一直没有对彭景动粗，只是轮着审。直到押送彭景到中级法院，完成了CPS心理测试，也就是测谎测试。彭景没有通过。测试结论为：知情或参与了作案。也就是说，彭景撒谎。虽说测谎结论，不能作为刑案证据使用，但是，何大头对彭景的鄙视，由此到了极点。专案组的耐心也全部用完。

事实上，彭景的骨头，也不是专案组想象得那么硬，继续审讯一周多后，彭景全部招供认罪。就是在彭景磕磕绊绊全面认罪的次日的下午，警方召开了媒体通气会。应对公众舆论，一切都顺理成章了。

作为警察，彭景知道审讯手段的厉害，更清楚自己的认罪是在饮鸩止渴，因为他并没有把握自己在庭审的时候，有翻案成功的机会。

一开始，他以为自己肯定扛得住。但是，他对自己太自信了，想得也太简单乐观了。一度，他再次向何大头索要留置他的法律手续。何大头无比蔑视：你他妈不看过传唤证了？彭景说，传唤证最多只能留置我十二小时，你们却关我十二个昼夜，又拿不出其他法律手续，凭什么还要扣押我？

何大头笑：自己人，要什么法律手续?!

彭景知道自己完了。十来天的审讯，捕捉着东鳞西爪的信息碎片，彭景已经拼出了小鹿被杀案件的大致。他理解同事对他作案的推断方向，他自己都接不住这个球。只有他明白，他从未想过小鹿会给他戴绿帽子。婚姻跨过七年之痒，夫妻关系早已过了风吹草动的敏感期，甜的，不那么甜了，酸的，也不那么酸了。家庭已经进入平稳的、惯性运行的轨道，甚至可以像无人机一样行进。猛然地，妻子出轨了，她翻车的动静如此之大，听上去，他们就是在野合中被杀。即使真凶被捕，妻子以这种方式昭告众人，践踏婚姻，作为丈夫都是难以接受的。是的，这种羞辱感令人窒息，而他还摊到了最残酷的结局：他成了谋杀者。CPS尚未进行的时候，彭景就在心里对自己说，我通过不了。

五月六日，你是否跟踪了你妻子?

——没有。可他心里想的是，我当然要看看。

你是否杀了你妻子和那个男人?

——没有。可他心里想的是，我必须杀了他。

是不是你用三角钢，劈死了他们?

——不是。他心里闪过的念头是，角钢真他妈带劲啊。

你恨你妻子?

——不。可他心里想的是，她竟然如此欺骗我。

……

时间是弹性的，从业多年，彭景第一次感到审讯时间一刻长于百年。那是秒针都缓慢挪动的煎熬时光。彭景像死狗一样，瘫在办公室地上。

彭景说，给我一杯水吧。

老丁示意手下递过来一杯水，但被何大头劈手抓过。何大头踢了踢彭景，示意他看水：说吧，说了喝水。

彭景绝望地垂下脑袋，不再看水。

既然……你们说，我妻子的现金、首饰，那男的劳力士表都不见了，会不会……只是偶发性的谋财害命?彭景声音虚弱。

这不就是你想引诱的侦破歪路吗?你以为我和你一样蠢吗?劫财?劫财有必要下手这么狠?你是用劫财小伎俩迷惑办案人员，我告诉你，这恰恰证明你急着掩饰你的泄恨动机!

彭景看到老丁手上又有一杯水。他觉得，极度的渴快要摧毁他了，这一杯水恐怕要收了他。他咬紧牙关。

我问你，老丁说，妻子跟人私通，你恨不恨?

彭景闭眼，算是点头。

用这种方式，被你看见，你恨不恨?!

彭景闭眼点头。

这就对了。你恨，你刻骨仇恨。只有满腔仇恨的人，才会这样出手，把情敌脑子打烂，把妻子打掉半个脸。

彭景猛地睁开眼睛。小鹿被打掉半个脸?!这个信息，刺激到了彭景。原来说的三角钢劈死他们的说法，比较抽象。这么具体地说，被劈掉半个脸，彭景很惊异。这个爱美的女人，没了半个脸怎么走啊。忽然地，彭景心里泛起了轻微复杂的怜悯与痛惜。

浪费我们的时间，对一般人来说，是求生策略，而你这么干，面对兄弟们，就是不地道了!测谎你通不过，不在场证明你搞不出，要赖你又编不圆。所以，还是痛快了断吧。老丁似乎再要给彭景水杯，但又担心何大头的阻挡而叹息不前。他说，兄弟，何大说得对，你的自尊心、你的感情、你的举动，其实所有男人也都能理解。

彭景叹气：我是恨，我的确愤怒。我也许真会杀了他们!但是，我确实不知情，我根本来不及生气杀人，他们已经没了……

何大头一拍桌子：你他妈是不是警察?老婆这样了，你会一无所知?

我很忙，也信任她。

屁话!一个有私情的女人，居然能瞒过警察丈夫。你还他妈的是个不赖的刑警——你到底还想玩我们多久?!

彭景没有声音。

两个月前，你为什么和妻子吵架?

不记得了，我们不太吵架啊。也没时间吵架。

你摔了茶杯的那次!你岳父手还被割伤了。

哦，那次，只是有点儿分歧。关于孩子，她想流产，我想要。

你们也不是第一次不要小孩了。

彭景点头。

那为什么这次火气那么大?!

老了，我现在想要孩子了。

恐怕真相是——你知道你的婚姻危险了。你想用孩子控制她，而她不干。

扯什么?!我要知道她出轨了，只会坚决不要孩子——我怎么知道是不是替别人养孩子?

——手铐紧点！找地方给他挂上！我看这样你的脑子比较清醒。

六

有一个地方，没有受到这个超级月夜恐怖案件的惊吓。那里，看起来依然是世外桃源。尽管它的一个西南之角，曾经就是龙庭村的一个部分，纤细的牵连，使它就像是龙庭村吹出去的一个美丽大气球，气球里，四千亩的绿草茵茵，阳光明媚，空气清新，绒毯般的绿地上有凝风的古木、白金色的沙坑、潋滟清澈的湖光，还有灌木缠绕奇石，果岭青葱。这个国际标准的二十七洞高尔夫球场，就像这个城市的美丽胸针，域外所有的一切噩耗，都染指不上它，它们抵不上美丽草地上的一个白色球影，果岭上的一阵风过，甚至不如球道上水池里的一圈涟漪。

尽管，死者的叔叔李天禄，那天下午就在这里打过球。是球童汪李婳接待他们的。但这样的交错信息，并非凶讯本身，所以，绿地阳光氧气的球场，丝毫没有受到不吉的干扰。

在高尔夫球场，客人们对球童，只重技术不重脸，但阳光高尔夫，还是被国内外客人们公认为球童最美的球场。球童们统一着装，女孩儿藕色上衣，卡其色长裤，白球鞋。上衣规定下摆扎在裤腰里，白色的皮带，让球童们显得干净又利索。阳光男球童约三分之一，大都又帅又礼貌；女球童占了大部分，个个眉清目秀，举止温柔。阳光球童入职的第一要求就是，微笑。永远的微笑。再大的委屈，也要保持微笑。所以，冲着这一点，球童汪李婳，就是个例外。汪李婳是总教练举荐过来的。她基本不笑。但她的嘴角天生上卷，面颊美丽，这会让人误会，她在微笑。而她真正笑起来的时候，就像高速摄影下的昙花开放，那个绽放的冲击力，令人脑子停摆。所以，当客人打出好球的时候，她未必按规定喊“nice shot”，她只是一挥手臂，粲然一笑，客人就莫名感动，备受鼓舞。但汪李婳并非靠天生容颜征服球场的。她能保持A级顶尖球童，不断地被熟客点场预约，和她卓越的球场技能有关。无论是码数计算、球道的熟稔、风向草势判断、摆抓果岭线，她都准确果断。而她天赋的深度知觉感，使她能够在极远处照样能盯准落球，找球迅速。正如总教练说评，一个好球童和差球童，可以有五杆的差距。

传说有一次，几个邻省的大佬在本地交易会的休闲期过来赌球。一个老板，因为输球，不断责骂跟随球童，从三洞一直骂到六洞，最后不让她上果岭，要她立刻滚回去换人。女球童哭着回去了，汪李婳替代出场。没想到，汪李婳迅速扭转颓势，最终还让客人抓了老鹰（比标准杆少了两杆）。这个脾气恶劣的老板反败为胜，赢了几万。最后给了汪李婳两千元小费。这是十倍于平时小费的价格。

即使在A级球童里，汪李婳也是最有钱的那一个。出场费高，点场费多，小费高。和她同宿舍的球童，再好的性子，最后都难免嫉妒。因为，对比太刺激人了。毕业于北方科班的汪李婳，又总是独来独往。球童们聚在一起，评议汪李婳，也是一个排毒的休闲方式。但汪李婳似乎领会不到球童们微妙的排斥，她看起来始终心不在焉，或者根本跟不上趟，她定睛看人的时候，眼神总在迟钝傲慢与淡漠天真的混杂中，令人困惑。她似乎也知道自己频道不对，但是，她切换不进来。

球童们议论她最神奇的是一个未经考证的例子。说有个台湾老板，经常独自或与朋友们过来打球。有一次，他把球打到六号洞边丘陵地的一个空墓穴里了。汪李婳去捡球。因为比较久，台湾老板就跟了过去 ，看到汪李婳在对空墓穴跪拜低语。听到台湾人走近，她才跳起来。这当然是违规了，球童就是必须在第一时间为客人捡回球，哪有时间让你这么玩。迷信的台湾人也匆匆拜了拜。两人一起回走。汪李婳无语，台湾人安慰球童说，我们在别地方打球，这样打扰到墓地主人，也会请求原谅的。汪李婳说，那是我奶奶。台湾人吓得差点儿跌倒，也不敢再多问。他相信球童的话。开发球场后，周边被征地的失地农民，会获得球场优先用工权。球童来自征地村，也很正常，奶奶墓穴在球场，也很正常。台湾人想也许是建设时挖坏了。打完十八洞，台湾人给了汪李婳一个大红包。球童们说，汪李婳不知道用这个方法，骗了多少客人的赎罪红包。议论得多了，领导专门问过汪李婳，说，你爸爸不是外省人吗？汪李婳含混点头，说，都一样。领导疲惫于与这个眼神游移的人较真儿。大家也都知道，汪李婳的格格不入，汪李婳的扑克脸，一直得到总教练和球场总监的庇护。当年，总教练在东北职业学院任教时，来自南方海边的汪李婳，是班上最小的孩子。老师第一眼见到她的时候，就是在冰天雪地的拂晓，校园练习场，一个小小的孤独的身影，在苦练发球。当阳光国际高尔夫球场练习场把老师聘过来做总教头时，临行，老师曾问她要不要毕业后回南方老家，学生摇头，说她喜欢会下雪的地方。但是两年前，她突然要求回来。在老师的帮助下，到阳光直接做了球童。球场也认为这个女孩儿是天生的球手。正如教练评价：在发球台上，她能爆发野兽般的力量，在果岭周围又充满想象力。她可以很快转做教练，也完全具备走球童到职业球手的星光大道的过人禀赋，但是，参加过两次业余高尔夫球赛，她都表现平平，而且对成绩也心不在焉。

汪李婳的无知任性，就这样一直得到主管们的默契性庇护。人的心理很奇怪，那些终日温存如天使的微笑球童，并没有获得相应的回应，而汪李婳，一个扑克脸，因为难得一笑，反而使大家充满受虐后的欢愉。这当然是不公平的。

比如说去年春天的事。本来，来打球的客人就是上帝，得罪客人就是得罪自己的饭碗。客人语言轻薄，伸咸猪手、吃豆腐，一般球童都选择忍耐。但是汪李婳复仇心切，至少反击过三个客人，这是有目击者的情况下。如果一对一的战争，汪李婳自己是从来不说的。有个韩国人，愚蠢地把事情闹大了。一场球下来，客人都要填一张随行球童的服务评价表。分为非常满意、一般、差。按规定，球童一个月内有一个“差评”，直接降级，且半年内不得参加A级球童考试；一个月累计三个“一般”，也降级。被差评者除工资奖金大受损之外，还要向球童长递交书面检讨。

那天是周一，春雨连绵，没有客人。但是，那位韩国人独自来了。阿尼啊瑟哟，值班球童们问候他。但他点名要汪李婳做球童。雨中行，韩国人几乎每一个洞都在伺机吃汪李婳的豆腐。他能说一些简单的中国话，但还是借助手机翻译软件，给汪李婳看他的话：我身上带了几百万，你要不要跟我出去？汪李婳掏出手机，把他连手机内容都拍下。韩国人笑眯眯的。在18洞果岭最后终结，他假装庆祝似的抱着她狂吻。汪李婳一把推开他，韩国人老练地晃动服务评价卡，威胁可能给的差评。汪李婳一笑。她是突然挥杆的，一杆打得韩国人踉踉跄跄了好几步，摔在地上。她头都不回，开着电瓶球车就走了。

等韩国人浑身湿透地冲进球会服务站，咆哮着状告恶劣球童时，汪李婳已经洗过澡，耳朵里塞着耳机在听音乐。球童暴打客人？服务台人员都惊慌了。主管领导们纷至，最后，汪李婳掏出了韩国人的手机照。韩国人被拍手机屏幕上，还有细小雨水珠。汪李婳说，她只是轻轻教训了一下。韩国人愤怒地出示了他的屁股，那肿得像嫁接了一个球形茄子。球童长、主管都差点儿笑出来。最后，是一个男球童护送韩国人回酒店的，因为他开不了车了。很多女球童感到很解气，都在快乐猜测那个韩国人的屁股最终烂掉没有。可惜，韩国人再也不来了。

球童们、球童长、主管们全部站在汪李婳这一边。所以，说起来，这个风景如画、美如胸针的地方，一般俗事，是侵扰不到这里的。

七

彭景终于垮了。

招供是个技术活儿。想说得合理正确，就要有一颗进取的心。比如，凶器。专案组判断出是角钢，那么在使用的时候，就要给个好说法。一开始，彭景说，我一下子劈下去，他以为是竖劈，大家说不对，要有一个角度。最后，他知道自己受制于现场，是站在一个特殊的角度，斜劈过去的。还有，跟踪线路什么的。最难完成的是凶器与赃物去处。彭景开始说，角钢扔在湿地公园垃圾桶，专案组人员翻遍了湿地公园后区的垃圾桶，一无所获；彭景改口说扔在现场红树林淤泥地，专案组又组织人力，在他说的地方翻了个底朝天，证明他又是胡说八道。彭景强迫自己进入角色思考，凶器和赃物扔在哪里是最符合他意志的。终于，他想到了一个地方。去年春天，小鹿和他带她父母去踏青，在二十公里的竹井镇的竹林农场里有口青龙潭，很合适。因为当地人说，那里是深不见底的。彭景挺懊恼自己这么久才想到这么个好地方，这样，他们无法打捞到凶器与赃物，又无法指责他胡扯了。许多因为办案人员气急败坏而带来的痛苦也免了。

那天准备出发的时候，来了一阵大雨，彭景以为去不了了。没想到，雨一停，洪彦过来带他，说走，去竹井镇取凶器赃物。老丁亲自开车，何大头坐副驾座。洪彦把自己和彭景铐在一起，坐后座。一行人有点儿沉默，有点近午的疲惫，也可能跟何大头一看到彭景进来，就狠狠骂了一句有关，调子就定下来了。何大头说，小子，这次你再胡编乱扯，我剥你的皮！

一车人寂寞沉闷地跑了好一阵，穿越市区。临出北门旧城墙，忽然洪彦说：老大，谁坐过这位置啊，一排瑞士巧克力啊！洪彦从何大头座椅后背袋中抽出巧克力。何大头说，想吃你就吃，管它谁坐过。洪彦掰了一块，连声说，好吃。有榛果！说着，给老丁、何大各掰了一块。何大头拒绝，说讨厌甜食。洪彦把它给了彭景。彭景也摇头，努嘴指矿泉水瓶。洪彦给他拧开盖子。彭景不知道何大头是否反对，那只没有铐上的黑肿手，悄悄地拿起水瓶静静地喝了。

车祸是三十多分钟后发生的，车子右前胎突然爆胎，老丁本能纠偏，猛打左方向盘，何大头怒喝保持方向！已经来不及了，车辆猛力冲上对向车道，对向车道一辆惊恐躲闪的货车，剐着他们的侧面，咔咔咔摩擦而过，在更多车刺耳的急刹声中，他们的车子猛力撞向路边箱型石头护栏，轰咚地翻了个身，又侧立后晃倒了。车头基本烂平了。一扇右边车门散在地上，一扇车门像纸张一样皱起，满地杂碎。没系安全带的彭景和洪彦被甩在车外；老丁被压在变形的方向盘间，头脸都是血；何大头的脸上也全是血。彭景第一反应是自己左腿剧痛，但似乎能动。洪彦正困惑地看着自己的未戴手铐的手臂，彭景才发现，他灰色的衬衫袖子上都是血，再定睛一看，没有小臂了。彭景去摸洪彦的手铐钥匙，虽然手肿不利索，他还是把手铐打开了。他用牙咬，把洪彦已经剐出一个口子的衬衫，撕了一条下来，扎住他的断臂端，把他扶到安全的路边。彭景再到副驾座，踢开皱了一半的门，何大头似乎痛得有点神情迷离，一脸死白，彭景问他手腿有没有知觉，他含糊点头。把何大头抱拖出来，也拖放到路边，拖得一路鲜血淋漓。彭景再去洪彦的衬衫上，撕了一个布条，把何大头汩汩冒血的大腿扎住，然后，把它架高。彭景用何大头的手机打了“110”、“120”报警急救电话。随后，他把何大头、洪彦的手机丢在他们够不着的沟边。

洪彦突然尖锐地号叫起来：我手在哪儿啊？彭哥——

彭景不睬他。彭景到老丁那儿，老丁已经昏迷，他也确认了老丁和他猜测的一样，卡在变形的驾驶座里。彭景到后备厢找出警告三角牌，一瘸一瘸地走了二十来米，放置在地上。这是为了防止老丁被二次撞击。何大头在痛楚中看着彭景走远，他当时的脑子里是想：这小子不会回来了。但是，彭景放置好三角牌，还是回头了，手上居然拿着洪彦的断小臂。他把断臂放洪彦和何大头之间，又在何大头口袋摸出钱夹子，拿走了几百元。何大头闭着眼睛，就当自己昏迷，彭景抽了他一巴掌：挺住！睡过去你就完了！何大头睁开眼睛。洪彦泪流满面，目光充满恐惧。彭景说，也许能接上——记着！止血带！半小时松绑一次！还有，别让他睡过去！

这一次，何大头眯缝着眼睛，看着彭景一瘸一瘸地走远。他当然不会再回头了，何大头想了想，还是匍匐着爬过去，拿起手机，他要下面的站点堵截彭景。但是，洪彦用残余的、同样血淋林的手，夺过何大头的手机，扔到他们更够不着的地方。

何大头瞪眼看洪彦。

洪彦不断摇头：不，不是他。

八

戴着棒球帽的女孩儿，今天晚了。平时她穿过地下人行通道，到农贸市场，一般下班族的购菜人流还没有出现，整个市场人气还弱，水泥台子后面的各色菜贩子、肉贩子、鱼贩子都还在缺少睡眠的恹恹无力中，寡言少语。那些现杀家禽摊子的褪毛脏锅子，也还没有什么大热气。

但是，今天晚了，戴棒球帽的女孩儿，一踏进农贸市场口，就感到里面吆喝声嘈杂、人头攒动。熟食摊红灯竞亮。女孩儿照例在日杂铺买了一包鸡肉火腿肠、一瓶矿泉水。然后她穿过市场西出口，往回燕小区而去。她两三天来一次，已经造访这个小区多次了。小区是老式小区，比较开放，保安就像稻草人，总是表情淡漠地任人进出。几栋砖混结构的多层建筑，就在水泥小路的两边，面对面排开，中间隔着两排桄榔树，小区后门一直通往一个部队医院后院。女孩儿是看了那份报纸，溜达着到回燕小区来的。那份报纸，也就是那份被地下通道流浪汉当褥子铺地上的报纸，写到月夜凶杀案主的居住地，写到了夫妻因琐事的争吵，一个和美家庭的毁灭，还写到了祸根之一的土狗豆包——报纸上，记者没有写土狗的名字，也许记者不屑于写，或者压根不知道。

棒球帽女孩儿第一次见到孤独地趴在院子里的豆沙色土狗时，就觉得喜欢。豆包的毛色和眼睛，太像她小时候的狗狗万岁。一人一狗只是一对眼，豆包就扶栏冲她猛摇尾巴。当时，天色向晚，但一楼的屋内没有灯光，也似乎没有人声，而院子里的芫荽、小葱、茉莉花等花盆或泡沫箱子，明显是多日无人浇水而奄奄一息。狗盆里有干饭，白色的一大坨，就是白色米饭，什么菜汁汤汁都没有。狗似乎不爱吃，风把米饭吹得干硬，水碗里也是干的，都是草屑。但今天，食盆里连干饭都没有了，水碗全部都是空的。而且，院子里还有好几坨狗屎。看来，已经没有人想起来照顾这只土狗了。

女孩儿轻轻吹了一声口哨，小狗一跃而起。女孩儿悄悄拨开院子门上用筷子替代的门闩，把小狗牵了，直接往电台山而去。

她自己给豆包起了名字，小河。表示跟她姓，因为她的乳名叫河豚，这是小时候，哥哥起的。哥哥们觉得她肚子大大的，眼睛圆圆的，就像一只生气的河豚。他们在乡下就这么叫了，一叫她就响亮应答，因为她喜欢河豚。但是，回到城里，父母一听就尴尬了，反对说，那是毒死人的鱼。女孩儿说，是气球鱼！

城里，没人叫她河豚。

一人一狗步行到山冈顶。山冈黑沉，路灯被无人修剪的浓荫遮蔽。因为有小河，女孩儿也不害怕。吃了两根火腿肠后，小河一直想挣脱绳子，表示自己认路，有时走到“乡”字路的第三个弯，她真的就把它放掉，小河就像小马匹一样，站起来然后一甩尾巴，欢腾而去。很快，它又会俯冲下坡来接应女孩儿，然后，再度狂驰远去，眨眼又呼啸而归。

今天山顶的旧办公楼，只剩下一楼门卫处有暗沉的灯光。一人一狗走到停车场的高大橡皮树树下，女孩儿又开始给小河喂火腿肠。也许还是饥肠辘辘，小河等不及女孩儿撕火腿肠皮，不断地拱起前爪拜拜，催促女孩儿。连续吃了三根后，女孩儿收起了火腿肠。她把矿泉水倒在卷起的橡皮树叶上，让它喝水。

他们再往办公楼后山杂树林而去。随后，小河又带领女孩儿走向大楼侧面的仿木亭子和假山鱼池。女孩儿也不知道为什么每次它都要这么走，她当然想不到这是前主人的习惯。小河把她安置在这儿，然后将获得自由疯跑的时间。未到亭子前，小河停步，它仿佛听到了什么，鼻子在空中转动，雷达一样探寻着，忽然它一跃而起冲向亭子水塘。反应不及的女孩儿，还在纳闷迟疑中，被它挣脱了牵引绳。马上她就听到什么东西摔进水塘的动静，一开始她以为是小河扑进了水塘，她听到了小河呜咽般的咻咻呜呜的声音。女孩儿冲过去的时候，看到一个人影正努力从水塘中站起，估计太滑，他再次摔倒，摔在水中。小河急得冲下去，拼命拉拖他。女孩儿把落水人一把拉起，落水人顺势瘫坐在三角梅和杜鹃花丛掩映的大石块上。他刚才就是仰躺在石块上，被突如其来扑过来的小河吓得跌进水里。夜色昏暗，女孩儿看不清落水人的脸。他浑身湿透，低垂着脑袋。小河猛烈摇尾巴，再次扑向那人，冲劲之猛，那人难以招架。他似乎非常疲惫虚弱，闪避小河的时候，差点儿再次被亢奋的小河扑进水里。他倒在了石块上。

这狗认识你，女孩儿说。

落水人没有回答。他剧烈地咳嗽着。

是不是呛到了？

落水人摇头。

女孩儿想了想，把矿泉水给他，说，狗喝剩的。

落水人接过矿泉水，一口气把水喝光了。但他再次猛烈咳嗽。

你要紧吗？女孩儿说，我山下有车，我开上来？

落水人摇头，站起来准备走，他示意女孩儿走开，也像是再见道别的手势。女孩儿呆望着，紧紧抓着小河的牵引绳。落水人一瘸一瘸地走向树林茂盛的后山。而小河看到落水人一步步走远，呻吟着，跳冲奔突，最后还是大力挣脱绳子，冲向黑暗中的那人。几乎是同时，棒球帽女孩儿看到前面的落水人再次倒了下去。

三天后，落水人才在女孩儿的住处醒来。他睡了整整三天两夜。土狗小河始终守候着他，不时舔他的脸、手。他终于彻底醒来时，是白天与晚上的交界时光。屋外大雨如注，屋子里没有人，光线昏暗。他头重脚轻地起床，到窗边一看，四周仿佛都是芭蕉树，破败的大叶子在大雨里凄苦摇撞。放眼看，四周雨雾茫茫。他不知道这是哪里，不知道这是石廊村的芭蕉屋，它的西面，天晴的时候，可以看到龙庭村李氏宗祠的燕尾式屋脊高飞檐。

九

龙庭村是个大村，分龙头前社和龙尾后社两个部分。一走进龙庭村，不论龙头龙尾前社后社，外人都能看到满村半人高醒目的橙色垃圾桶，尤其是惠民新农村房，家家户户门前的鲜艳垃圾大桶，整齐得跟仪仗队似的，有点儿滑稽。和橙色垃圾桶相映成趣的，是龙庭村许多年轻人的银白色头发。在村里，只要你看到白头发的男子，哪怕是银发西瓜皮头的青春少年，最好也礼让三先。他们不是护村队员，就是李氏金龙公司的向上员工，俗称李家干部或积极分子。李天禄家族的少白头，已经被年轻人视为财富、成功和威慑力的标志。

李海山的死亡，让龙庭村披上重孝。全村村民，都上李家灵堂吊丧，没有人敢不去，没有人不露出难过与悲伤的样子，也没有人敢笑话李海山的狐狸脸遗孀的不悲伤。当然，也有一些村民心里还真的对李海山有好评，他们认为，在横行龙庭村的李氏家族中，只有李海山最和气，待村民最有礼貌。所以，还是有人真心为他的夭寿难过。但是，做头七的那个晚上，村里活动中心地，青石条围圈的百年古榕树下，居然鞭炮骤响，有人偷偷燃放了两串一千响的喜庆鞭炮。银发队员立刻冲往现场，但是，那里没有人，只有满地喜庆的红色鞭炮屑。这当然是恶意挑衅，李天禄当时就拍案叫道要“搞死他!”李天禄在村里的大喇叭里威震山海地怒骂：你敢伤天害理！我敢扒你祖坟！谁干的，三天之内来自首！否则，我打烂你全家做鱼食虾料!

整个龙庭村，在夜色中寒战无语。

大喇叭里，李天禄暴怒阴沉的声音，在龙庭村上空如空袭警报萦绕。村户的每一盏灯下，村民们相望的眼睛里，交换着不安，也交换着难掩的兴奋。李天禄不是威胁，他做得到。全村人都知道，龙尾的李美国李英国的母亲、李国威李国豪兄弟的奶奶的坟墓，就是被人挖空了，骨骸至今下落不明。而之前，李天禄早就对外宣称，要挖掉李美国家的祖坟。李天禄的哥哥，也就是李海山的父亲李天福，曾是村治保主任，因为争抢工地地材，被石廊村村民陈五良打死了。陈五良被判处死刑后，他们一家大小，依然被李天禄家族打骂欺侮得无法安生，两儿两女逃亡在外，连春节都不敢回来。大年三十的晚上，陈五良家的芭蕉楼突然发生大火，一对老人及孙子孙女三个，都被烧死。石廊村村民议论说，是李天禄家报复。曾经是石廊村最富裕的、最强悍的人家，就这样烟消云散了。龙庭村李天禄家族是说话算话的。曾因打架被判刑四年的李天禄，刑满释放后的第二年，通过选举，就接过了姑丈村主任的权力棒。李氏宗亲本来是选定李天福接棒的，但没有想到李天福横死，更没有想到，李天禄当上了龙庭村村主任。整个李氏家族很快步入兴旺发达之地，这十来年，李氏家族势力在恩留湾，遮天蔽日。护村队员加上金龙公司的保安，加上村武术协会爱好者至少有七八十口活力分子。护村队员平时拿着白蜡棍巡逻走动。李天禄的别墅前的保安屋顶，直接有报警灯，平时，还有保安日夜值守。在龙庭村，包括村周边地区，已经连任三届村主任的李天禄，已然是那里的土皇帝，人称禄爷。

所以，龙庭村村民噤若寒蝉。愤怒的鞭炮，自然不敌对鞭炮的愤怒。覆盖全村的高音大喇叭里的声音，不是恐吓着玩儿的。对这个警告，村民无不心存畏惧。尽管他们感到暗爽，终于有人替大家出了口恶气。三天后，并没有放鞭炮的人去自首。但是，头七之后的每个七，不再有人偷放鞭炮。李天禄儿子们很快查明，整个龙庭村一千多户人家，全部送来了奠仪，包括李美国、李英国家。但是出殡的时候，李英国家没有一个人来。两个多月前，李英国的小儿子、李国豪的弟弟李国威，就把自己烧死在李天禄的别墅前。所以，李天禄的身边人说，他们家也是丧事在身，不便出席红白事。如此，李天禄还是问他的儿子女儿：会不会就是李国威那个混蛋放的鞭炮?!

儿子李海狮、李海龙说，我看是他！肯定是他！

女儿李宝船一脚踢开了脚跟前的一只德牧：

是他是他——真是他，他一家还敢不来吊丧，主动惹你怀疑?!

李海狮、李海龙互相看了一眼，又一起看父亲李天禄。兄弟俩交换的眼神，就是对妹妹花痴的批判。李国豪宁愿烧死自己，也不愿与她为伍，她竟然还是对龙尾李家痴心不改。而兄弟俩又看父亲，那是他们知道，在父亲说一不二横行霸道的世界，只有一个地方是他的红绿灯，那就是未出嫁的小女儿李宝船。李宝船是李天禄的掌中宝，不爱读书，说要去日本学习文身艺术。禄爷就让她去了。花掉了大把银子，学成归来，禄爷又遵从女儿的意思，在市区商业黄金地段，为女儿开了个艺术文身屋。相对儿子们，李宝船的外表最像父亲，而看不见的部分，更是来自父亲遗传，她的意志坚定、脾气暴烈、冲动灵活，还有点儿奇怪的艺术口味，完全复制了父亲风范。比如，李天禄喜欢穿风衣，戴鸭舌帽，大家都觉得难看，但李宝船说酷，还给老爹买了一件里红外黑的斗篷。李天禄也真敢穿出去，黑老大一样拿捏着自己的步态，威仪十足。

李天禄觉得女儿虽然说得恶狠狠的，但也有点儿道理。说起龙尾李家，李天禄就如鲠在喉。龙尾后社李美国李英国以及他们的父母，体现着农村最整洁、最勤劳能干、最吃苦图强的一类人。这一户人家，不仅是龙庭村改革开放最早致富的，还偏偏男女老少个个容貌俊美，性情温和，乐观友善。在李天福烧砖窑、李天禄忙着村前村后打架滋事的时候，李美国李英国家已经承包虾池几十亩。十几年来，把小日子过得静好、富足、和美，令全村好人羡慕坏人恨。直到八年前，李天禄一上任村主任，就强行把龙尾李家两口四十亩的虾池充公招标，然后自己家以一亩一百元的价格，向村委会承包走，又以两千三百元一亩的价格，再转包他人。没想到，李美国李英国有个妹夫，在市里一职能部门任要职，助力了龙尾李家的上访。最终法院裁定，强制村委会吐出了这两口四十亩的虾池，归还李美国李英国；已经转包获得暴利的李天禄，恼羞成怒，刻骨仇恨。尽管被迫吐出了虾池，但他从此不让龙尾李家安生。不过，碍于对手上面有人，李天禄也不敢太放肆，但是，四十亩虾池，经常被人小范围投毒，轻微到警察也分不清是严重虾病还是投毒，也不好立案。这样小损失累计下来，四十亩虾池收益就大打折扣。五年前，李美国的儿子李国强，因为酒驾轧死了李天禄堂叔家的一个寡妇，一时沸反盈天。李氏家族气势汹汹，一下子来了五六十个人，直接把李国强捆住按在坑里，载满工地沙土的土方车，倒过来就要卸土活埋李国强，一命抵一命。好在警察及时震慑住了现场。终于走了法律程序。李美国家赔偿死者二十几万后，儿子李国强被判刑入狱。一年后，李国强在狱中被犯人所杀，不久，其母自杀，随后其父李美国中风瘫痪在床，靠着弟弟李英国一家照顾。

曾经作为龙庭村美好幸福之家的龙尾李家，风光不再。好在李英国的两个渐渐长大的儿子，新技术新知多，聪明又肯吃苦，慢慢地虾池又开始兴旺。而那时候，随着政府对恩留湾的大开发，李天禄重心转移，开始在抢夺工地平整、地材供应项目上大打出手，追抢暴利。李天禄买了几辆土方车和发掘机，成立金龙公司。那也是龙头李氏家族最威风壮大的时期，李海狮、李海龙手下有四大天王做小弟，四大天王下面又各自带着八大金刚为小弟，据说八大金刚下面，还有更低一级的罗汉小弟。而权力的塔尖，就是李天禄。那时，只要是禄爷看上的工地项目，只要是恩留湾区的项目，没有人敢跟禄爷抢。据说，最大的场面，有过两三百人的工地大战。禄爷总是赢家。如果没有抢到，禄爷的人马就会去阻挠工地施工。久而久之，工地承建商也觉得，交给禄爷，反而安宁。

争夺工地、维护工地就必须要势力，豢养小弟，正是势力的保障。而社会上游兵散勇的小混混，很快就发现投靠禄爷势力的好处。在禄爷的保护伞下，他们欺行霸市、滋扰乡里、调戏妇女、放高利贷、收保护费、开设赌场，所有不清不白的勾当，都有了靠山。他们很清楚，有了麻烦，禄爷会处理的。因此，禄爷有了麻烦，他们也会奋不顾身。当然，小弟们自创自收，也减轻豢养压力。

日益发达的龙头李天禄家族，不知怎么请了个香港风水师，相中了李美国李英国家的风水宝地。也有人说，是龙尾李家院子前的百年老榕树，和龙头李家的宗祠犯冲，不只危及财富，还会累及子孙发达。所以，李天禄要赶李美国李英国搬迁去惠民新农村房居住。即使村委的补偿款不是低到天怒人怨，龙尾李家也不愿搬。他们说自己不在规划区域里，坚持不搬迁。随后，银发小弟们忽然来强锯龙尾李家院子前的老榕树，李家自然不干，李家奶奶在门口持刀以死相抗，一边又到市里搬救兵。这个局面又僵住了，而锯树，因为涉及李氏宗祠，关乎龙庭村所有李姓人家兴旺，这样，李美国李英国家就开始不得人心了。有三次，李天禄的八旬父亲，率领本村老人协会几十名老人，到李美国李英国家围坐辱骂，劝他们造福子孙。去参加围坐的老人，每次可以领到面线两斤及调和油一斤，结果，愿意去围坐示威的老人，越来越多。龙尾李家爷爷脾气温和，你围你的，我玩儿我的，照样听自己的收音机、看电视，但李奶奶个性强硬、傲骨威赫，经常和挡道的老人泼水对吵，最后竟然去李天禄家叫骂，结果遭到银发小弟舞棍轰赶，李家放出猎犬。狗倒是没有咬到勇敢的老太太，但是，老太太把自己给气得脑溢血。直到老太太死去，围坐李家示威的队伍才消散了。这是三年前的事。两年后，这个脾气恶劣的老太太的尸骨，在墓穴里不翼而飞。去年村委会开始筹资修路，又规划出新村路，要经过龙尾李家，龙尾李家再次面临迁移。现在补偿款更低了。李英国父子坚决不从，要保住自己的家、自己的老榕树，难度肯定比当年的虾池要难得多。一方面，禄爷的势力已经威震方圆百里，李氏造桥修路捐修寺庙，有各种力量的托举扶持，可不再是当年的粗坯。另一方面，龙尾李家市里的助力，则日益萎缩，还不胜其烦。所以，禄爷知道，敢于对抗他的人，越来越少，尽管他的仇人越来越多。不过在龙庭村，除了李英国家的两个浑小子李国豪、李国威，还有什么人敢在老虎嘴边拔毛？只是禄爷也没想到，自己的女儿宝船，怎么就弄死了李国威。

十

石廊村的芭蕉楼实际上是指依山脚而建的上下两栋普通民居。那曾经是石廊村村民富裕的一个标杆屋。石廊村大部分土地都被占地四千亩的阳光高尔夫球场征用了，所以，站在芭蕉丛中的芭蕉楼西面，就能看到辽阔绵延的绿草如茵。沙坑、果岭、水塘、大树、灌木，在柔和起伏的绿毯地上。在石廊村、球场、龙庭村的三方交界处，有大片杂树丛生的丘陵，山脚有一个自然形成的堰塞湖，人称陈坝水库。这水库已经变成“贝加尔湖”，因为湖边已被阳光高尔夫球场开发成别墅群，据说卖得非常火爆，尤其是环湖这一圈临水的独栋别墅。这些别墅的名字，就叫贝加尔湖畔。在城市的有钱阶层的谈资里，一说贝加尔湖畔，人们第一反应就是阳光高尔夫球场边的独栋小别墅，而非苏武牧羊的北海、西伯利亚的蓝眼睛，那个世上最清澈的淡水湖。

彭景醒来的时候，已经是黄昏。他是被大雨打在芭蕉叶上的声音弄醒的。豆包一看到彭景醒来，立刻跳上床，尾巴剧烈摇晃。彭景抱住了豆包，有点儿热泪盈眶。彭景爬起来，一瘸一拐地走到窗边。环绕小屋的是暗沉的芭蕉丛。凄风苦雨中，满目是败破的巨大芭蕉叶在飘摇翻转。这样的景致，让彭景无比消沉绝望。

彭景在门边摸到了电灯开关。屋子里有两张床，都挂着蚊帐。窗前有张灰色的电脑桌，桌上有个蓝色的两层塑料鞋架，杂乱放了十几本书和杂志。彭景随意抽出几本：《图解高尔夫完全学习手册》《高尔夫全程点拨》《再见了可鲁》。门边，一个折叠方桌上放着布满灰尘的电视机，电视机上斜放着一本书《小狗达西卡》。彭景在豆包的陪伴下，在这个屋子内外，小心翼翼地走了一圈。这房子南边有三间屋子，北面靠山的是一间久无人用的厨房和大厅。三间屋子，除了他睡的这一间，另外两屋都锁着。一个粗笨的木直梯上面，是个放旧农具、杂物的阁楼。屋子看不到任何人，但厨房对面，隔着一个小院子——院子里有好几个打破的大水缸——也就是在土坡更高的地方的小楼里，有灯光、人声，有隐约的铁锅与铲子的碰撞声、拖重物的声音、咳嗽和含糊的呼叫，似乎还有辣椒炝锅的味道，穿过雨幕而来。

大门一响，有人进来了。

女孩儿依然戴着棒球帽，这次是灰色的。马尾巴长辫从帽子后孔出来。她穿着黑色露着白边的无袖T恤，也许就是黑白两件背心套穿，牛仔短裤，短裤下面是均匀紧实的大长腿，在屋子里的灯光下，长腿白得要超过她脚上那双踩过雨地的白色球鞋。实际上，她的双臂也白皙如玉，如果不是质地紧实，她又动作利索，这样的肌肤，彭景会推断她严重缺少运动。女孩儿提着快餐、水果和一提矿泉水进来，身上散发出沐浴用品强烈的清香。彭景不知道时间，他没有手表、手机，房间里也没有钟。估计有八点多了。豆包看见棒球帽女孩儿，欢悦地扑过去。

你睡了三天两夜。

女孩儿把一份快餐放在桌上说，我带过五份饭给你，最后都给小河吃了。

噢，谢谢。彭景说，我马上走。

女孩儿不接他的话，说，这狗和你很亲呀。

我救过一只差点儿被人宰杀的土狗。那时它还非常小。彭景比画了一下，女孩儿盯着他的手看。她已经偷偷研究几天了，那双手，现在依然肿胀如拳击手套，手背紫黑。女孩儿瞟着他的手，嘿嘿一笑，说，所有的狗，都是一只狗。

彭景点头：对，它也是我的狗。

你看出它不是我的狗吗？棒球帽下女孩儿似乎表情柔和了一下，彭景感受到那是一个稍纵即逝的笑意。女孩儿说，它很像我小时候养过的一只狗。

也叫小河?

不，它叫万岁。和小河一样，都是棕色土狗。她转身去洗番石榴和莲雾。我离开我外婆家的时候，哥哥送我的。我一路抱回家。万岁胖胖的，一个多月大，一听人说话，又细又软的小尾巴就在大大的屁股上摇来摇去。想听懂你的话的时候，它的头会歪左、歪右，软软的耳朵都要碰到肩膀上了。但是，我的双胞胎妹妹很害怕狗，她身体一直不好。我爸爸妈妈就不让万岁进门，它就天天坐在铁门外，挠门，哀叫。我就在里面哭，我要开门抱它，可是我开不开城里的门，它叫得全家人、邻居都不能睡觉，楼上住着我爸爸的领导。我爸爸就把它踢死了。后来，我妈说是送人了。回城的那几天，我天天哭喊要万岁，要回外婆家，要找哥哥。我爸爸被我弄烦了，说，小狗早就被人吃掉了！所以，我学会开城里家门后的第一件事就是离家出走，我要去找万岁，去找我外婆、我哥哥。

后来呢?

后来警察送我回家。后来我爸妈合伙打了我。因为我必须上小学了。

棒球帽女孩儿，看着彭景狼吞虎咽地吃饭。她觉得他身体肯定没有问题了。彭景意识到女孩儿在专注看他，没话找话地说，这小河，你要好好待它。

当然。所有的狗，都是一只狗啊。女孩儿在黑暗的帽檐下，再次有轻微的笑容闪过。小河是我拐来的。我上下班经常路过它家院子，我看它又饿又渴，满地屎尿，那家人已经不管它了。

公的母的?

它是女孩儿。

噢。你在哪儿上班啊?

广告公司。各种户外广告，灯箱、显示屏、邮递直送。

具体做什么呢，设计?

不会。其他什么都做。拉客户、策划啊、监督广告效用、户外投放管理——你的手为什么这么肿呢？你的腿也……

嗯，彭景说，被绑架了。我已经二十多天没有睡觉了。

女孩儿瞪大眼睛。

逃债。彭景说，高利贷。

噢，我知道。我有个朋友的哥哥，误借高利贷，两个月前把自己烧死了。

比我还惨。彭景说，这什么地方？

石廊村芭蕉屋，离市里三十多公里的地方，属于茂田区恩留湾一带，贝加尔湖畔别墅的对面——很安全。

彭景笑了一下，是那种不好意思承认他很在意“安全”的笑。女孩儿觉得那张淡漠沮丧的脸，因为这点儿笑意，忽然暖和起来，甚至暖得很令人宽心。

女孩儿说，芭蕉屋没什么人。这是老房子，后面那栋是新楼。曾经是一个富裕的村民家，后来，这家人被仇家逼得死的死、逃的逃。这两年，因为在恩留湾电子厂、光学厂、纸品厂打工的人越来越多，这家人的亲戚就把房子出租了。不过……

彭景看着她。

女孩儿说，芭蕉屋又叫鬼屋。有人说是后面那栋，有人说是我们这栋，经常在初一或者月圆之夜，看到鬼影或听到鬼哭的声音，还有女人突然的尖叫和儿歌声，反正非常恐怖。所以，贪便宜租住下来的打工仔，听到这个说法后，或者真的见鬼了，就会纷纷搬走。

哦？你为什么不走呢？

租期还没到期。和我一起租在这里的人，胆子大。女孩儿手往窗外比画了一下，她是旁边球场的球童。什么都不怕。

哦。

不过，她最近和男友住在城里了。

你平时一个人住这儿？

也经常没住，我现在的单位包吃住——你高利贷是怎么回事呀？

放贷人要我还钱，我还不起，就被绑架，强制还钱。

你欠了他们很多钱？

嗯。我妻子不小心做了借钱人的担保人。借钱的人跑了，我妻子也跑了，他们就找我。

你为什么不跑呢？

我不知道这事。妻子没有告诉我。而我还有小生意要做，我离不开。

听说放高利贷的人会剁人指头，很凶。你怎么能逃跑得了呢？

刚好发生车祸。彭景指了指自己的腿。

骨头断了？

彭景摇头，估计脚踝裂了。

他们为什么不剁你指头呢？

不知道。也许用电击，也和剁手差不多。

电击？

用高压电警棍，一个指头、一个指头地电，没电了，当你的面再换电池。那个感觉，比剁指头还要命。我实在没钱，不然我什么都给他们。

可是，我在你口袋里找到了六百多块钱。

是车祸现场抢他们的。

那，你有更安全的地方住吗？

暂时……没有。

这样吧，你先住我这儿，房租你出一半——如果你怕鬼，那就算了。

不怕。六百块钱，你不会都拿走吧？

你要钱干吗呢？你一出门，就被人抓了。我还给你带饭、水果什么的。噢，空调是好的。女孩儿一指墙上拔了插头的空调机。

好吧，钱都给你。我再给你写个借条，向你借两千或者三千。帮我搞部手机，买个手机卡，行吗？

十一

彭景料到自己会被通缉，他需要保持安静，蛰伏着避过风头，但是那一天，他突然猛跳起来。他坐不住了。

这个叫河豚的女孩儿，一直忘记给他带他请求的收音机、报纸。屋子里的电视机说也坏了。女孩儿为自己的健忘辩解说，你要那些资讯干什么呀，都是没用的垃圾。你就安心疗伤吧，不出半年，我包你平安无事。

彭景很郁闷生气，但也无可奈何。你没办法跟一个涉世不深的女孩儿说更多一点儿什么了。河豚倒是把手机和卡都给他了，但他一个电话都没有打。他在等待时机。在等洪彦的脱险康复时间，老丁也许也会帮助他，何大头肯定指望不上。还有谁，市局刑侦技术处的同学戴忆果。但这一切，他都需要掌握最好的求援时机。可是，忽然地，他想起了一件事，浑身顿时冒汗。

出事的那个晚上的长跑，大概在跑了两公里多的怪坡附近，也就是游客最多的地方，那也是将拐进新维和小区大门口的地段，他在自动贩售机投币购买了一瓶宝矿力水特。当时，贩售机前面，一前一后，分别有辆下客出租车和卸货车，挡住了直接走近自动贩售机的线路，彭景是通过一家便利店门口，折走过去的。彭景曾在那便利店买过水，但是，混在埋单排队的人流中，很耗时，所以，有贩售机后，他都在那里直接买水。

如果那是二十四小时便利店，根据公安规定，应该在去年年底，就必须安装监控安防设备，也就是说，门口的监控探头可能拍到经过的彭景。当然，这只是去途，未必能完全证明不在场时间，因为他可能买了水，再赶赴湿地公园杀人地。而归途，彭景知道在回程四公里处铁路疗养院与丙西村路口，有一个小邮局，那里有个邮储银行网点，如果他有幸跑过押运车的车位，一定会被探头拍到，那么，基本就完成了他不在场的证明。但是，这个可能性比较小，正常的跑步，不会在没有阻挡物的情况下，好好地往里面拐一下。对于银行系统的监控，彭景有数，以前办案查证的时候，他曾打扰过那个网点的负责人大马。他知道银行的监控设置更完善、探头更高清，它的画面存储至少要保持六个月。时间很宽裕，但他估计自己看不到录像资料。作为银行网点负责人，一定很清楚彭景已经被通缉。他不能轻易冒这个险。

而二十四小时便利店的监控资料，一般保存三十天。个别店主会保存四十五天。因为公安只要求保存不少于七日。按通常的三十天算，那个便利店如果有装监控，又正好拍到了彭景，那么，彭景只剩最后一天。这就是他跳起来、根本坐不住的原因。他必须抢救性地去查看那个录像，至少去拿到那一夜长跑的去程的自我证明画面。

他决定当晚九点多就过去，那时候人少。

镜子里，彭景看到自己人瘦毛长，容貌狰狞。即使已经大睡多日，他依然眼窝深陷，山根陡峭，两边的络腮胡子，已经和鬓角头发粘连成片，看上去的确和流浪汉差不多。河豚有给他带来酒店用的一次性胡须刀，当时一拿到彭景差点儿就用了，但是，他还是住手，对镜凝神。一般而言，只要他不触动使用个人信息的系统，比如银行、乘机、网吧，应该不容易被盯踪。何大头看上去有点儿邀功心切，心性偏执，面对这起媒体关注的、影响力大、同道作案却中途脱逃的两条命案，他完全可能大范围地张贴通缉令。如果真张贴，会用他哪张照片？不管哪一张，可以肯定，都是胡须刮干净的。所以，保留胡须也许相对更安全，只是，过分邋遢引人注目也不好。彭景彻底洗头洗澡一次。河豚挺乖的，主动给他带来三套沙滩休闲服，格纹大短裤，黑色、白色短袖、无袖T恤，胸口印着椰子叶图案。从浴室出来，换上灰色紫细纹的大沙滩裤，套上无袖的白T恤，胸口上一帧大幅的沙滩海螺照，彭景上下打量着自己在想，穿得这样休闲逍遥，到了便利店，店家是否信任他呢？

河豚今天来得早，她进门时，彭景头发还是湿的。两人身边的窗外，落日熔金，芭蕉叶在金色的晚风里轻轻摇曳。豆包或者叫小河的狗，迎接完，又冲下院子追鸡。河豚照例是充满浴后芬芳地进来，屋子里顿时空谷幽兰般清香宜人。哇哈，今天你简直像个街头艺术家！河豚放下一提盒饭，打量着长发后掠的浴后彭景。彭景摸摸脑袋，估计自己头发还是太长了。河豚说，嘿，给你皮筋，你在后脑勺上扎个小辫子！绝对酷！她真的拿出一根黑橡皮圈。

彭景把她的手按住。

河豚说，好看啊。你有这个气质！

彭景不睬她。早吃饭也不错，开车过去，起码要四五十分钟。

今天我和你一起吃。河豚说，你敢不敢到院子里吃？那样，可以看到高尔夫球场，深绿浅绿的草地，漂亮得会让人想哭。彭景迟疑了一下。河豚马上说，呃，那好吧，就在窗口边吃吧。

一人一大盒。彭景第一次在白天的光线里，这么近地看到河豚的脸。他暗暗吃惊，她的脸真是够黑的，包括耳轮。不过，也不得不承认，这张脸相当标致。它有种无畏的神气。从彭景这个角度，那个鼻唇沟，被俊美的鼻梁鼻孔，烘衬得纯真又性感。上唇尖隐约有颗润泽的唇珠，双唇轻闭时，舒畅饱满的下唇有个微微的凹坑，承接的就是那颗上唇珠。不过，它又使这张脸看上去有点儿委屈，好像随时会哭起来。但她眼睛里的那份异于常人的清丽黑亮，水钻般，在忽闪间，放射出烂漫与力量感，它统摄了绸缎般的麦色肌肤，使这张天真无畏的脸，散发着自由自在的魅力。

你的手消肿了很多，不过好像还会颤抖啊。

彭景点头。他在想晚上是不是要借用她的车。怎么开口呢？

这是红虾，肠子里带沙，一点儿也不甜，很便宜。我舅舅家虾池里，都是斑节虾，蓝褐色横斑花纹的那种。从小我在那儿，最喜欢吃的就是斑节软壳虾。我外婆，会把它们用料酒腌制，裹上地瓜粉，过热油一炸，简直好吃得让人发呆。

哦。彭景说。

你不喜欢吃虾吗？河豚说。

我什么都吃。

快餐店的虾太差。外婆家的软壳虾才是绝味。它有一层薄皮，咬开的时候，牙齿间轻轻地炸开，香气和虾肉美味就从牙缝里爆出来了，你一定要听到那个轻轻破绽开的响声……

河豚停了下来。彭景意识到了女孩儿的失落，为了掩饰自己开小差，他说，你舅舅是养虾的？

嗯，我外公外婆和舅舅们，有两口几十亩的大虾池。我小时候一直长到上学才离开。然后每年寒暑假我都会回到那里。我和乡下的哥哥姐姐会帮大人运饵料、喂虾、划船。有一年暑假，我舅舅哥哥刚把我带去的第三天，刮大台风，天哪，海啸引发海水暴涨，我们虾池决堤几十米呢。那时我七岁吧，也帮着哥哥姐姐装沙袋，太紧张啦！晚上的时候，风狂雨大浪高，没有电了，只有忽明忽暗的应急灯，外婆搂着我，我看到大舅小舅还在虾池不知道干什么，大哥哥和二哥哥也在帮着搬运饵料，我大哭大叫，觉得他们都会被台风刮走的。我使劲尖叫，比台风还要刺耳，我外婆一巴掌把我打翻。我那么小，打在淤泥里，都成蛏子了。

外婆威武。彭景笑。

和一般的农村人不一样，我外婆喜欢女孩儿。她非常疼我，但我从小就觉得我外婆是海盗、恶霸、土匪。她会划船、会修供氧机、会做衣服，会和男渔民打架。紫菜饭煮得非常非常好吃。她在家，不仅万岁的土狗妈妈爸爸怕她，连家里的猪、鸡、鸭、老鼠都怕她。真的，我外公说，外婆一不在家，老鼠就都跑出来偷吃东西。

彭景第一次哈哈大笑，你妈妈也是土匪吗？

我妈妈除了长得美，其他一点儿都不像我外婆。她非常娇气，逢人就撒娇，很爱读书，所以早早就考上大学进了城，当了英语老师，嫁给我爸爸。不幸生了双胞胎，一下子来了两个孩子，简直把她吓坏了，也气坏了。还好，我爸爸纵容她继续娇里娇气、四体不勤地生活，依然把她当孩子照顾。但我爸爸是一个自私狡猾偏冷漠的人，照顾不了那么多小孩，趁着我妹妹急性肝炎，我妈妈跟我外婆撒娇，说照顾不了，我就被送到外婆家了。在那里，我长出第一个小牙，学会爬和走路，学会叫哥哥。我会讲的第一句话，是嘎嘎，就是叫哥哥。

你把你母亲说得像个孩子。

她真那样！有一次，家里来了小偷，我妈大惊之后，自动和小偷撒娇了：你怎么偷我抽屉的钱啊，我存了这么久，想买个空调啊……她坐地大哭，小偷不胜其烦，只好扔还她一半钱，气急败坏地跑了。我外婆知道后恨铁不成钢地骂：哭?！你跟小偷哭?！看我不一刀剁了他！

果然外婆悍勇。

爸爸妈妈讨厌我，我比我妹妹笨太多。很大了我都不会擤鼻涕，我妈妈拿着纸巾蒙在我鼻子上，绝望地喊，你用力啊用力嘛！这么简单怎么不会?！你不擤掉，一擦完你又流出来了！我妹妹很早就会数数字，一到一百。而我，怎么也数不好，逢九必乱，三九、五九可能我就连到二十、七十。在别人的助拐下，好容易数到了八十九，然后，别人一不提示，我就回到了六七十。所以，我永远也数不到一百。而那时，我妹妹在公园里已经能和老外简单问候对话了。这个问题，我爸爸比我妈妈对我还绝望。这是弱智。我爸爸说。

彭景被女孩儿的讲述带了进去。他认真看着这个女孩儿。他看到轻松的讲述下，笼罩着难以觉察的哀伤。河豚自己却笑起来，我第一次完整从一数到一百，是在二舅家。那天，大人去吃喜酒都不在家。大我九岁的大哥，还有大我五岁的二哥。大哥一次次耐心辅助我“九拐弯”，二哥呢，一边嘲笑一边启发。我的笨，让他们很头痛。大哥哥说，如果你能自己从一数到一百，我就去虾池找捞软壳虾给你吃。我说，冬天没有软壳虾呀。哥哥说，你数对了，就有！那是冷空气来的冬天，几天都下着阴冷的雨。为了软壳虾，我真的成功数到了一百。大哥哥马上穿上舅舅的连裤大雨衣，到那么冷的虾池里，帮我捞找软壳虾。小哥哥也下船帮忙。海边的风寒冷刺骨，虾池那儿就我们三个小孩，哥哥们在虾池里发抖。后来，我的魔术哥哥也来帮忙了。那天，只捞到小半碗软壳虾，但是，我吃得非常开心。大哥哥和魔术哥哥一口都不吃，小哥哥吃了两只。魔术哥哥当晚就发烧了。大哥哥也一直打喷嚏。我们都不敢告诉舅舅舅妈，更不敢告诉外婆。我那时候真蠢得无药可救，不知道报告感人事迹，不知道感恩，也不懂心疼害怕。一直到我自己到东北职业学校读书，校园里，冰天雪地的一个人，不知怎么地，我突然地就想到了这段往事。一下子，我在雪地里放声大哭，完全止不住。大雪纷飞中，我才醒悟我哥哥们那时多么小啊，十三岁、九岁、十五岁；我才明白，冬天的海水和冰雪一样刺骨冰冷啊。在学校那个冰天雪地的大操场里，我一个人哭得停不下来。我哥哥们在千里之外的南方，听不到。就是那一天，我忽然开窍了。我得回来，爸爸妈妈不喜欢我也没关系。我得守护着我哥哥，还有我外公和舅舅。

河豚讲述的时候，彭景一度又开了小差。他想到了湿地公园杀人石坝上的痕迹，想到了他的学霸同学戴忆果。在大学里，戴忆果也是个话痨女孩儿，薄薄的单眼皮眼睛里，充满狡猾与自信。彭景又想到要怎么谋借河豚的车，他不由得看了下手机时间，与此同时，他看到河豚低垂下脑袋，开始扒饭。彭景有点儿过意不去，为自己再次忽略了这个救命小恩人而满怀歉意。

彭景默默地看着河豚，忍着暂不开口借车。河豚似乎知道他在看她，一直低着头在扒饭。彭景把汤碗推向她，示意她喝汤。河豚站起来，去了卫生间。彭景站起来看窗外，窗外早已一片黑暗，只有芭蕉屋射出的青色灯光，照亮了一小块风动的芭蕉林。

河豚从卫生间出来，一切恢复如常，她神态自若。鱼刺，她做了解释。彭景对她笑，河豚也回眸一笑，唇边贝齿如春光乍泄。彭景看着，莫名地有点儿感动。

河豚开始收拾餐盘。不吃了？彭景说，没吃几口啊。吃吧，我陪你。河豚摇头，其实我不饿。河豚把脏饭盒叠起。真不吃？彭景把她的餐盘拿过来，又把两人已经混在一起的一次性筷子随便拿了两根：我吃掉吧，别浪费。

河豚呆看着彭景，他好像没吃过饭一样，三下五除二，把米饭、豆干、虾、青菜，全部扫光。河豚不由得心虚：……以前，是不是我都给你带少了？你从来没有吃饱？彭景笑，是啊，你把我养得越来越瘦。河豚看出了他开玩笑的意味，由此感到他的温暖友善，而她还有另一种无法表达的触动，她吃剩的饭菜，除了她大哥哥，第一次有人这么不嫌弃地吃光了。她父母都做不到。

彭景说，今天晚上，我可以用用你的车吗？

河豚睁大眼睛。她没想到他敢出门。

哦，或者你送我到能打车的路口，也行。你也可以告诉我怎么走，我走到哪里可以打车。

你要去哪儿？河豚说，我送你去。

不不，不方便。我大概十一点前能回来。要不，我先送你回你广告公司的宿舍？

没事儿。我在这等你。真要用车，我还有摩托——买车后，我把它半卖半送给房东儿子了。不过，还是我送你吧？

你是怕我开不了你的车？

女孩儿看着他。彭景难掩讥讽：

看你的脸，就知道你刚考过驾照。

——我天生黑！

放心吧，我车技好。在高速上我经常一脚油门踩到底。极速、安全，从来兼顾。

你在追人吗？

彭景意识到自己失口了，他挑起眉头，偏转脖颈环顾东西，含糊地做了个类似吹牛被揭穿的无赖表情。这一瞬间，让彭景幽微感伤。如今换一个角度回望往昔，五味杂陈。多少年来，他和同道在各种场合出生入死，并不觉得有什么异常。在高速公路上追捕，也确实是什么破车都油门一脚踩到底，让指针颤抖。警察从来没有比歹徒更好的车，只有更差。一般来说他喜欢自己驾驶。高速追踪中，你的指令到驾驶者那儿，哪怕零点几秒，就是几公里的差距。而且，前后排兄弟们都不系安全带，抢的还是下车那零点几秒的时间差。谁也没有时间去捕捉恐惧，也许最大的恐惧都气化在沉默中。极速追捕中，整车兄弟们死一般地一言不发。最终实现目标，同道们散去，依然是不置一词。猎人心无挂碍地全力以赴，是职业的诚挚忘情，那种脑子空白似的无私无畏的能量，确实具有毁灭性的力量。这就是普通的猎人生涯，准确说，就是猎人生涯令人后怕的，也是普通的一瞬间。

如今，身份倒转，反为猎物，彭景在怀想中黯然，也在黯然中怀念。也许，猎物的身份永远也无法再逆转回去了。

十二

彭景把车子开出没有多久，就感到好像有人跟踪。这是直觉。因为路不熟，他东张西望间，总感觉四处有可疑端倪。又想也许是疑神疑鬼心虚吧。农村的地界路灯昏暗，甚至有的地段就是乌漆麻黑儿，还有各种自由行驶、乱穿马路的摩托车，那些呼啸来去的过往汽车，交会也不肯关闭远光灯，照得人头晕眼花。

进入市区，车速慢了下来，但是，拐进云山路口，很快就车稀路宽了，夜间的旅游大巴也少，但依然能看到夜跑的人们。作为新路，云山路车道和交通画线黑白分明，改性沥青的路面，车轮在上面碾过嗞嗞轻快。彭景再次在后视镜上看到那辆可疑的摩托车。车手戴着封闭式头盔，但他的银色挡风衣，以及身形车型，让他觉得是同一辆车。彭景四处察看，好像也没有别的可疑痕迹，看不出有别的追踪者。如果是警方跟踪，这么长的路途，早该有收网的姿势了吧。彭景稍稍有点儿宽心。到新维和森林小区门口，他终于看清，那个小店就是二十四小时便利店。

彭景把车停在方便上车的地方，透过玻璃墙面，隐约能看到店里有对年轻夫妇在选购什么，一个中年女子在收银台结账。等这些人都出来了，彭景戴着河豚的棒球帽下了车。店门口有张类似通缉令的A4贴纸，也许是普通招贴。因为别无选择，他不细看停留。他就这么大大方方地走了过去。

打扰一下。彭景说，我在找我儿子，离家出走一个月了。有人告诉我，上个月六号，在你们店看到过他。我可以看看你们当日晚上八点左右的监控吗？店员冷漠地扫了彭景一眼。这个，我没权力给你看。

我妻子急得发疯了，昨天刚刚切腕自杀，被送进医院。——请你帮帮我！

店员说，那也得警察带你来。我没权。

彭景掏出两百元：求你！我只看一眼，给我妻子一个交代就好。

看到钱，店员有点儿不好意思。他的目光在回避钱，口气却软和下来。可能已经没了。我们只能保存二三十天。前面的会被后面的覆盖掉。

彭景把钱塞到他口袋。店员没有把钱拿出来，但他说，我也是看你家可怜，这是违规的。彭景飞快地操作倒时间，店员纳闷，你这么熟悉啊，其他店也找过？彭景含糊点头。他把时间起点放在了当日十九点四十分，这是扩大化的保险措施，因为扩大用时更多，这样，即使在便利店的空调房里，他还是满身大汗。幸亏有人进店，和店员询问什么。彭景看到自己的手，无法控制地在颤抖。终于，他看见那辆白色卸货车的右侧滑过屏幕。手抖得更加厉害了，二十点二十七分，一个跑步的影子在店门口大步跑过，一下子，彭景也觉得不是自己。他急忙倒回，再看，再看，衣服裤子，没错，是他本人，但是，那个角度是逆光，面部不够清楚，只是，身形步态衣着，熟悉他的人，应该可以勉强识别。彭景瞬间口干舌燥，他拿起手机拍照的时候，一只手把他手机按掉了。

不可以！店员不知什么时候就站在他身边，语气又恢复了冷漠。

彭景说，对不起，我给妻子看一眼，看到了，也许她就不会万念俱灰再自杀——求你！

店员说，我让你看，已经违规了。

彭景在他手上再塞了一百元：找到孩子，我再来谢你！我没有更多钱了。拜托！店员看着手里的钱，换上悲天悯人的表情走开了。他去外面整理货架。彭景拍照的时候，手依然在阵阵颤抖。这是戴手铐过度后植物神经紊乱后遗症，他咬紧牙关、屏住呼吸，连续拍了很多张。

店员在货架那边说：明天这个时候你来，就覆盖掉啦。

在他道谢离去之际，店员突然阴森森地来了一句，你儿子怎么那么老？

彭景反应神速：这人和我儿子在一起。他在，我儿子就不远。

店员打了个响亮喷嚏，算是送别。彭景一出店门，就看见公交站牌后面的阴影里，有人戴着封闭式安全帽，跨在摩托车上站着。他掏出手机，直接拨打了河豚的电话。安静的山路上，《贝加尔湖畔》的彩铃瞬间响起，摩托车手连忙低头去掏手机。彭景按掉电话，启动汽车。

他的车如离弦之箭，瞬间消失在长坡之下。

汽车开过乡间杂乱的、堆满海蛎壳的土道，辗转回到芭蕉屋外。彭景把车停在芭蕉叶的阴影下。大约二十分钟后，传来了摩托车声音，车子在更远的房屋处停下了。彭景以为自己听错了，以为是其他村民的摩托。但是，很快地，一个长发飘飘的高挑身影出现在月光下。还真是健步如飞。她径直走到车前，小河冲下台阶迎接她。她抚摸着小河脑袋，过来端详着车前车后。因为车玻璃暗，昏暗的光线下，她看不清驾驶座上一动不动的彭景。她猫腰靠近车窗。突然，车窗唰地降下，彭景一声怒喝：

为什么一路跟踪?!

河豚吓得后退，被什么一绊脚，一屁股坐到了地上。

彭景推门而出，把车钥匙丢给河豚。

河豚说，你……怎么有我的电话?

为什么跟踪?！彭景说。

呃……开始我是怕你路不熟，走不出村，后来，我有点儿担心，怕你被那个……高利贷的人抓住……

彭景看着地上的河豚。

河豚在地上看着他。

他弯腰伸手，河豚拽拉着他的手，站了起来。

河豚说，你怎么知道我的电话号码呢？我没告诉你啊。

我用你的手机打了我电话。

啊，狡诈。

好吧。彭景说，赶紧开走吧，今天让你等久了。

我不走了。这有我的床。

临进门的彭景，转身站住。

我的床在你对面。我有权住在这儿。你不过是我包养的嘿！

彭景仰头看天。包养的——有付房租的被包养人吗?

河豚和狗撞挤开他，进门而去。

月色如水从窗口洒进屋子，清白的月光，隔开了两张有蚊帐的小床。没有空调，夜风倒也清凉，到处都是呱呱的蛙鸣，还有蟋蟀的声音。彭景在床上，稍微欠身，他就能看到外面婆娑不止的大而破败的芭蕉叶。

一下子两人同屋睡觉，彭景很不习惯。小鹿曾说他累了会打鼾，他也有点儿担心打鼾会不会吵到河豚。各自躺下后，两人一句话也不说。河豚也许也不习惯有人合睡，动不动就翻身，把床搞得叽叽嘎嘎响。在她第二次去厕所回来时，彭景说，唉，说说话吧，你害得我也睡不着。明天你这么远，会迟到吧？

河豚说，我们不坐班。

那还好。彭景说，我看你也一直睡不着。

忽然又有了新室友，感觉好奇怪。那你为什么不睡呢？

可能最近睡太多了。彭景说。

你去云山路那个店里干什么？

你说呢。

讨钱？追债？

真聪明。彭景笑。彭景说，今天吃饭的时候，你好像说了个魔术哥哥。他是魔术师吗？

不是。他是我大舅舅家的哥哥。他很会变魔术，从小就不断给我惊喜，所以我叫他魔术哥哥。他比二舅家的大哥哥大两三岁。他十五岁就无师自通会开汽车了，后来再大一点儿，家里的虾料、虾药运输，供氧机设备维修，酒店送货都是魔术哥哥做。后来，他把自己变没有了。

什么？

他开车，不小心轧死恶人家的人，差点儿被人活埋。然后，他把自己变到监狱里，再后来，他把自己变没有掉了。死在监狱里。死的时候，和我现在一样大，二十六岁。他把自己变到监狱里的时候，刚刚结婚。后来妻子就改嫁了。

轧到恶人？交通肇事，本来就有责任。

是惹到恶人家了。那个女人本来就是个半癫寡妇。是她乱窜，魔术哥哥才轧到她的。但是，他们家的人说魔术哥哥是无证驾驶，还酒驾，就要哥哥负全责。大舅舅家还赔了二十多万，魔术哥哥还是被抓进去了。再后来就说，被里面的人打死了。大家都说，是那个恶人家买通监狱，叫牢头狱霸打死魔术哥哥的。

既然赔了钱，为什么还要打死人呢？

因为那个恶人家族，容不下我外公外婆一家。他们本来就有旧仇。

什么仇？

以后慢慢告诉你。你今天晚上拿到了多少钱？

还没有——你有很多哥哥？

大舅家一个，是魔术哥哥。死了。二舅家两个。是大哥哥和小哥哥。小哥哥也死了。外婆死了。外公痴呆了。大舅妈自杀了。大舅舅瘫了。我还剩一个哥哥。

你在说什么？怎么回事？

每家都有倒霉事。——哎，你还要去讨钱吗？

嗯。也许。

我和你一起去。

不需要。

我帮你讨！

够了！下不为例。否则——

河豚一把掀开蚊帐，言语充满挑衅与轻蔑：否则怎样？不交房租？

落魄的人无以对抗这种蔑视。彭景翻身朝里睡，不再理她。

河豚却猛跺床板：否则怎么样啊？——喂！喂？！——

彭景猛地拍墙：否则——我揍你！

河豚闭嘴了。她感到了对方的怒意。很快，彭景似乎也意识到什么，语气缓和了不少：睡觉吧。谁再讲话，罚款一百！

十三

戴忆果听到电话里是彭景的声音，大为惊愕惊喜：还没死啊你。

彭景出逃一个多月了。专案组布控天罗地网，也派员追往大连彭景老窝。接到电话，一时之间，这个一贯以高速反应著称的技术女警察，居然愣怔了很久，心头各种问题拥堵。戴忆果按掉电话，下楼，走到办公室院子空旷处的树荫下，重新打了回去。

狗命真贱！老丁还昏迷不醒。洪彦接上了小臂，几个手指头还有点僵硬。何大头的小腿粉碎性骨折，小脑进行性脑出血，也是一番痛苦折磨，算是基本痊愈了。你没事吧？

和他们比，我很好。

也是，不好你怎么救他们。车祸后，何大头就像换了一个人，阴郁寡言，但一心扑在工作上，关于你的通缉令，是他在医院就建议发布的——你打算怎么办？

查出真凶。我没有退路。

难度很大。

是。最担心是流动性作案。兴之所至，抢了杀了就走。

我觉得这也有可能。如果这样，你这种案子，只能等猴年马月的哪一天，突然案发，带出一串。

是啊，那时我的坟头草已经比人高了。

那你也只能节哀顺变了。做个不给组织添乱的优秀死人。

彭景笑。我想要现场全部勘察情况。

戴忆果沉默着。彭景喉头的紧张滑动，让这个敏锐的同学感受到了。

别干吞口水。你知道，我不可能整套弄出来。如果你相信我，我可以跟你说说我的疑惑。

你说。

就现在的材料上看，要说你杀人，似乎也真没有大障碍。你自己也认了。只是我个人保留了一些困惑。我在现场提取了一个模糊脚印，没有入档。因为它既不能排除，也无法认定。现在，这足迹模型还在我的物证柜里。此外，关于死者的致命伤痕，我认为角钢斜劈不会形成那样的痕迹，切入角度比较怪。但是，我说服不了他们，大家都倾向于凶器是角钢。当然，你自己也招供是用角钢劈的。

他们教我的。彭景说，这就是你的两点疑惑？

对，但是大家并不认可。也许他们和我，都在犯先入为主的错误。

你的先入为主是什么？

戴忆果笑：我错以为你不会杀人。

我就那么像杀人犯?!发我吧，忆果，那足迹模型，你先拍彩照给我，多来几张。还有，尸检报告及照片。另外，现场勘验其他情况也给我，越多越好。

我想想吧。

谢谢你先入为主。但我还是需要自己仔细捋一遍。

一天后，戴忆果开始发彩照给彭景。

两天后的傍晚，彭景打的去了湿地公园。

他希望在游客基本退出的时段里，去查看园区大门口的监控资料。湿地公园的后区坝头，也就是案发现场，他知道已经没有多大去的意义，因为这样一个两条命的大案，刑侦技术人员绝对会把那里翻得底朝天，那帮人，基本都是戴忆果那样的现场魔怔患者，是精微变态的一丝不苟的人。看看他们的现场照片、勘验记录和鉴定报告，他就有数了。但他有了自己的疑惑。凶手是怎么进入现场的?他是怎么跟踪受害人的?

按照审讯口供，他的陈述是：打的跟踪小鹿，到园区大门口，发现营运车辆不得入内后，他一路步行尾随妻子的车辆，通往后区（这有点儿勉强，但是审讯人员解释为前区游客和看月亮的人多，导致车辆慢行，易尾随）。进入后区，游客锐减，但仅有一条路通往坝头。彭景由车找到妻子，之后潜伏在隐蔽处。当发现男受害人出现并和其妻相聚于大坝断头端时，他随手捡起工地角钢，悄悄走近正在发生性关系的被害人。（为什么没有我的脚印?何大头反诘：你以为没有是吗?是啊，石坝都是风化的粗粒砂岩，石坝石缝里都是牛筋草，所以，你很安心，以为我们提取不到你的脚印，是不是?!）

彭景在村口拦出租车的时候，河豚正乘出租车回村。她一眼就看见了彭景，马上让司机调头尾随。她感到非常刺激。聊天中确认彭景还会外出，河豚故意连续两天把车留在了芭蕉屋。但是她把备用钥匙放在了电视机底缝隙里。如果彭景要用车，必定向她讨钥匙，只有这样，她才能知道房客的用车时间。

彭景确实很难抵抗汽车的诱惑，来去多么自由方便。但是，河豚出格的好奇心令他十分厌烦。开着她的车，说不准就被这个满大街监督广告的人发现，你不知道她会扯出什么幺蛾子，尤其像他这样处境危如累卵、命悬一线的逃犯。其实出门前，他还是巡看了一眼，发现桌上床上没有车钥匙，他还走到了汽车旁边，摸了汽车一把。但他到底忍住了打河豚的电话讨问车钥匙的念头。也许正是这样谨慎过头的举动，再次救了他的命。

村口的彭景完全忽略了后面跟随的出租车。事实上，这一路出租车也太多了，彭景习惯性地回头看过几次，都没有注意那辆车和自己有关。

到达湿地公园广场式的大门口时，彭景看到保安亭外四五个门卫保安，一色的浅蓝上衣，暗蓝裤子。似乎在交接班，果然，离去了三个，还剩两个。彭景走了过去，托词和表情与前次在便利店一样，他觉得自己说得更诚恳了。两个保安看了他一眼，其中一个目光有点儿嫌厌，另一个年纪大的却显得同情，一听情况就渲染说，哎呀，昨天我看报纸，说有一个团伙，专门拐小孩啊！然后打残废分到街头去乞讨，讨不来就打！每天有指标的！

彭景沉痛无言。

那年纪大的保安看了一眼同伴说，哎让他看看吧。反正就那一天。说着，他就擅自做主示意彭景可以看了。彭景点头哈腰地快速查看。七点四十分，他看到了小鹿的车子，五十二分钟后，画面出现了忆果所报车号的黄棕色宝马X5，也就是男受害人驾驶的SUV车。那车后面似乎有一辆跟随车，但是，后随车开到门口，还没有靠近电动栅栏，停顿了一下，就绕弯走开了。之后，是两辆出租车先后进入镜头，下来的都是两三个人。还有自行车骑行者、游客或本地赏月人，三三两两地不断进来，还有小贩。彭景把带子又倒回看，他怎么也无法看清那辆退出监控探头范围的尾随车，他不能确认它是否在尾随宝马，但是，它那个突然的闪退，让他不踏实。彭景又调出了能拍摄整个大门的广场监控录像。他飞快地倒到那个时间点，在这个录像里，能换个角度看到尾随被害人宝马车的汽车，它明显有迟疑和退缩感，但最终它退出了探头监控范围之外。彭景设法放大细看，还是看不清车号，也看不清驾驶者。只能判断是辆银灰色的大众车。

看到你儿子没有?！那个嫌厌他的年轻保安是驱赶的口吻。

年纪大的保安看出彭景的沮丧，热切地说，哎你可以到新开的餐饮区北门看看啊，那边新装的探头比我们这里的高清。

年轻的保安：他在看个鬼！

彭景感到了他的强烈敌意，只得道谢告辞，往北门方向而去。就在他退出保安室的时候，之前出去的一个矮胖保安，不知何故又折返回来，彭景低头搔脑与他交错而过。矮胖保安盯着彭景几乎停步，之后两次扭头看越走越远的彭景。彭景想自己一头乱发虬须，不可能让他看出什么。但他还是加快步伐，往北面大门方向而去。

矮个子保安还是想起了他。

作为湿地公园保安队副队长，杀人夜正好他值班，赶上了这个相当刺激的事件，让他在亲朋好友战友圈，当了好多天的主讲人。因为警察到场勘验他也一直忙前忙后，奉命代表湿地公园，提供了尽可能的属地配合。不知为什么，办案警员让他和值班保安参与了嫌疑人辨认。实际上，他们都否认见到过彭景，但他由此认识了彭景。彭景的淡尾眉，高直鼻，还有有点儿单边耸肩的高大身形，都使他牢记。那之后他每次看相关报纸、电视新闻，他脑子里都有彭景的样子。当他从办案警察老吴那获悉杀人警察逃跑了之后，无论上下班，走到哪里，只要看见像彭景样子的人，他都疑窦丛生，怀疑是通缉令上的逃犯。办案警员回答他说，通缉令上没有悬赏金，不过，如果你真的抓到他，或者扭送到公安，肯定可以评上见义勇为，那个就有奖金了。孩子高考也可以加分。这个复员军人出身的保安副队长说，我可不是为了钱！我认人就是过目不忘！

彭景活该倒霉。当矮个子保安冲进保安室，确认嫌疑人查阅的是案发当日的监控录像时，他来不及呵斥手下，立刻用对讲机猛烈呼叫北门保安，描绘了彭景模样，他命令："截住他!!给我拼死堵住！拿下！"随即给办案警员老吴等打出了亢奋的举报电话。可能对方反应不令他满意，他立刻又拨打110，高声举报：杀人在逃犯！他已经瘸了！我认出来啦！他冲着办案警察和110都这么哇啦哇啦地喊。三个保安，顿时为这个意外的情况紧张兴奋得忘了给进出的汽车开门放行。两个进出的对车司机，彼此狠狠鸣笛。就在这一片混乱中，一个穿着高帮球鞋、卡其布短裤的女孩儿，拿着电话边走边说地走进大门，刚才她一直靠在保安室外墙上打电话，像是等人，也像是因等的朋友们迟到而生气。

一进大门，这个女孩儿开始在灌木道上飞跑。她身轻如燕，步幅轻捷。往北门方向跑了一百多米，就看到了大步行走却一步一瘸的彭景。河豚扑过去一把拉住他，把彭景吓得差点儿挥拳揍她。河豚说，北门已经关闭，跟我来！

彭景恼怒大于迟疑，他一把甩开河豚的手。

河豚喊：我跟踪你啦！也听到你被人发现了！

女孩儿不由分说，拉起彭景就离开北门通道，踩着林间小道，折向湿地公园后区。彭景一时理不清思路，刚才在保安室，他已经觉察到危险的端倪，但他无法判断紧急程度，而他对这个女孩儿，厌烦中也有直觉的信任。所以，他听河豚的。奔逃中，彭景的腿越来越瘸，他怀疑裂掉的踝骨要碎了，他还是咬牙尽量跟上这个风跑的女孩儿。跑过木麻黄小林子，也就是汽车断头路，在那个落满木麻黄针叶的红土停车场前，隔着前面两大片干涸荒芜的莲花池，彭景已经看到莲花池对岸山路，也就是佛光寺山门下的路上，有多道强光手电光在交叉而来，惨白坚硬的强手电光走得比人群远，它们冲锋在前，横扫夜色黑暗。河豚却看到了那条断头大坝上有几个休闲的人影。她扭头看彭景的时候，也看到了莲花池对岸汹涌逼近的手电强光。

两个方向都有人扑过来了。

如果池塘有水，哪怕是化粪池，彭景也只能跳下去了。彭景也估计自己无法爬上前面的苦楝子树。回看前区来路，电筒光、人声哗动也在隐约显现。口袋只会越扎越紧，哪里还有退路和藏身之道？河豚似乎看清楚了险境，她左右看着，突然把彭景推往苦楝子树下的长椅，拽他坐下，她一把将彭景的白色无袖汗衫脱掉，铺在长椅前地上，随即把一瓶矿泉水倒在彭景的头发上，使之湿透，然后飞快地用手腕上的皮筋为他扎了个马尾。最后她一把脱掉了自己的上衣、内衣。彭景只看到透过树影而下的月光，映照了玉瓷般的凝脂曲线，几乎同时，他就被河豚揽拽下地。彭景自己也回过神来，两人默契地叠躺在彭景的白衣服上。彭景斜压着河豚，河豚抱住了彭景的头。彭景竖着耳朵谛听远方的动静，感受逼近的灯光。

……瘸子，你的心脏像击鼓传花。

彭景用脸侧堵压着话痨者的嘴。他想听各种正在逼近的声音。河豚把自己的嘴拱到了他的脖颈空隙：你到底叫什么？

你不是叫了吗？

我说真名。

就这么叫吧。彭景感到自己正在松弛下来。他暗暗感动于这个没心没肺女孩儿的临危不惧。是的，也没有选择余地了，一切都听天由命吧。

女孩儿说，你再落到他们手上，估计要剁指头了。

嗯，可能会把我露头埋在沙滩上。如果我再不叫人来还钱，海水涨潮就会慢慢淹死我。

这个好玩啊。

唔……嗯。

面对着小路的河豚，看到手电筒交叉逼近，她像考拉一样抱住了彭景，彭景开始吻海豚、深吻海豚。他能感到手电的强光鞭子一样抽在他裸露的后背上，抽在他街头艺术家的马尾辫发型上。几柱电筒光在他们头脸胸肩部交会，似乎在识别。与此同时，河豚被电筒光惊骇得一声尖叫，半推开彭景，欠身似乎想看究竟，马上又惊恐羞怯地抱紧了彭景。男人似乎只能狼狈地埋头抱紧怀里的女人。几道手电强光猛然僵住。这样的猝不及防，光柱们似乎也愣怔着回不过神来。沉寂数秒钟后，有人一声沉喝：走！那几只手电强光纷乱扫过长椅及苦楝子浓密树冠，缩撤了回去。

分三路搜！这边、那边，还有那边！

很快，强光手电光柱，往前区方向而去。

彭景起身，为河豚拿过衣服。根据经验，辖区派出所会接到指令，会马上在湿地公园周边道路全面设卡，估计佛光寺山门通往主干道的路，已经有了关卡。而且，会有越来越多的警力被调度过来，地毯式地搜索也许马上就会展开。困在湿地公园里肯定不行，撑到白天只会更危险。看海豚穿好衣服，彭景拱手说，谢了，你赶紧走吧。

我带你出去啊！这里我从小就熟。

恐怕有点儿麻烦。你赶紧走。

河豚不再跟彭景说什么，直接拽着他就走。他们走过前后荒芜的大小荷花塘，走过通往坝头的路口，走过青石拱桥，走过石料堆。彭景诧异地看海豚把他带往佛光寺庙大门。紧闭的厚重大门边，一个侧小门突然开了。一名年轻和尚出来合掌：阿弥陀佛。

十四

李海山的暴亡，构成对李天禄的沉重打击，一直在延续。身体健壮几十年的李天禄，竟然病倒了，食欲废绝、卧床不起半个多月，日夜昏睡，起来就两腿虚飘，莫名暴咳至呕吐，有一天突然觉得天旋地转，即使躺下，一睁眼就天花板倾斜倒转。李宝船带父亲去医院做了各种检查。脑部CT没事，肺部基本正常，有点肝肾囊肿，也不是恶性紧急问题，此外血压高、三脂高，前列腺钙化，不过是这个年纪人的正常毛病，但李天禄就是气息虚弱，他内心灰暗、脾气乖张。用他大儿子海狮的话来说，李海山把老爸的魂带走了。

李天禄病倒的日子里，发生了多件让他心烦的事。

金龙公司说白了，就是打砸抢工地工程发家致富的。它们从事建筑项目工地的土方挖掘、回填、运输业务和供应沙石、砖的地材业务。其控制成本和利润的关键点就是节约土方运输成本，缩短土尾（卸土地点）距离。距离越远，成本越高。因为有关部门对土方车管理有疏忽，金龙公司就会把平整工地挖出来的土方，就近倒在附近的另一块地上。而这个地块的平整，也是金龙的，这样金龙公司就可以把土方量又算一遍钱，甚至如此继续腾挪，赚第三遍钱。也可能不是，那就是偷倒。这次出事，是李海狮看工地的小弟糊里糊涂，引导金龙土方车队把土倒在了青港“阿寇”承包的工业园大空地上。他们把惜售的白土竟然倒在“阿寇”地盘了。

白土就是高岭土。工地土方工程会挖出三种土：红土、白土、废土。红土挖出来，一般是卖给砖厂；白土要卖给土贩子。年度高岭土价格一直走高，金龙公司就很惜卖，挖出来都是存放在无人管辖的空工地。

再说“阿寇”。能够承建工业园这种大项目的，都不是简单属地村民。青港“阿寇”是比禄爷更资深的江湖大佬。所以，金龙遭遇了前所未遇的劲挫，人被打坏了一串，还赔了钱，那些惜售的高岭土也成了“阿寇”的货。政府的工地承建机构，也一致要惩罚金龙违规胡干。反正，龙庭禄爷这一单，无论在黑道白道，在江湖上都是遭人耻笑的笑话。所以，金龙以吃瘪为终结。

紧接着，金龙差点儿又丢了一个工程总投入六个亿的工地的配套工程。对手还是青港“阿寇”。

这个项目不在龙庭村，实际已经在茂田区的恩留湾和青港区交界了。说起来已经离龙庭的根据地很远了，但是，势力正在坐大的李天禄，还是得到了这个工地。它的土地铲平、地材供应、重型机械、涂料防水都归属金龙公司。没想到，青港区的老大“阿寇”，竟然挑唆项目属地村民要抢回工程。老老少少村民抗议的队伍里，混着“阿寇”的精干手下，竭力阻碍施工，追打工人，反复推倒围墙，还用土方车堵住工地大门。禄爷之前有发过话，说遇到紧急的工地麻烦，可以先斩后奏。他事后自然会处理摆平。

那天下午，“阿寇”势力纠集了几十人在工地追打金龙工人时，禄爷被女儿宝船陪着，在中心医院做脑部核磁共振检查，无法联系上。李海狮、李海龙按照父亲曾经的指示，启动紧急程序，立刻调度人马、兵器、交通工具。李海龙手下一个叫“姜宝”的，一个人就组织四五十个小弟，再加上其他“金刚”调度来的小弟，一票人马，手持白蜡棍和锄头柄，分乘四辆中巴车威风凛凛地杀向工地。

两拨人马就在开阔的狗尾巴工地上开战。不过，刚开始打一会儿，警察就过来了。双方各有伤者，“阿寇”那边有个家伙肝脏还是脾脏破裂了，有个年纪大的，耳朵给劈掉了。李海狮这边骁勇的带头小弟“姜宝”“宋三棍”被警察带走。最终，工地项目一分为二，这个预估至少一百四十万利润回报的大红包，硬生生地被青港老大“阿寇 ”抢走了一半。而且，从未有过的，“姜宝”“宋三棍”一直弄不出来。

李天禄一直认为，他的两个儿子，合起来不如李海山一个。这个事情，固然是他有话在先，但你不能不看对手是谁，就按老方子抓药。不过，他不得不承认，两兄弟也各有长处。李海狮天生虚荣好勇，横行无畏，这个愚忠愚义脑子简单的人，吸引了和他一样死拼敢打、肝脑涂地以为忠义的年轻人。李海龙虽然年纪小，但天生一副千金散尽还复来的慷慨气度。他夸夸其谈，煽动力强，带的小弟，有难必帮。那些李天禄叫不出名字的，来自云南、江西、东北的各种小弟，他都尽力照顾，甚至他们父母开刀，女友人流，李海龙都几千、上万地给钱。这些年来，李海龙手下的几大金刚及金刚们手下的更多小弟，是一支特别能战斗的队伍。最后，按照两年后六百多页法院判决书的综述，那些聚众斗殴、寻衅滋事、故意伤害、暴力讨债、调戏强奸妇女的罪行，大多是老大李海狮的人马干的，而开设赌场、敲诈勒索、非法拘禁、放高利贷、收保护费，基本都是老二李海龙的团伙干的。李海龙这一串，好像女孩儿子都喜欢自动跟着玩。

李天禄自己就是嗜血打杀混出来的，暴力绝对是巩固江山的硬道理。但是，也许年事渐高，眼界略宽，野心也大了，年轻侄儿李海山的模式对他的影响越来越大。禄爷悟出，仅仅靠逞强好勇，赢不了大局。李海山第一次出手，是在多年前的力挽狂澜。当时，因为违章抢盖楼，李氏家族和前来执法的城管中队直接开战，根本无视赶来的辖区警察与街道工作人员，一路追打得城管人员及临时工们落花流水抱头鼠窜；城管的车被砸了，中队长被打丢了一对门牙，满下巴脖子的血。最后的结局非常圆满，李海狮的两个外围小弟顶包被刑拘，后来判了点刑，他们的外地父母得到了不小的经济补偿；李氏合家大小、主力队员个个平安，李氏再强势抢建也无人敢过问，拆迁补偿基本落实；中队长被李家赠送了一对高档烤瓷牙，比原来的烟牙帅气；后来他和警察、街道工作人员一起，中秋节受邀到龙庭村参加博饼，大家不打不相识，成了朋友兄弟，一团和气，结下善缘。而这一切后面的推手，都是李海山。这样，结下善缘的人慢慢累积得越来越多，到这个地球上最大最圆月亮的这一年春节，两瓶XO（四年前是蓝带）、四条中华、一箱西班牙橄榄油等配置的礼品包，已经需要多路小弟送往全市一百五十位有善缘的各类权势人家。不过，这只是“海山模式”的最低级运作。

李海龙奔进父亲屋子时，时间点就不对。

李海龙在愤愤诉说与“阿寇”争抢工地失利后遗症，愤愤抱怨“姜宝”“宋三棍”一直搞不出来，这让他在小弟面前很没有面子。这也是老爸你很没有面子了！李海龙说，你得赶紧把“姜宝”“宋三棍”搞出来啊！大家都看着呢，外面的谣传已经夸张成李家四大金刚直接被拷走，龙庭李家根本不是青港“阿寇”的对手，再这样下去，名声坏了，别说外面的工地我们搞不到，恩留湾的那个围海造地的大工程，也会没有我们李家的份儿……傻小子说说说，没有注意到老爹刚刚在水池呕吐得满眼泪花、鼻头鲜红、鼻涕流淌。

李天禄就会想念侄儿李海山。李海山总是不慌不忙，他总是游刃有余的。

再凶险紧急的场合，李海山一说话，黑的不黑了，白的不白了，到最后人人心里一团和气做了情感底子。工地争夺战固然是打出来的，但是，如果各路关节都理顺润滑，哪怕对手的协议、意向书早已定下，哪怕青港的“阿寇”们再横，也未必是龙庭李氏的对手，他们捣鼓不出多大动静。说到底，还是因为李海山已死，金龙团队又太恃胜而骄、麻痹大意了。

在这个时刻，李天禄接到分管市领导老林秘书小马的电话，简直就像打了一针强心针。这就是李海山最后一夜帮他牵的金线。不过，事情很小，只是那天晚上聊到了恩留湾的阳光高尔夫球场，聊到了打球对身体、对社交的各种好处。小地方初来乍到、喜欢运动的领导老林挺感兴趣的。小马秘书在电话里问，李董，方不方便约个场，带几个台湾客人略尽地主之谊？也让他们感受下本地的投资环境的成熟配套。

李天禄其实并不迷高尔夫，他是被李海山忽悠鼓动而接近“绿色、氧气、阳光、友谊”有档次的高尔夫生活的。毕竟大老粗一个，一看到高尔夫从人到景的阵仗，禄爷由衷自卑。为掩饰卑怯，在那里，穿牛仔裤的他，乱扔烟头，会更加高声大气、颐指气使。脾气坏、档次差、球技烂，这样，他在阳光球场的球童中，名声也不太好。传说李老板第一次到高尔夫会所，还披着里红外黑斗篷，这成为球童们停不了的经典笑话。要李天禄理解李海山说它是难以抵抗的绿色鸦片，确实有点儿难。而李海山囿于身份，从不敢放纵自己，要打也更愿意在外地球场打。有女同事问他为什么一手黑一手白，他说自己天生阴阳手，从不承认是高尔夫晒得单手黑。李海山的最好的成绩说是七十九杆。李天禄曾给李海山一辆车用，李海山谢绝，但去年海山生日，李天禄送了李海山一套卡拉威球具，李海山笑眯眯地收了。李天禄最好的成绩是一百一十杆，永不破百，所以，他对高尔夫球没有激情，有时就是几个臭时髦的暴发户邀赌，才下场。那些个废品大王、净水器老板和茶行、酒楼老板，跟李天禄水平也差不多，都是不分伯仲的烂队友。大家赌得开心就好。而那些真正的房地产老板、金融富人、商贸大鳄、大企业主、高端律师，是看不上这些低端球手的。所以，在本地球场，人们基本看不到这叔侄同在的情况。要李天禄选择，其实他宁愿到鸡肠岛搓麻将玩扑克豪赌一气。

秘书小马这个电话，让李天禄的低落的生命，忽然激荡，仿佛被充上了电。李天禄从头到脚顿时神清气爽，乾坤归位了，元气在回归。之前因为厌恶儿子嘴碎窝囊一把摔掉的咸粥，忽然又勾起了他的食欲。

小马叮嘱不要其他闲杂人员，所以，李天禄就亲自去约场次约球童。李天禄认真守护这条公关金线，假装自己也高球“吸毒上瘾”，总之，是尽心尽力，热情招待。其实，一场球打下来，即使用会员价，也是人均近千元。但是李天禄很满足，他觉得自己有了新的靠岸码头。这样一来二去的，李天禄觉得好像真的爱打球了，球技也提升了，最好的纪录有过一百零七杆。他出现在阳光高尔夫球场赌球的次数比过去多了。一些球童仍然在背地里嘲笑他姿势夸张、语气粗鲁，挥杆比杀猪还难看，整个一个暴发户的土鳖坯子。但是，球童汪李婳从不嘲笑他。如果他约到了汪李婳，这个天生带笑、实际淡漠的球童，也会全力以赴帮他赢球。禄爷就会给汪李婳很不错的红包。

十五

彭景一直在琢磨戴忆果发的现场资料彩信。

他对戴忆果的两点疑惑有本能的敏感，因为很清楚自己不是凶手，他的思路就会自动避开一些错误的歧路弯道。他询问过李海山的基本情况，看起来那是个八面玲珑、仕途青云的家伙，没有明显树敌。他的妻子，案发时，还在老家陕西。调查也显示不出她有买凶杀人的必要和部署，也没有证据显示她有杀夫之恨。陕西妻子知道很多女人喜欢她丈夫，海山也一向对各种女人友好亲近，甚至连开发区里的保洁阿姨都夸他，这种情商高到随处浪费的人，连他妻子都很难替他把情爱界限划清楚。看起来这是一个温柔又有力量的男人，按理，这种人是特别能卫护自己的生活，不会给错误后果以机会。那么，是流动作案？是侵财导致的杀戮？的确不像，侵财案是没必要下如此狠手的，难怪何大头那么生气，这的确是侮辱警察智商的案件。

专案组不待见戴忆果采集的鞋痕，也是有道理的。现场是个户外的开放性公共场合，足迹纷杂，石头坝上，砂岩石裂隙里牛筋草横生，这导致了很多足迹残缺不全。而戴忆果放弃不下的这个鞋印，只有大半个，而且，它有顺时针向“拧痕”。“拧痕”是由于臀部的扭动，以脚掌为中心轴，向内或外旋转，使足迹的掌心部位出现“麻花状”痕迹。而出现“拧痕”的人，大都是腿或髋关节畸形者，正常人一般不出现拧痕。在没有其他证据呼应它的时候，这个足迹自然就被冷落了。而戴忆果一直不能完全舍弃它，是因为她认为，“会不会是你在置之死地而后快地愤怒出手时，有个身体的猛烈扭转导致?”

戴忆果总是以彭景为行凶对象，来阐述证据痕迹。彭景没好气地说，难怪何大头他们不理睬你。这个残余足印的步法特征，如果我没有判断错，应该是十八岁到二十八岁的偏瘦女性。

戴忆果哧哧笑。那就是说，一个膝关节或髋关节畸形的年轻女人，一口气杀了两只野鸳鸯。

彭景无语。

彭景摆弄着戴忆果无人赏识的那只足迹石膏模型。戴忆果的判断是值得尊重的，但是，确实也很难解释。要赋予这个奇怪足迹有案件意义，就必须设定足迹主人是个力量惊人的年轻女人，膝关节、髋关节的畸形者不可能完成这样的出手，那么就是运动旋转造成的“拧痕”，而一个充当钝器使用的角钢，需要什么的体位和扭动，才能完成两下如此凶猛的斜面劈杀。连续两次？一个女人？那个女人有这么深仇大恨？小鹿不至于招惹这样的凶杀，那么李海山究竟得罪过多可怕的年轻女人？但这也一直没有证据支持。

绝对致命的损伤痕迹，确实也很伤脑筋。勘验报告文字是严谨的：具有棱边钝器物品所致切线伤，粉碎性骨折和颅底骨折。凹陷性骨折。从伤口照片上看，凶器的力量非常猛烈。彭景就把自己当凶手，想象了一下自己和受害人的体位关系。三角铁，也就是角钢在手，最称手的应该是纵向直劈，直截了当。横劈手法有点儿古怪，是受制于体位吗？如果他选择横劈，那只有可能是怕伤及妻子，但事实上，凶手还是给了小鹿致命的一击。这不是他想象的半张脸，而是耳后到颧骨缺失，颅底骨折。这是多大的爆发力啊。

彭景不喜欢河豚关注他的状态，尽管这个天真任性的女孩儿再次没心没肺地救了他，彭景还是排斥她入侵性的、傻里傻气的好奇心。他不得不时时防备着她，拿到足迹模型后，他都得在下午四点前重新包好，塞进厨房破米缸里。有一天，这女孩儿居然趁他冲澡的时候，偷偷摆弄他的手机，试图解密。彭景出来大怒，勒令她不许再碰。河豚若无其事地把自己的手机丢给彭景，说，我可没有密码！你看回去吧，我们扯平！彭景气得把她的手机扔回她的床。

河豚愤愤：可恶！家里只有我，这不是防着我吗?!

彭景感到她“家里”二字用得好笑。但他没什么表情。令彭景没想到的是，和过去相比，河豚反而经常溜班提早来芭蕉屋，积极和他同吃同睡。一周至少两三天下榻于此。实际上，那天晚上湿地公园强烈的肢体亲昵，在彭景的回顾里，多少是有点儿狼狈尴尬的。他不知道那个女孩儿到底有多开放、多狂放。他自己因为愁肠百结心事重重，无法在这里更多停留。不过，在芭蕉屋，她倒也睡相老实规矩，并不逾界。有两次天刚亮，彭景看到豆包偷睡在她床上，两个都是蜷手屈膝侧向而睡，很整齐，看上去，就像两个颟顸的孩子。

这天，晚霞刚起，天地一片金红，她就回来了。表情似乎沉闷，一手提着快餐，一手夹抱着一大沓彩印的什么广告，气呼呼地抛掷在桌面上，彭景看它有字典那么厚，拿起一张看，一面是一个进口牌子的什么床垫，一面是房地产广告。吃饭的时候，她告诉彭景，她要把恩留湾那个广告派送员开除。那个家伙已经不止一次把齐崭崭的广告整沓丢进垃圾箱！按规定是要把广告一一全部塞进到客户信报箱的。这很难吗?！她问彭景。

吃过晚饭，她让彭景按照彩页广告电话号打电话，表达买房、买床垫意向。你一定要告诉他们，是看到我们的投递广告后来咨询的。河豚说，要知道，一个版人家投入了三四万块，不能让他们觉得钱都打了水漂。彭景只好打。先咨询卖楼的，朝向啊、户型啊、学区、菜市场啊，乱问一气。然后，再打床垫电话。关心床垫弹簧。主要是问，人体卧姿的科学曲线的讲究程度，买两床可以优惠多少。

真是天生的骗子！河豚夸奖道，过几天你再帮我们打。记得要强调是看了我们的投递广告啊，咨询内容变一变就好了。

你在骗广告主。彭景说。

不算。河豚说，是他们先骗顾客。

你那破广告公司会倒。

倒了我再换一家呗。对了，这个月的房租，你就用打骗人电话顶替吧。

人家有来电显示的。再打，我会被人当骗子窝点直接给端了！

那你用什么抵房租、伙食费啊?

欠条呀。你再借我五千。我会还你。

相信一个被高利贷追杀的烂人?!河豚儿笑呵呵的，却一脸不怀好意的阴险：只怕我死了，你都还不起。

那得看你什么时候死了。彭景也破罐子破摔一副烂人嘴脸。其实，说这话的时候，彭景想到的是自己再度落网。恶性杀人加脱逃，他只会死得更快。那还真是还不起了。

十六

洪彦接到彭景电话的时候，那只断肢接回的小臂，比正常的小臂颤抖得还要厉害。这一个电话，让洪彦几乎泪水满眶。感激、害怕、担忧、焦急，猝然而至。这是出院后的第三天的晚上，父母和他的女友都在客厅看韩剧。

洪彦借故透气，走出了房间下了楼。他一直到小区中庭草坪，才给彭景打了回去。这时他已经平静了很多。彭景不在意洪彦的真心感激，他强烈关注的是洪彦说的另外一些信息。一是，何大头在竭力部署追捕，关于彭景出现在湿地公园查案发当日监控一事，何大头与众不同的分析是，嫌犯是故意的，意在解除松懈对他的通缉追捕。正常思维会认为，一个成功的在逃犯，没有必要关心当日监控，如果会关心这个，只能是冤枉的人。但是，你们不要忘了，他是谁，他是一个精明的警察，冒险走这一步棋，树立的就是冤枉形象！让我们麻痹！让我们松懈放弃！这和他在车祸现场救人的动机如出一辙！想跟老子玩心计，他还嫩了点儿!

彭景无语。他早就想过这个问题，也想到了有人可能会这么脑筋急转弯。但是，没想到，何大头就是这样看待他的。彭景无话可说，因为早已预想，所以，洪彦的话，他连应该有的惊愕、愤怒都表达不出来，倒是洪彦自己很气愤：我×！完全是疯了!

洪彦还提供了更有价值的信息。他说，李海山开到现场的那辆SUV，是他叔叔李天禄的。他叔叔是龙庭村一言九鼎村霸式的人物。那天晚上，他叔叔打完高尔夫球，被李海山临时约走的。而李海山在宴席上早退赴约，他叔叔就让他开他叔叔的车去。幽会这种事，估计李海山自然也不便用公车，便接受了叔叔的好意。

洪彦说，关键是，彭哥，我注意到，这叔侄俩很相像，尤其是背影。他们都是花白头发，很高很可笑的后脑发际线，还有那对有点魔兽感的招风尖耳朵。肩头也一样圆、有魁梧膨胀感。

你是说，他们俩背影很像？

是非、常、像！尤其是晚上，他还使用了他叔叔的车。

他叔叔叫什么？有结仇的人吗？

李天禄，人称禄爷。他不是有结仇，恐怕是仇人无数！随便问问都是天怒人怨的主儿。但是，这是非主流侦办思路，何大头根本听不进去。你多说，反而收获轻蔑。而老丁私下也跟我交换这个意见……

兄弟，谢谢你！太重要了。彭景说。

彭哥保重。

对了，还有一个问题。彭景说，案发那天晚上我跑步的回程，在疗养院附近吧，记得有个邮政银行点。如果你身体还行，有空的话，请你过去帮我查阅一下案发当日晚上的监控。他们的押运车位置上不是有探头吗？我不能确定我经过的时候是否被摄入。那个位置比较靠里，我估计我没有那么幸运，跑步的人，一般不会那么偏离正道。除非前面多人挡道。我在对向的那个二十四小时便利店里，偷查到了我自己，他们那个狗屁探头太低档，能看到我跑过，但那个身影，连我自己都辨认困难。

为什么不早说？吃那么多苦！

气晕了，大脑停摆。也被你们打傻了——不过，邮储银行这个完全没有把握，也许会让你白跑。

你让我们白跑的事哪里会少？凶器一会儿扔在这儿，一会儿藏在那儿！满城瞎折腾，连胳膊也快被你害没了。

彭景苦笑。

白跑就白跑吧，最多就是这次回来打不到你了。

彭景笑出声：哎，反正你有空再去吧，储存期有六个月，现在才过一半多。倒是李天禄的现有材料，方便马上拍给我吗？

我还在病休期，突然过去看卷，恐怕有点儿突兀。不过，你想了解什么，也许我脑子里还有。

噢，忘了你还在伤假中。李的自然情况，还有你所知道的，都说说。

李天禄，六十四岁，龙庭村村委会主任，连任两三届了。金龙工程有限公司董事长，茂田区政协委员，区企业家联谊会副主席，区明心慈善会理事。这些年，此人靠争抢工地工程发家，他们家豢养的小弟，人称银发帮。据说，选举村主任的时候，银发帮青年一部分在外围维持秩序，一部分在选举会场门口分发礼物，大礼物包里有毛毯、大米，还有候选人名单纸片。还说，金龙公司注重企业文化，弘扬中国茶道、武术，一个全国武术冠军经常过来为公司那些爱好武术的员工传授武术。

彭景阴阳怪气地嘿嘿着。

哎对了，洪彦说，茂田分局打黑大队对他肯定有印象，或者市扫黑办。因为，一直有人告他的状。

我现在还想不出茂田那边有什么兄弟是我敢托付信任的，所以，如果可能，这方面你帮我多收集材料。你的思考方向是对的。

十七

彭景从来就不信神鬼，让一个出生入死、见惯破碎人体的刑警相信鬼，是比较困难的。但是，那个晚上，彭景确实被吓了一大跳，一时之间，他感到自己真见鬼了。

其实，自从彭景的体能能够支持他起身仔细考察芭蕉屋，他就对这个地方有种不太舒服的感觉。他从小是在单位大院宿舍长大的，不习惯农居的结构、光线和气息。最不习惯的还是那些几乎环屋疯长的败破芭蕉叶。人在屋子里，你的视野边缘仿佛有宽袖女子在窗外哭天抢地。那些无人自招摇的巨大叶子，每一丛都跟有魂灵似的，尤其是深夜，婆娑弄影，天地凄楚。尽管，屋前屋侧，这些磅礴稠密的碧绿，看起来比较有遮蔽安全感。但是，瞅着芭蕉叶，不信鬼邪的彭景，心里难免凄清无着。

逃亡人的睡眠，本身就如惊弓之鸟，当院子里那个异常声音惊醒彭景的时候，他起身往窗外看，那一下子，他唰地汗毛倒竖：芭蕉丛中，一张雪白骇人的鬼脸，下面却看不见身子，仿佛就是一张死白脸，在芭蕉叶中上下游动。那脸上能看到三个漆黑的窟窿，分属眼睛和嘴巴位置。彭景屏住呼吸，在适应夜视光线后，他看到了惊悚白脸下的身影，看那身形，比他还要惶恐，因为看它移动之态，明显是慌张害怕的。这时，彭景看到远方似乎有人声喧嚣，紧跟着两个车灯似的光点往这边而来。彭景不敢看时间，怕手机的光惊动了外面的鬼影。这时，他看到那个白脸鬼忽然变出白褂子飘飘，它在芭蕉林中慢慢飘移向路边。在这个弯月如钩的山村黑夜里，那飘然的女鬼，悠悠然地站在路边一棵大龙眼树下，侧面对着来路远远的车灯，一动不动。就和彭景预料的一样，那些追到火龙果田边的小道口的摩托车，刹车声和灯光同步凝固，他们和他一样，远远看到黑夜中大树下一动不动的白色身影。只见那白衣飘飘的女鬼，慢慢转身，又往芭蕉屋步态幽浮而来。尽管彭景看到了这个奇怪的鬼的前期变化，但还是被她的步步逼近弄得心跳如鼓起来。与此同时，田边小路那边的两辆摩托车，猛然迅速地消失了。再看正走到芭蕉屋林边的女鬼，已经瘫然在地，看起来像一团灰蒙蒙的水生物瘫在那里。彭景依然不动，在窗口注视着那团东西，终于，它似乎缓过劲来，慢慢地移步小台阶，往芭蕉屋移动。受制于窗框，他渐渐看不到那东西的行进，也谛听不出什么，屋子的楼板也没有响。但彭景已经确定是人。虽然这一幕十分怪异，但彭景并没有介入的兴致。他悄然退回躺下。很意外地，在混合在蛙声和蟋蟀虫鸣声中，他隐约分辨出呻吟与哭泣声。

鬼居然哭了。彭景哑然而笑。

哭声一直没有停止，抽噎着、呻吟着，听起来凄凉而绝望。而且，并非是女声。彭景又忍了一会儿，起身悄悄开门，轻轻慢慢地走了出去。他看到，那团东西就倒在屋外的四季豆架子边。一大堆，像团灰白色的瘪了的大气球。彭景一靠近它就看清了，上端是一张儿童白纸浆面具，雪白的尖脸上，眼洞如窟。近看挺逗。看到突然出现的彭景，那人显然惊骇了，整个屁股往后挪蹭了一下，他也马上看清来者是个瘸子，危险有限。鬼没有站起来，他似乎也精疲力竭了。

彭景说，进屋喝口水吧。

那人真的起身跟彭景进了屋。他把挂在脖子上的白色长裙脱了，面具也摘了。一个小个子男人，耳朵和手腕边都是血迹。彭景给了他一瓶矿泉水。小个子男人说，鬼屋还真有人住啊。

你这是干吗？彭景指指他的行头。

小个子男人唉声叹气了一声，似乎不想多说。

这白裙子和面具哪来的？彭景忍不住地笑，也想让来者放松。

小个子男人答非所问，说，也不知他们会对我老婆、儿子怎样。

有人追打你？

小个子男人悲从中来，泪水成串地往下掉，声音却孔武有力：逼急了，我绝对不像龙尾李国豪那小子，把自己浇汽油烧死就算完了，我他妈的带煤气瓶冲进他家同归于尽！

谁？

李天禄！——你住鬼屋，不知道禄爷？就是他把这屋子里的人都变成鬼的！

这个肌肉发达的小个子男人看起来很爱哭，而且泪水真是多，还有鼻涕，看得彭景很不习惯。在他前后几拨的眼泪讲述中，彭景终于搞清楚了是怎么回事。

这对夫妻，因为恩留湾的产业园大开发，打工族越来越多，便筹借资金七十多万在村口开办了一个大超市。没想到，一年来，简直是个噩梦。李天禄是这个大村庄的土皇帝。二十世纪八九十年代，他就打砸抢横行乡里，刑满释放后，赶上开发建设好时机，他靠贿选当上了村主任。超市一开张，大橱窗就被人砸了个大窟窿。夫妻二人不知道开张要包红包先去敬拜禄爷。这是来购物的村民悄悄告诉他们的。原来这个村规矩很多，生小孩、结婚、盖房子、离婚、死人，都要给村主任家“一个意思”，表示恭敬和通报。老板娘因为一开张落地大橱窗就被砸，心里赌气，就不理睬，结果，三天两头有人来找麻烦。禄爷的二儿子手下有好多个头发染成银白色的小弟，隔一阵子，就来强卖东西。比如四个灭火器，一般合计两三百元，他们要卖给超市一个就四百五；小夫妻开始不知道这些银发小弟的厉害，拒绝。马上超市就断电了，他们直接剪了电线。没有灯，超市一片黑暗，顾客惊叫四起，胆大心贪的就顺走东西。报警后，警察来了，做了笔录，也不了了之。而且，银发小弟公开进店连续失手打坏商品。小夫妻只好认尿了，乖乖买下四个灭火器。不久，他们来推销生长期就印有“中秋”两字的苹果，一个苹果九十九块，逼迫超市买下五十个。小夫妻说，这根本卖不出去啊！不管。不买是吗？七八个银发青少年就在超市门口舞刀弄棍，堵住收银台，打骂吓唬顾客。超市没辙，只好讨价还价，买下四十个“中秋”苹果。

开张半年后的一天，这帮银发小弟突然强行往超市里搬赌博机。超市夫妻大怒，坚决不干。在推阻中，超市保安被他们打断了胳膊。超市的门面窗户、小夫妻的汽车玻璃全部被砸烂，而且，电线再次被剪断，营业无法进行。小夫妻被迫找房东，考虑交付违约金终止租赁协议，撤出超市，没想到，禄爷的二儿子警告房东，如果敢退还租金，让超市撤走，就一把火烧了他们家的房子。房东吓得哀求超市夫妻千万别撤，因为李家真敢烧。小个子男人转告彭景，这个芭蕉屋，上面那栋新楼，就是多年前一个大年三十晚上，被禄爷的人烧了，里面的老人和孩子都活活烧死了。说经常的，初一、十五都有孩子的哭声，也有大人的煮饭、打骂孩子的声音。

没有报警？

报什么警啊，又没有证据，村安全员说，是他们家人用火盆不小心，自己烧起来的。实际上谁都知道，禄爷早就要报复他家，因为芭蕉屋的男主人把禄爷的哥哥打死了。虽然这芭蕉屋的男主人陈某也被枪毙了，但是李家这边气没有消，听说，还没有执行死刑，芭蕉屋剩下的家人已经被打得四处逃散，不敢回来。说是李家天天都有人冲过来，不见人就棍子砸、长刀劈，电视、风扇、耕牛、稻谷、锅灶、水缸、碗筷，统统被抢光砸光。天花板也被捅烂了。后来是家里的老人因为八十多岁了，实在过不了漂泊躲藏的日子，也想大过年的，仇家不至于还来打闹，这样，就带着幼小的孙子孙女回来试住，没想到，大年三十就被人烧死了。不过，这是十年前的事了。反正这芭蕉屋就成了鬼屋。那一家人再也没敢回来。

今天晚上发生了什么事，你要装鬼逃跑？

上周，他们硬装在我们超市里的五六架赌博机，被警察没收了。没想到，那些银发小弟竟然要超市赔偿他两万一。简直是疯了，这和我们有什么关系？！运行了几个月，钱都是他们赚走，而我们本来就不让他们进来，怎么警察查处了，倒还要我们赔?！——这太没天理了！

我说没有钱，他们就天天来店里捣乱，乱砸乱拿东西，逼我们交钱。今天下午给我下最后通牒，说今天晚上再不拿到钱，就让我下半辈子坐轮椅。我老婆说报警，但村民都说报警没用。我想不然再借点钱，赔他们几千块。我老婆不肯，说你越软他们越欺负你！晚上，我们一直紧张到快十一点了。我还想他们是不是随便说的，但我老婆觉得他们会来。临睡，她把她的结婚长裙子和儿子玩的白面具塞我包里，说，万一他们真的来闹，你赶紧骑电动车逃，跑不掉就躲进芭蕉屋装鬼。村里人说，这帮孽种不怕警察，就怕那里。等天亮后就直接去报警。她说，谅他们不敢对女人孩子怎么样。结果，我刚睡下，超市卷帘门就被人砸得哐哐响，我儿子吓得哇哇大哭，那些银发小弟醉醺醺地拼命踢门叫嚣，超市的卷帘门被踹得非常恐怖。我从后门逃走。骑车的时候，翻到沟渠里，腿和腰部都摔伤了。我只好摸黑往芭蕉屋拼命赶。

李天禄不管他儿子吗?

他?来人惊呼，就是他纵容的啊！不然小弟跟李家混有什么好处?！要不然银发帮威风什么?！禄爷就是真正的黑帮老大！别看他现在当村领导、什么会长之类，他骨子里就是流氓头子！这些小弟是他的武器。抢选举权，垄断控制重点工程项目的土方、石材，打压外村势力，欺压村民，没有打手怎么行?尤其是抢工地，就跟抢钱一样，谁的小弟多，谁说话就有分量，谁就有钱！那些核心小弟都住在他们家的旧房子里，平时听说没什么工资，但一打架就有奖金，过年过节还有红包拿。这些小弟在整个恩留湾都很吓人，只要你说银发小弟，都知道是禄爷的人。谁都惹不起啊。有个啤酒贩子，糊里糊涂把啤酒卖到石廊村和高福巷村，听说那里已是李家银发帮的地盘，吓得连夜去把啤酒一家一家通通追了回来。

小个子男人说，从禄爷家大门口出来的三五十米的路两边，谁也不敢停车。只要禄爷和他儿子女儿看到有人妨碍他们车进出，二话不说，直接用白蜡棍砸车。一辆辆砸过去，砸！你有本事，他家赔你，你没本事，砸你活该！

他到底有多少小弟?

不清楚。听说他两个儿子手下，有什么天王、金刚、罗汉啊，反正小弟一级带一级，树根一样，势力很大。重阳节的时候，我看过那些年轻人给村里的老人们表演节目，台上台下，到处都是银头发。然后台上的小银发给台下的老银发递送李家给的重阳节礼物。看起来心里怪怪的——这个地方太可怕了。

你准备天亮去报警吗？

——唉，其实报也没用。听说管我们这边的片警，在金龙公司都有股份。再说，我们又是外乡人，无权无势无根基。你想，龙尾李家市里还有人，都斗不过他。如果能告赢，李国豪用得着浇汽油把自己烧死吗？

这是怎么回事？

听说两家本来有旧仇。因为，龙尾李家市里有人，把禄爷抢走的几十亩虾池，逼着退还出来。这是禄爷唯一一次打不过的人家。后来，龙尾李家孩子车祸，撞死了禄爷亲戚，开车的孩子差点儿被禄爷的人当场活埋。后来，听说，他们家奶奶的坟都被禄爷手下给挖空了。烧死人的事更是非常可怕，听说是李国豪因为虾池经营不利，用四十亩虾池抵押，向人贷了款。没想到这背后的真正的老板，是李天禄家。李国豪兄弟经营不利，一时无法扭转败局，资金周转非常困难，他借那高利贷，利息一天就要还三千多！这只是利息啊！还不了，那帮银发小弟就天天上门逼债。而禄爷的女儿李宝船，听说早就看中李国豪。出事那天下午，李宝船约李国豪，两人和一大帮人一起喝酒唱歌，李宝船说她可以帮忙解决，条件是李国豪娶她。李国豪的脾气和他死去的奶奶一样坏，根本不吃这一套。这里，有人说，李宝船给李国豪下了药，有的说就是他酒醉不醒了。这样，李宝船就在李国豪胸口上文了一艘船，意思是她就在李国豪胸口上。李国豪醒来一看，火冒三丈，提着汽油就冲到李天禄家，当着李宝船的面，把汽油哗哗浇到胸口上，然后一把火点燃了。

死了？

能不死吗？有人说他就是自杀，还不起高利贷了，以命结账，不拖累家人；有人说是喝醉了，本来只想烧掉胸口上的宝船文身。他父亲李英国一气之下，病倒了，好像说是肝癌了。

什么时候的事？

三四个月前吧。以前，他们兄弟俩会来我们超市买东西，都非常帅、非常礼貌、非常聪明。我老婆一直说他们完全不像海边农民。

他们家里还剩谁？

听说只有一个哥哥是健全人，叫李国威。反正这一家人很惨。村里人都说他们奶奶被禄爷家掘坟了，坟墓是空的；爷爷痴呆了，一个堂兄弟与禄爷结仇，被人打死在狱中；大伯李美国瘫痪、大婶自杀；现在，李国豪烧死自己，他父亲又重病住院，这个家已经完了。哦，他们还有个城里亲戚，有点儿权势，但听说搞不过禄爷势力，现在好像也不管乡下亲戚的事了。

你报警的时候，警察不相信怎么办？

不相信？不相信来看啊！我有好多个村民的送货电话，再不信，他们自己去问好了。不过，他们要说自己是警察，恐怕村里人谁也不敢说真话。

我在市里打黑办有个老乡，要不你把电话给我吧。我帮你问问，看他们知不知道龙庭村的事。

肯定知道！谁都知道银发帮就是黑社会！禄爷就是黑老大！

超市老板冲动之下，给了彭景好几个电话，包括他自己的。不过，给完他马上后悔了，说，哎，这些人都是被禄爷欺负过的本地人，好几个人的腿和手都是打断接起来的，有两个人甚至都从禄爷儿子胯下爬过的，我是说，他们都能忍啊。我是不是……

小个子男人看彭景瞪着他，嗫嚅着说，我老婆、儿子，我的超市，还在村里。哎……你让你老乡，千万千万别说是我给的电话啊！

十八

如果李海山是做了替死鬼，那么，杀人者的显影，就有了另一种方向。李天禄结仇的人太多，梳理起来很麻烦，但肯定会有结果，只是需要比较大量的走访调查，需要人力与时间。彭景没有这个优势。他集中精力在目击者证词和湿地公园监控探头画面上思考。根据洪彦的记忆，那帮赏月的文艺青年中的那个撒尿目击者的两次陈述，一次说，看见的骑行者，手上没有东西；一次说，手上好像有报纸包裹的东西。最稳定的部分是：一个全副武装的骑行者，往石坝方向而去。头盔、骑行面巾、夜视镜。看不清面目。他步伐轻捷，一看就是户外运动人的矫健。——看不出男女吗？在警察的追问下，文艺男说，男的……呃，我感觉是男的，我看不清………我从来没有想到是女的。应该，当然是男人吧。——多高？正常男人高度吧，步伐很敏捷洒脱，我不知道，我在桥下低处方便，他在高处，至少，呃……一米七三四吧。

如果此人是凶手，他是骑车进大门的？不一定，彭景知道，天枢山有条土路，也可以骑过来，骑到佛光寺下的天枢山脚下，连接着湿地公园后区。在湿地公园前区大门口彭景看到的监控录像里，倒是进出都有骑行者，三三两两，也有人落单。大都是拉风惹眼的骑行服，个个是正常偏瘦体形，短时间，尤其是晚上，真是男女莫辨。但彭景还是放不下大门口缩退、远离监控探头范围的那辆车。他觉得疑惑。也是直觉吧，这车可疑。如果仇杀成立，那么跟踪一辆宝马SUV，骑行者是不可能完成的，只能是汽车。彭景心里还是放弃了骑行者。

这辆看不清车号和驾驶人的嫌疑车，在监控里只能大致看出是一辆银灰色的大众宝来。宝来车太普通了，河豚的车不就是银灰宝来？小鹿当时也差点儿买宝来，要不是一个学生家长在卖马自达，积极表示可以多打折，她买的就是宝来。但这可疑的线索很难推展，除非请洪彦帮忙调沿途监控。如果宝来跟踪宝马的时间足够长，在沿途某个监控点，留下相对清晰的画面是完全有可能的。如果看清前后车牌号，查出车主就简单了。问题在于，在湿地公园大门口，它和案主的SUV又断了跟踪，这种无以为继的线索，洪彦、戴忆果都不会理睬他。

彭景在苦思冥想中，去接了一电水壶的水。水壶边，他看到了河豚的车钥匙。最近至少有三次，彭景没有看到她开车走。之前他有问过，她每次的解释不一，有时说是留给你被讨债时逃难用，有次直接说，没钱加油了。而且，还特别加了一句，养你，我现在负担太重了。彭景觉得第一个理由比较真。第二个理由，他不当一回事。因为，他已经确定这个女孩儿出手阔绰。冰箱里大都是进口食品，荷兰奶粉啊，新西兰奇异果啊，美国花生酱蓝莓酱啊，澳洲雪花牛肉啊。看来广告行业真是暴利。他也再次感到这个对自己毫不设防的女孩儿的任性与天真。要是家里知道她竟然收养一个来路不清的男人，那绝对要地震翻天的。

中午的村庄，在阳光下寂静。彭景在窗上看着河豚的银灰色宝来屁股露在太阳暴晒中，突然有了下去看看的冲动。他坐进了车里。车里闷热，一如既往的整洁干净，最特别的依然是里面浓郁的米兰清香，这就是每天傍晚，河豚回来裹挟而来的好闻香气，像是沐浴过后的芬芳。几次之后，彭景才断定是米兰的香味。分局院子里有很多片米兰，彭景办公室窗外，也有一小片。阳光越炽烈，那些小米粒般的花儿，就香味越蒸腾，但是，再浓郁，它也是清透的，就像一阵风。它从来不会包裹纠缠人。

车里太热了，彭景推开门，但是，鬼使神差，出来的他，又拉开了后座的车门。他仔细打量着后座，眼睛停留在刚才他在驾驶座扭头看到的一个小疙瘩——在后排中座位安全带扣眼边的椅缝里，露有一个微小的暗蓝点。彭景把那个暗蓝点抠出来，很像图钉，比分币略小，像个塑料蓝图钉。他拿在手上转，不明白这是什么。最后，彭景打开了后备厢。宝来后备厢不大，一个大纸包，放在一个透明提袋里，提袋印着“空调毯”字迹。塑料提袋下是一个折叠的自行车。旁边还有一大盒旧CD片，角落里还扒拉出几个小红木盒。一看就是扔在后备厢里基本忘记的物品，彭景把它们打开，居然是很通透的缅甸玉镯，里面有标价签一万两千多。再看深处，还有一个黑金色小长盒子，盒子看上去像小鹿化妆台摆放那些精华露之类的东西，彭景随手拿过，才发现里面是空的。彭景仔细辨认，titleist boll in golf，高尔夫球？她那个室友的物品？还有一把超级大的黑伞，一个钢质的宽檐帽子。彭景把它理解成奇怪的太阳帽。彭景还是打开了空调毯透明提袋里面的纸张包装物，是两件黑色的海青。海青是僧俗二众礼佛时穿的宽袍礼服。彭景苦笑。海青折叠得很整齐。这么多天了，她居然都还没有去还给佛光寺。那天，不是法师给了这两件海青，他们两个绝对不可能逃离湿地公园的关卡。

彭景回到芭蕉屋。

煮了两包方便面，照例打入两个鸡蛋。他吃腻的时候，还可以吃河豚在超市里买的早餐馒头、饺子之类的速冻食品，她也教他怎么用微波炉煎牛排。彭景说，我不吃牛肉。还有一大包冲饮汤类，鸡肉汤、玉米浓汤，等等。短暂的午休之后，彭景又掏出那个足迹模型。

陌生的男人是豆包先发现的，它毫无声息地就扑了出去。豆包的激烈身影，把彭景吓了一大跳。他急忙把足迹模型藏进床下，与此同时，他听到外面人极力克制的喊叫和躲脚闪避的动静，那人喊的是，小河！彭景走了出去，喝住也叫小河的豆包。院子里，芭蕉树阴影边，一个非常高大帅气的男人，正被豆包逼进芭蕉林。看到彭景，他似乎并不吃惊。豆包退回彭景身边。那个男人弯腰把掉在地上的一包东西捡起来，说，我给我妹妹送点儿东西。

他并不看彭景，径直进了屋，并一路保持着防范豆包的姿态，不时看着豆包。彭景跟着回屋，看他熟稔地打开冰箱冷冻层，把一个大塑料盒塞进去。彭景以为这个男人会注意他，会问些什么，但是，他不仅没有，而且似乎尽量避开彭景的目光。这让彭景觉得，他完全知道他的存在，甚至对他的情况早就很清楚。但是，彭景又能感觉到来人心里似乎有事儿。

你坐吧。彭景说。

男人迟疑着，看着窗外，又看自己的皮凉鞋尖，轻轻摩擦整治着一块并不存在的鞋底疙瘩。彭景有点儿尴尬。这个男人第一眼看起来很帅气阳光，可是，多看一眼，就能感觉到他有一种羞怯惶然的委顿感，就像做不来考题、交卷铃声就要响起的沮丧孩子。这个神情，又让他呈现出伤悲的女性气质。真是毁了这一身大好的阳刚帅气。

彭景说，你是河豚哥哥？

彭景突然想到河豚小时候怎么都数不到一百的狼狈可笑。这是拯救她的哪一位哥哥呢？好像她只剩一个哥哥了吧。来人并不回答他的疑问，潦草地看了一眼彭景，那目光就像风一样，滑过彭景的眼睛。男人说，你要住这儿多久？

这个问题很棒，彭景觉得，这就像一个疼爱任性妹妹的哥哥应该关注的问题。这个问题，让彭景明白，来人的怪异，不过就是妹妹已经告诉了哥哥自己荒唐的一切，而哥哥反对妹妹这样对待一个莫名其妙的逃债男人。

彭景讨好地说，很快……

彭景在回答自己将“很快离去”之时，忽然感受到什么撞击到自己心房，有点模糊却坚韧尖细。他碰触到了他始终忽略或下意识回避的情感结晶。现在，出于本能的生存策略，他很乐意给那个帅气哥哥一个爱的错觉，而这样猝不及防的仓促应对，他蓦然检视到自己心里沉着对河豚复杂的、无形的情感铁锚。他更加认为来人是在确认或鼓励那种早离早散的切割，这也让他些微不自在，甚至有点儿像被人看破奸情，或仿佛自己在拐骗幼女。一下子，彭景也无法直视来人了。但他获得了另一种与他真实身份无关的轻松。

来人轮流看着窗外芭蕉和自己的鞋尖。他并不走，却又不再说什么。彭景说，我不会伤害她，我会很珍惜的。来人抬眼看了彭景一眼，目光再次如风滑过。彭景尴尬至极，说，你们姓何吗？我是说，她为什么叫河豚？

你见过河豚吗？

彭景说，呃，在汤里面见过。冒死吃过河豚一两次。

河豚很可爱。它生气害怕的时候，危险的时候，想自我保护的时候，它就鼓胖壮大自己的身子，就像气球一样。它只是想让敌人住手。如果你不吃它，它就没有毒。

啊，哦。彭景说。

两人又无话可说了。彭景心里想我的天，他为什么还不走呢？

你从哪里来？彭景又找到一个话题。

她不接我电话。来人依然没有回答彭景的意思，他说，麻烦你转告她，我们对她很担心。请她……请你一定告诉她，还是保重吧。

彭景说，我知道，我一定。我们只是……那个，我是说，彭景说着发现来人已经直起身子，对于彭景的表白，他含混地点头，潦草地表示了理解。转身他已经走出了屋子。彭景到窗口，目送那个高大帅气的男人，走出院子拐上阳光炽烈的土路，恹恹地走向一辆皮卡车。

摸不着头脑。完全摸不着头脑。彭景回到桌前，想来想去还是觉得自己面目可憎。也许，河豚家里已经吵翻了，做哥哥的，就是来看一眼这个混账的同居男人的。如果是自己的妹妹，莫名其妙地跟来路不明的男人同居，做哥哥的、做父母的会怎么想呢？只会比这个好哥哥更尴尬、更恼火、更愤怒。

不过，彭景还是觉得哪里不对劲儿。

彭景走到冰箱前，打开冰箱。他把来人塞进去的盒子掏出来，打开外面的塑料袋，里面是个盖子不太合拢的大号白餐盒，再打开，里面装满了软壳虾，至少两斤。彭景把它盖上，突然，他看到了白色塑料袋上有一行油性粗笔写的字：虾蟹硬壳宝，李国×。之后是一串手机号码。彭景把塑料袋拿出来，细看袋子，塑料袋来自“永旺”水产药业，一行广告手写字体字：您值得信赖的水产药专家。照着光线，他仔细辨认失却的笔画，隐约好像是“豪”字。字的上半部分被磨损了，看不清楚，但是下半部分肯定错不了，要不就是李国家？应该没有人这么起名字。

国豪，李国豪，这个名字有点儿熟啊。

十九

否极泰来是有道理的。李天禄算是交了好运。禄爷一宽心，看李海山的狐狸脸老婆都顺眼了，亲自去看望她，还随手发放了够分量的福利。禄爷在李海山的牌位前告诉侄儿，说，感谢你最后的帮助，现在，老林和他关系处得越来越不错，老林其实也没有别的爱好，工作之余打点儿球，调剂调剂。他的秘书小马说，老林最欣赏我的是义气、嘴严。你放心好了，我不会轻易给领导添麻烦的，只要这个关系在，我们就有真正的靠山。这点儿钱，值得花。

高尔夫，李天禄过去打得少，也不是很用心，一般都是赌友联系好了场次，他就去了。球童好坏他也不太上心，打不好发脾气就换球童。因为无论政企地位、社会关系还是球技，禄爷都是属于阳光高尔夫进出人物中层次偏低的。好球童基本接触不到，也就是说，他根本不懂，懂也预约不到A级里的好球童。而好球童不想伺候你，就是有空，也会说有人预约了。

李海山死之前，李天禄大概有两三次是跟汪李婳同组的，因为有个火锅城老板，特别能缠磨汪李婳下场。不过，李海山死的那天，汪李婳直接做了禄爷的球童。当时，汪李婳刚刚结束两场球，回到出发台。她的第一场约球是清晨六点多，两个打九洞的客人，这都是过把瘾就赶去上班的老总们；第二场是十八洞的。九点半下的场。两点左右结束，汪李婳刚刚回到出发服务台，李天禄和几个朋友进来了。总台以为汪李婳不会同意再接，连着两场，球童今天至少步行了四十公里，精疲力竭了，也挣够了。没想到，汪李婳一个点头，她同意了。喜出望外的总台经理对客人们热烈感叹小汪的辛苦、技术、服务品质，夸她的抢手。事实上，汪李婳也确实几乎没有随机派单的，都是被客人预约点场的。正是因为这样，她才有超越一般球童的高收入。总台夸得汪李婳恶心，是对救场的感激，也显然让客人获得了天上掉馅饼的莫大欢心。李天禄对汪李婳的感觉不错，正如台湾客人评价她，这球童一脸霸道气质，笑起来的时候，美得简直令人感激涕零。李天禄看着她难得的笑，心里确实舒展。

李海山死后，李天禄带领三个“钦定”台湾客人下场的那次，汪李婳也非常给面子。但那天，李天禄很丢人，居然紧张到“挥杆麻痹症”。他不确定自己选的杆对不对，风向判断是否可靠，对方向也没有把握，他的胳膊、肩膀、颈部，甚至全身都僵硬了。作为一个市领导的黑暗使者，不知不觉间，他似乎也感到“招商引资匹夫有责”的莫名压力。他想台湾客人可能正在暗暗笑话他的土气。他的球童一直提醒他：松弛点儿！握杆放松放松！禄爷一头大汗。汪李婳走过来，把他的杆轻轻拿掉，示意他按基本站位，弯腰，让两只胳膊自然垂放于身体前面，然后，跟着她摆动两只胳膊做弯腰拍掌动作。重复了几次，她让禄爷仔细感受自己胳膊的重量。渐渐地，李天禄的胳膊和肩膀悬挂的紧张感消失了。

好了，没事了。汪李婳说，身体越放松，杆头速度才越大。

乒乓球爱好者的市领导老林，下场两次，就让大家看到了他的高尔夫球天赋。只是他下场，好像行窃似的有点心虚，不事张扬。他从来不和市里那些大企业界、名流界人士球手入场。他总是安静地和禄爷有时一起来练个早球，晚上没有应酬，也会悄悄和李天禄过来，进入VIP包间连接的发球台，练个晚球就走。他总是避开人多时段。虽然下场，但他的水平，基本不能叫打球，只能算实战演练。虽然悟性高，但想成为一个真正的高球手，绝对需要再花下大把时间。老林似乎还特别乐意球童汪李婳跟随。老林喜欢汪球童，禄爷自然热情相让，自己只能另请其他球童。但是，说起来汪李婳对禄爷还真是不薄，有一天，禄爷低劣的随挥动作，居然把自己旋进了沙坑里。他记得，老林做了个夸张友善的目瞪口呆表情，禄爷感到丢脸至极。在老林面前，李天禄虽然殷勤有加，但他还是有意无意以老手自居的。当时，禄爷的球童咬着嘴笑，从沙坑里把他拉起，汪李婳随口说了一句，你重心过度移向脚踝的外侧，破坏了平衡性，挥杆路径就乱了。禄爷说，有空你指导我啊。汪李婳点头一笑。禄爷有微妙苦衷的，和老林一起来，汪李婳如果有空，绝对的、当然的、她必须是老林的球童。没他的份儿。尽管小费都是禄爷出的。所以，禄爷根本就没有机会跟汪李婳长进球艺。

禄爷没有想到，汪李婳言而有信。有一天，老林出差回来，想悄悄放松一下。李天禄提前一日，约汪李婳打球。汪李婳说，已经有人约了。周末客人太多了。没想到汪李婳随后打来电话，补偿似的说，你真想打好球，想学好标准的"随挥收杆"动作，我帮你试试。早上六点的早场，我会比较有空，要是你一个人就来打九洞吧，那时客人也少，我可以一路教你，包括你的一直克服不了的过早地把杆头拉向里侧。或者，我推荐你去找我的老师，他在练习场当总教练。

不不，李天禄说，你教，你指导我。

那到时再约吧。汪李婳说，反正我只有早场比较有空哟。

二十

戴忆果回复彭景，他询问的电话号码，曾经属于一个叫李国豪的人。家住恩留湾龙庭村龙尾后社，因使用人在今年四月起就欠费而停机。

彭景暗暗吃惊。这个李国豪，不就是超市老板所说的，不慎借到李天禄家高利贷的倒霉蛋，因为不愿以身抵债，直接把自己烧死在李家门口的人？这样就可以推断，送软壳虾的男人，就是河豚大哥哥，烧死自己的人，就是河豚的小哥哥。彭景隐约记得，当时从昏睡中醒来，他接受河豚盘问时，说自己是高利贷逃债人，那个女孩儿就告诉他，她的一个朋友因为高利贷把自己烧死了。也就是说，河豚一开始就告诉了他一个惨烈的故事标题。

这家人是李天禄的首要仇人吗？那个高大帅气的男人是凶手？回忆那个家伙的样子，那种不对劲不踏实的感觉又冒出来了。是，他几乎不正眼和彭景交流，如果他带着对糊涂妹妹的同居者兴师问罪的心，应该是咄咄逼人的才合理。事实上，他更像是心事重重的人，他对妹妹的浑蛋同居男人，完全没有应该的敌意审视，没有激烈的怒气。他似乎来之前，就处理好了这种相遇的情绪波澜；他是平静的、理性的，是的，他也从来没有回答过彭景的任何问题。他对彭景没有任何好奇心、剖视欲。这是反常的。

那么，这样一个男人，真的是复仇者？他心里有鬼？他真的可以用角钢连续劈杀两个人吗？也不太像啊，彭景有点儿困惑。那个男人靠在门边、眼光像风一样滑过彭景的样子，就像一个粉饰怯生感的少年，还有一种深深的疲惫，没错，是息事宁人的疲惫无力感。

河豚是次日晚上天黑后回来的，带来三份据说很有名的"找婆冬粉鸭"。还有一提啤酒。显然，她早知道有人给她送了软壳虾，所以，一进屋，就掏出了携带的各色调味品，然后把冰箱的虾拿出来，直接放进微波炉解冻。彭景说，一次吃不了那么多吧。她说，剩了你明天还可以吃啊。会非常好吃的！所以，很可能我们一点儿都剩不下。

未必，我的牙有点儿发软。彭景说。

河豚带来的调味品有面粉、二锅头、孜然粉、生抽和糖。她把解冻后的虾放进大玻璃碗中，然后投料腌渍，最后是鸡蛋面粉汁。河豚边忙边说，会把你吃呆的！非常非常好吃！不过，微波炉效果不如煤气明火，那种油锅，烧热后，虾一下去，三秒钟，那股酥香气就冲天啦。

彭景说，你大哥很帅。

对。我外公外婆一家，井水好，祖祖辈辈都是人间一流的帅哥美女。

你二哥大你几岁？

二哥？我大哥跟你说什么了？

你也告诉过我，他被高利贷逼死了。

河豚抬头看了彭景一眼，低头拌虾。玻璃大碗还是小，两只软塌塌的虾相继滑了出来。彭景帮她捡进去，一颗水珠滴在玻璃碗上。两人都僵了一下，随即，另一颗水滴掉了下来。彭景不忍看她。河豚说，这大玻璃碗是拌沙拉的……

声音是平稳的，但是，又有两颗大泪珠掉进玻璃碗中。

彭景起身，抱住了她：

别……再哭，就太咸了。

河豚放声大哭。

彭景一直抱着她。

这一顿号啕恸哭，让河豚像浴后的婴儿，所有的头发都后掠，小麦色的肌肤上，闪动着美丽年华的光泽。洗过脸的河豚，除了鼻尖还有点儿发红，她已经若无其事。她始终什么也没有说，又开始忙碌美食。拌透腌制好的软壳虾，被她分三份放进微波炉中。她说，如果你觉得好吃，想自己做，要记住呀，二锅头要最后倒，高火五分钟！

要那么多眼泪，我做不了。我天生不会哭。

彭景揶揄了一句，也是想继续捡起话题，但河豚狠狠地瞪了他一眼。

微波炉酥炸软壳虾，还没有“叮”地灭灯开门，就整个屋子异香扑鼻。彭景的肚子咕咕直叫，我的天哪，他说，真的太想吃了！

两人喝着啤酒，吃着软壳虾。找婆冬粉鸭也非常鲜美。彭景感叹，的确是人间美食啊！如果这个时候，逼债的人突然冲出来，我一定请他们让我吃完这些虾，要杀要剐随便吧。河豚说，你这话，我外婆最爱听了。不过，如果真的讨债的人来了，只要我在，你一定死不了。

为什么?!

因为，河豚狡狯地笑了，因为我会拼死保护你！因为我和我外婆一样，会做最好吃的酥炸软壳虾!

你妈会吗?

不会。

你平时和哥哥们在一起多，还是和爸妈在一起多?

我和我自己在一起。

为什么不和爸妈在一起呢?

因为我讨厌自私的人。

自私?

我告诉你，瘸子，越有钱越有势的人，越自私！他们害怕失去，他们害怕更大的权势，他们见死不救，有难不帮，就是害怕失去一点点屁大的东西。

彭景咬到了裂牙，口腔的疼痛闪电，让他一下捂住腮帮。

蛀牙?

彭景含糊点头：让你买牙线，你又老忘。

啊，明天！河豚笑，小时候，我一个同学妈妈当牙医。她说，牙医能挣很多钱。因为我们每个人，只有一个头、一套内脏。眼睛耳朵手脚也才两份。可是，牙齿就多了，整一个牙齿，就收一笔钱，一口牙可以挣它几十笔啊。我想，我就当牙医吧，钱多，除恶，又干净。只要不把好牙齿当坏牙齿拔掉，就不会出问题。

彭景缓过劲了，笑道，是啊，总比做骗人的广告商好。

那是当然。做一个拔除坏牙的人，是高尚的。

这和高尚有什么关系?

看来，你的牙齿没有坏透。

好吧。不说你的童年梦了，说说你大哥吧。我觉得他很担心你。

我等下就去找他。

我陪你去吧。

你是想找死，还是找打？

龙庭村我去过。

谁说我要去那地方了？嘿，芭蕉壮士呢。河豚眯眼似笑非笑，海鲜果然壮阳啊。

临出门，河豚再度转身说，瘸子，要不要给你带点儿牙痛药？

彭景摇头。河豚咕哝着，也是，你吃了那么多。

到了院子里，河豚在下面小声喊：喂，瘸子，牙医要是把你的好牙当蛀牙拔了，他其实会很难过的。

二十一

洪彦给彭景回电话说，他让他看的那个暗蓝色塑料袋“图钉”，已经查明，是打高尔夫球的用品：mark——球手在攻上果岭后，用马克把球位标示住，才可以把球拿离地面。这有利于避免妨碍他球的进洞线，也可以进行清理球上所黏附的杂物。

——高尔夫用品？——高尔夫？

到底还是陌生领域。彭景开始翻书。河豚的前同居人遗留下一些相关书籍与旧杂志，其实之前，因为无聊，他也随意翻阅浏览过，但现在，他觉得需要深入了解高尔夫了。连续几天，彭景都在阅读芭蕉屋里的高球类书籍杂志，虽然完全是纸上谈兵，读得云来雾去，但至少，他比过去了解了高尔夫的世界。

几天后，彭景在电话里问戴忆果，如果我当时是用地上随手捡起的角钢，那么，死者创面会有点儿锈迹什么的微量物吗？

我没有找到。戴忆果说。我也从来就没有肯定致伤物是角钢。

我想问你，如果凶器是高尔夫球杆呢？它的杆头是金属的。

我想想……戴忆果静默了一会儿说，我没玩过高尔夫，也没有近距离看过球杆。现在，我脑子里，只有一点过往广告图片和影像的淡漠模糊印记。它的杆头杆身好像有个角度，豆瓣似的吧？嗯，如果是这样，我想创口边缘体现的致伤物作用面的特征，可能会更合理一些。你给我一两天时间吧。我研究一下。

大吃了一顿酥炸软壳虾后，连续多日，河豚都不见影踪。连人带车都不见了，有时就是发个短信，让彭景自己煮点儿冻饺子吃。她说他们的一个户外灯箱广告，涉嫌违反广告法，正在哀求工商管理部门手下留情处罚从轻；还有一家大的广告公司，准备和他们谈合作，也可能就是兼并或者出卖，所以，算账、吃请、谈判，很忙乱。

此时，彭景很想见到她。在芭蕉屋住了这么久，彭景第一次给河豚打电话：

微波炉坏了，我不能天天开水泡面啊。

河豚说，克服一下下。

哎，这么包养人不对吧？

嘿，好好吃吧，以后你会想念鬼屋泡面的。

叫不回来，彭景也没辙。除了细读高球书，他开始更加仔细地在芭蕉屋搜索，包括爬上那个蜘蛛网尘封的阁楼。他在厨房破败的碗柜边的一个旧纸箱里，找到了两双满是灰尘的鞋子，其中一双是匡威球鞋，二十三码的样子，还有一双是高跟鞋，很新，也是二十三码，看上去比球鞋短。是河豚的吗？彭景感觉码数短了，一比对，果然比戴忆果的足迹模型短。他小心把它们放回去。他在转悠中意外看到遥控器可用电池，把它装进落满灰尘的电视遥控器里。电视依然无法开机，他试了试，按遥控上的电源键，使电视机转为待机状态，然后再按了遥控器上的待机键。电视恢复正常了。显示屏一显影，画面就是高尔夫赛的频道。如果是过去，彭景肯定换频道，但是现在，他津津有味地看了起来。

转播的是二〇一〇年莱德杯高尔夫球对抗赛。仓促储备起的知识点，已经让彭景明白，这是每两年举行一次的国际高尔夫球顶级赛事，是美国队与欧洲队的高手对抗赛。确实精彩，引人入胜。

两天后的晚上，戴忆果打来电话。她说，我的分析不一定靠谱。因为我毫无高尔夫实际经验，我只是在两个打球的朋友帮助下，用瓜类物做了一些试验。也不是很有把握。现在我只能就录像和照片、文字、行家意见及粗糙试验得出的研究资料告诉你。你不用太当一回事。根据其创缘、创角以及创腔、创壁特征，相比角钢，我更倾向于你是用高尔夫球杆实施了打击。也就是说，致伤物是高尔夫球杆可能会更合理些。此外，顺便告诉你一些资讯：泰格·伍兹的击球，在球离开球杆那一瞬间的速度为每秒八十米，你当然没有这么专业的力道。高球行家介绍说，高球杆的杀伤力非常大，一个好的球手，他调度的是身体的核心力量，是靠腰腹力量产生的离心力挥杆的。我们还按老虎的例子，球杆质量远大于球的质量，球杆最末端运动线速度为40 m/s，根据物理老师教我们的，假设老虎的开球一号木杆1.15米，臂长0.65米，球杆重0.5公斤，则球杆的平均运动速度为32.5 m/s，球杆动能为（$0.5×32.5^2$）/2=264焦耳。相当于一公斤的东西，从26.4 m的高度掉下来砸到人——开瓢容易啊。

好吧。结论？

我倾向于——你使用的是高尔夫铁杆。

彭景说，那个你念念不忘的足迹模型，是在尸体的什么位置？

不是发你位置图了吗？

这个位置，忆果，够高尔夫球杆的挥击吗？

当然。够，很够。

球手右脚蹬地，能够加快挥杆速度。我觉得，你刚才的高球研究，让我更确定了足迹顺时针的轻微“拧痕”是怎么形成的。

嘿嘿。戴忆果干笑。

你在想什么？

如果错了，是不是算我带你跑偏的？

如果对了，你要知道知音难遇。

二十二

汪李婳这一周非常忙。因为“阳光国际女子高尔夫赛”，世界一百多名女子顶尖高手参赛，总奖金为二十五万欧元。虽然国际大赛赛时为周五到周日，但大赛的前三天，就有进行高校互动、职业业余配对赛等配套活动与赛事，因此，球场上上下下一片忙碌。有了汪李婳的承诺，李天禄已经两次打她电话，单约早球，都没有成功，搞得李天禄郁闷失落。所以，周日国际赛事一结束，汪李婳用轮休期处理了比较急的事务，周二上午就回复了李天禄，说周三可以打早球。李天禄喜出望外。周二傍晚，汪李婳又来电，说看天气预报明天有雨，要不要改期？不要！李天禄说，一点儿小雨算什么?!

汪李婳把周二完整地留给了自己。她把车子开到天枢山脚下，然后背着一个大双肩包，进了山门。山门通往大殿的青砖大道上，有三五成群、三三两两的信徒与游客在错落行走；而山门往左是山。古木临照下，有一条上行于巨石苍苍、杂树掩映的石阶小道，汪李婳三步两步地往上跳跑。近山顶处，她来到一块巨大的、斜披于山崖上的、状若斜屋顶的整石前。倾斜的平整的巨石上，可以站立二三十人俯视湿地公园。屋顶巨石下有一个竹片编制的单开门。汪李婳站在门前，很快地，有人从里面把竹质门打开了。是个石下通道，里面很幽暗，适应光线后，就知道，那是通过头顶上巨石的一条石下洞穴路。走了十来米后，前方出现光亮。两人一前一后走出巨石下的幽暗石道，洞口迎面就是一大片竹林。下午的太阳光，斜着穿过竹林。满地竹子落叶，湛然法师就坐在竹林空地中的一把竹椅上。他前面布满干苔藓的青石悬崖护栏上，覆盖着一本线装旧书，膝上还有一本正在看的。看到汪李婳，他微微颔首。

为汪李婳开门的小和尚退出这块竹林地。他一直退到巨石高顶边，几步石阶上，有一间稻草铺顶的小木屋子，门楣上写着“阿兰若”。木屋前，窄小的青砖院子里，有几位和尚和男女居士在忙碌着翻晒收拾什么，之后，先后有两位居士到竹林边，跟湛然法师道别，两个都是远远地伏地跪拜礼。然后默默退开。湛然师父也是微微颔首。

汪李婳在湛然法师前的小竹椅上坐下，说，今天我可以在这玩儿多久？

湛然法师微笑，你不会再来了。

汪李婳也笑，拉出胸口挂的一个玉片佛像：外婆带我来的第一次，你就给了我这个。快二十年了，我经常戴着。我是不是很辜负法师？

阿弥陀佛。湛然法师缓缓摇头：种子生现行，现行熏种子。

有一个问题，我还是想问问法师。我外婆讲过一个故事，说释迦牟尼佛为了救船上的很多人，而杀死了同船的一个恶人，由此积累了很多功德。虽然是杀人，但是出发点是为了避免这个恶人因为杀人而堕入地狱，也为了救同船的其他人。这种杀人，并不是恶，而是善。

湛然法师闭目：我所知道的是，要证到一定境界的菩萨，才能以杀度生，而且一般杀的是三恶道的众生，使它解脱恶道投生善道来修行。没有到那个境界去杀度，你只不过是造下了杀业。

法师，我在想，我七八岁第一次来的时候，法师就一直知道我是谁。

汪李婳把颈链佛像双手托还给湛然法师。湛然法师没有看她。

心垢本来轻浅，却不敌随业流转。湛然法师悲悯地看着穿过竹林的金色阳光，轻缓地吁了一口气：可惜了上根利智啊。法师接过颈链，擦拭了佛像，还给汪李婳，示意她重新戴上。汪李婳笑着摇头，我觉得值得。汪李婳把颈链佛像放在悬崖护栏上的线装经书上，说，那我就从地狱道开始重修吧。

随后，汪李婳打开脚边的大双肩包，把里面的物什一一掏出来。一包一包，是菌菇干货、植物蛋白粉、马蹄酥之类素食用品。最后掏出来的是包好的两件黑色薄袍。汪李婳把它们码好，停顿了一下，她的目光停留在她刚才放在经书上的颈链佛像上，她看了看法师。法师慈目悲悯广远。她拿起，又重新戴上。随即，她学着刚才看到的居士们告辞时的辞行礼，有点笨拙地伏地拜别。刚才带她进来的小和尚，从“阿兰若”小屋台阶上下来，把她送往巨石下的通道。

在跨进石下通道竹制门时，汪李婳突然回头看了一眼：湛然法师正目送着她，法师缓缓合掌闭目：阿弥陀佛。

汪李婳的车在市区行驶。长长的木芙蓉大道两边，芙蓉花枝头红白缤纷，地下团团落英红紫绚烂。还没有到下班高峰期，路宽车稀，阳光清透。她恣肆地把车不时开得像溜冰，一路引发了许多受惊的司机叫骂，有司机赶上她降窗怒骂：喝多找死啊——汪李婳就笑，猝不及防的司机，被那个莲花粲然之笑惊艳得也几乎蛇形如醉。

汪李婳车子在中山公园西门停下。西门浅灰色的拱顶上，蓝天清澈无垠，绿树间红砖白墙错落，一辆摩托车呼啸而过，后座上的女孩儿长发和笑声，都有如旗帜飘扬；透过公园铸铁白漆栅栏，能看到公园湖边，绿柳披拂如流苏，轻触水面；错落在绿草地上的刺桐树红花夺目，每一棵落下的花瓣，依然灼灼如血；一个白衣母亲抱举着咿呀宝贝，在桂花树下嗅闻桂花花香；一辆皮卡车里的几大筐卷心菜，新鲜得卷边，她想到了明炉手撕包菜。到处都是生活的美意，静好年华绵延。走过白漆铸铁栅栏，她开始走下地下通道。那对流浪老艺人，也是她惜别的对象。在地道中间段，她听到了旋律，好像是《夏日里的最后一朵玫瑰》。她慢慢走近老艺人的摊子，大个子的女老艺人依然是麻花辫，双眼轻闭；小个子的男老艺人依然是衬衫敞怀，里面是白T恤。照例，放钱的钵子里只有几张五元、一元的。精明的男老艺人可能又把钱藏起来了。汪李婳把牛仔裤后口袋里买菌菇类干货剩下的几百元都掏出来，轻轻放在了那个钵子里，然后轻轻离去。在她走出十来步后，突然地，旋律突变，没错，是《贝加尔湖畔》。她始终不明白，老艺人是用什么弄出了如此逼真的关门声，嘭的那一声离别的门响，她的心一下子抽搐了。她听到了永远的离绪别情，汪李婳不由收脚站定，身后，《贝加尔湖畔》的旋律，萦绕弥漫震颤了整个地下通道：

……

多少年以后
如云般游走
那变换的脚步
让我们难牵手

……

这一生一世
这时间太少
不够证明融化冰雪的深情
就在某一天
你忽然出现
你清澈又神秘
在贝加尔湖畔
……

汪李婳入定般站着，没有回头。如果不是泪流满面，她就像石化了一样。直到整个旋律结束，汪李婳都没有回头。旋律停止了，身后静谧得不像一个工作日的下午。世界仿佛特别留出了这么一个告别的时空。汪李婳没有回头，她继续往前，走到通道口，强烈的日光从阶梯口洒下，她一脚踏上台阶的时候，终于回望了隧道深处：两个流浪老艺人都站着，手持乐器，面对着汪李婳离去的方向，目送她的远行。汪李婳再次泪水满眶，她大步蹬上台阶。

二十三

坏消息是，洪彦查了邮储银行的高清监控探头，那个时间段的探头里，根本没有看到彭景跑步经过的身影。洪彦说，就凭这，我们又该打你一顿。彭景很无奈，但是，还有好消息。洪彦虽然病休在家，但他凭惊人的记忆力，很肯定地告诉彭景，撒尿文艺男在一次供述中说到，自行车骑行者，好像手里拿着报纸包的细长状物。洪彦说，此人的联系电话我记不住，确定要，我就找其他兄弟帮你看。

彭景说，多细多长？

洪彦说，记得没有人追问。他的陈述内容不在领导的侦办思路上，可能就忽略过去了。

彭景生气：万一是他妈的三角铁呢？也不问？！

唔，撒尿男是说“好像”。再说，随手捡的凶器，也不可能再随手捡到报纸包吧。

彭景嘀咕，骑行，拿细长物干什么？

还有，彭哥，医生宣布，老丁这辈子就是植物人了，他妻子恨不得亲手枪毙你。

上次不是说感谢我吗？

认识境界提高了：要不是你杀人，老丁现在好好的！

彭景沮丧，但还有更好的消息。实际上，就是这个更好的消息，让彭景不在意洪彦反馈的打击。彭景在芭蕉屋河豚习惯停车的位置，终于找到并拍摄下一个相对完整的脚印，和石膏模型比对后，他没有把握，就把照片彩信发给戴忆果，请求同一认定。戴忆果抱怨着，说像素太差，光线没有表现力，几乎看不清细节。彭景哀求她仔细用心。两天后的下午，戴忆果骂骂咧咧地回复说，比对完了，如果没有判断错，它和现场那个大半个带顺时针方向“拧痕”的球鞋印，从步态特征点上分析，有50%的相似度。只要他乐意，她也可以倾向于认定是同一个人。

“是”与“不是”各一半？——该死的相似度！彭景得寸进尺：帮我调监控吧忆果，我要案发那一天，被害人借用的宝马SUV去现场前的路线。你帮我看尾随它的后面的银灰色的宝来车。我要它的车号，确认车主。

忆果说，我今晚飞上海，有个华东区专业交流论坛。为了你的破事，我的论文到现在还没有写完！

该死！临门一脚。

少来啦，你到处都是临门一脚！

彭景无可奈何。

临门感烧灼的彭景，再次打河豚电话。河豚说，晚上有朋友生日聚会。彭景说，你已经五六天没回来了，微波炉不拿去修，车子也不留给我用，狗粮也见底了。你饿死我们有什么好处呢？

也是哦。河豚笑，但我保证，这是你最后一次吃芭蕉屋的开水泡面。以后你再想念也没有了。好好吃吧。

你的意思是——你明天会回来？

嗯，尽量。你想吃什么？

找婆冬粉鸭。啤酒软壳虾。

月色清辉万丈，大地沉潜静谧。从芭蕉屋的窗口，清白的月光像一节火车厢一样投洒进来，把芭蕉屋的两张小床，隔如两边站台。河豚轻手轻脚地进屋，已经过了十二点。彭景仰睡在自己的床上，一手枕在脑后。他怕热，赤膊着，也拒用蚊帐。浴巾的一角，斜搭在腹部。

河豚看着芭蕉屋月光站台上安睡的人。自从佛光寺师父把他的长发胡须剃光之后，她就觉得他就像换了一个人。那个清晨，他穿着黑色海青，和穿海青的她一起衣袂飘飘走出山门，坦然穿过警方层层关卡之际，她真的觉得这个男人太复杂太帅了。他像黑洞一样危险，也像黑洞一样充满魅力。

其实河豚的汽车声还在几十米外的村路口，豆包就开始兴奋低鸣了。听着车辆熄火、在窗外的轻轻关门声，听着小屋轻轻的开门声，彭景一动不动。她终于来了。他看着豆包扑进河豚的怀里，看到河豚嘘豆包的声音。她给了豆包什么东西，豆包趴到门边，啃得嘎嘣嘎嘣响。之后，一股浓郁的米兰清香靠近了窗口。彭景闭上眼睛。他希望河豚赶紧睡下，然后，他设法在台灯下，偷拍几张她清晰的鞋底照片。

米兰的清香不再移动，它停留在床前，久久不散。彭景偷看了一下，月光中，河豚倚靠在“月光车厢”里的椅子上，扭转看向他的身子，如雕塑般流丽。那双富有弹性的大长腿，雪白得简直要反射月光，也许她的脸太黑反衬的吧。心里发笑的彭景闭上眼。忽然，他感到脸部、喉结、胸部上有凉凉的器物滑过，它在他的胸、腹肌之间，来回滑翔跳荡，轻轻点刮、滑圈，有点儿痒，也带来身体的异样，他忍着。那器物在他身上小毛巾被外的所有裸露肌肤上点顿、游走。

喂，河豚声音低沉如耳语，却透着坏水，你一个被包养的人，怎么可以这么不敬业？——喂，醒醒！那器物钻进彭景的胳肢窝，痒得彭景一把夺过，竟然是一片手臂那么长的嫩芭蕉叶，仿佛铁扇公主的瘦长版铁扇。月光火车厢里的河豚，被突然跳起来的彭景一把抱摔进小站台。

当那片芭蕉叶在河豚身上游走的时候，彭景的手通过芭蕉叶，一再感到了自己心房的阵阵震颤。相比她的小麦色的脸，这个女孩的身子实在太皎洁无瑕，难怪湿地公园的苦楝子树下惊鸿一瞥，充满后坐力。苦楝子树下，月光凸显的美丽曲线，仅是一瞬就赫然炫目。这充满力量感的美好身体，应该获得最高的礼赞。彭景的嘴唇，替代了芭蕉叶景仰之旅。此时此刻，他觉得什么都不重要了，就这样一夜千年地持续下去吧，就这样一无所有，就这样沉冤无期，就这样抱着她，就这样反复和她生而复死、死而复生，挥霍生命的菁华，把自己碾进永恒的生死轮回。

休息期，河豚的指头在彭景的胸膛上轻揉重捻，就像鉴赏珍玩：我至少看到你两次做俯卧撑，小河都跳坐在你背上。怎么训练的？

是你的狗在训练我。

哈，好吧。我真是有眼光的包养人啊。

彭景抚摸着她的光滑肩膀。河豚又笑：

那天在湿地公园，树下长椅边，我感到你已经到了发球台。

彭景已经不再尴尬，说，那时候我就想，随便吧，我顾不了了。

那为什么不发球呢？

哦……没想到他们不给我作案时间。

彭景在啄吻着河豚的耳朵。河豚的身体就像风过的湖面。

彭景说，真该像球王老虎，第一洞就一杆直上果岭。

你说谁?！老虎伍兹？他不是球王。球王是帕尔默，阿偌德·帕尔默。一九六〇年，美国公开赛，在樱桃山俱乐部，是帕尔默第一洞就一杆上果岭，全场打出六十五杆。

我觉得老虎就是球王。他的挥杆时速达到一百二十英里都站姿不变，他的核心力量超群出众。平时他的开球距离，三百码。

河豚直起身子，有点儿急：老虎现在是高坛称雄，但尼克劳斯已经是二十五年的高球霸主。说开球，杰克·尼克劳斯曾经一球开进停车场，但最终拿下小鸟球……

河豚声音忽然平静低微下来，她停住了。她看到了彭景眼睛如星光闪耀。谁是真正的球童？谁是广告从业者？谁的面颊是高尔夫黑？

两人陷入了难以打破的静默中。大家都平躺着纹丝不动。

最后，还是河豚开了口：知道“甜蜜点”吗？

彭景有些微的迷惑，但他马上领悟过来，河豚不是在谈情说爱，她指的是高球专业词汇。可惜临时抱佛脚囫囵吞枣，他记不真切了，只好含糊地说，好像是指发球有效位置。

甜蜜点，河豚说，是指在击球的瞬间，球与杆面发生接触的最佳区域。如果击球的部位正好在甜蜜点，能量就没有损失，打出的球会又直又远。反之，离“甜蜜点”越远，能量损失就越大。

彭景若有所思。

他的手掌，一直覆盖在河豚的额头上，轻轻摩挲着。

要珍惜每一个纠错机会……河豚的语音混沌慵懒低微，听上去像在喃喃撒娇。彭景心里的怜惜在痛楚地滋长。月光的火车依然停在两边的站台中间。窗外，蛙声零落，星空寂寥，倒是芭蕉叶在窸窸窣窣中婆娑起舞不息。彭景揽过平躺的河豚，一直把她抱护在怀里。

河豚手里却多了她刚才那片小芭蕉叶，芭蕉叶在月光车厢和站台间上下翻转。彭景说，睡吧。河豚说，你不是一直嫌芭蕉叶败破凄凉吗，其实，你看，它小的时候，叶子也是完美无缺的。所有的芭蕉叶，后来都是破的。一生风吹雨打，谁能保持童年的美好？

彭景觉得自己就是最残破的芭蕉叶。他亲吻河豚的额头、眼睛。

河豚突然起身，赤裸着穿过月光火车厢，掏出背包里的手机。你还一直嫌我给你的手机像素太低，好吧，我决定送你一个像素、音质和这一模一样的手机。你听一下，音质极棒！

别别，半夜三更的。

没事，芭蕉屋，除了鬼，就是我们。一起听吧，都是自己人。

……

在我的怀里　在你的眼里
那里春风沉醉　那里绿草如茵
月光把爱恋　洒满了湖面
两个人的篝火　照亮整个夜晚
多少年以后　如云般游走
那变换的脚步　让我们难牵手
这一生一世　有多少你我
被吞没在月光如水的夜里
多想某一天　往日又重现
我们流连忘返　在贝加尔湖畔
多少年以后　往事随云走
那纷飞的冰雪容不下那温柔

这一生一世　这时间太少
不够证明融化冰雪的深情
就在某一天　你忽然出现
你清澈又神秘　在贝加尔湖畔
你清澈又神秘　像贝加尔湖畔
……

男歌手低沉深情的声音，震颤着床板，震颤着芭蕉屋。月光火车厢中，纤尘漫舞。彭景完全被这个旋律与歌词带入意境。他抚摸身边的人，旋律中，她的光滑如玉的胳膊与乳房，已经满是战栗的鸡皮。

音质怎样？她说。

非常棒。他说。你喜欢这歌？

我喜欢真正的贝加尔湖，想去看蓝冰！我喜欢冰天雪地。我外婆说，下雪可以杀死很多病毒。会下雪的地方，都是干净的。

瑞雪兆丰年嘛——这像素有多少？

八百万。明天，你将得到它。

太贵重了。我写欠条给你。

不用。记着包养你的人。

彭景抚摸她的脸，忽然感到手潮，他想再确认。河豚翻身趴睡，把脸埋在了枕头里：快睡吧，明天我早班。五点五十前我得到。

二十四

六点〇一分，太阳从海平面射出金红色的刺芒，随着金红色的喷薄之光越来越强烈，奶蓝色的天空，流动着平底螺蛳状红底云，漫天头大尾细一揪一揪的云朵，有的尾巴长，有的尾巴短，整齐划一的就是它们的金红色底部，那是朝阳托盘。螺蛳云朵太厚的部位，会呈现出美丽的灰色，整个天空此刻无比绮丽绚烂。这也是汪李婳一天中，最痴迷的时刻。虽然，夕阳的光照有时会近似朝阳，但是，汪李婳永远不会混淆。她知道，闭上眼睛清浊自分，夕阳的天地里会有一股用旧了的混浊气息，而朝阳的长空中，永远是甘甜清冽的。

汪李婳最喜欢的还有球场拂晓的草香。每天草坪维护工都会赶在第一拨客人下场之前，把草坪全部修剪一遍，所以，整个球场就会弥漫着沁人心脾的素色清芳。那是天地间最干净的时光。

从果岭往下看，太阳就像往上斜打光的平射灯，把球道边的树木、沙坑的侧壁、人影，都拉得很长。草坪在越来越强烈的红光中，泛出金绿色的深浅条纹，呼应着水面鱼鳞般的粉金色波光，此时，天上已经是红霞满天，如火如荼。

李天禄有点儿兴奋：朝霞不出门哪，等打到第九个洞，可能就是满天乌云大雨了。带雨伞雨衣没有？我这可是新球包！

李天禄今天着装簇新，宝蓝色、德国的Golfino高球上衣、白色长裤，后裤兜还塞着白手套。浑身上下都是运动名牌。天色刚亮，他的车子就进了阳光球场大门。一拐上球会上坡道，远远地，门口值班的球童就向他挥手甜蜜致意。禄爷一下车，过来帮他背球包的球童就热烈夸奖：李总，今天真帅！禄爷心情大好。预约的球童汪李婳，也站在一侧，虽然没有赞美他，但是她笑了。她眼看别处，一抹温婉浅笑，若有若无，神秘中透着一点自家人被赞美的羞赧。禄爷看得心尖都酥了。这就是最大的肯定。果然，办理手续的服务总台的小妹，又再证实：哇！酷毙了！李董。你现在太有范啦！

今天客人很少，正如服务台小妹所言。下场一路望去，旷远的云水之间，晨霞万里，偌大的球场上渺无一人，茵茵绿毯，绵延铺展着伸向远方，一只野兔飞奔过绿地，闪进杂树林。朝阳喷薄中，天海磅礴，球道边山崖青葱迤逦，沙坑如雪；烟蓝色的湖面，被刚刚腾出海面的太阳光，打上了一道道斜照的树影，那是被拉长几倍的树木的身子，球童和禄爷的身影，也被投射在丝绒般的球道上，细长如铁线人。禄爷被这样的天地尊卑倒转的光线迷惑了一下，心里生出小小的感动。他殷勤地给了汪李婳一罐燕窝、一盒澳洲鲜奶。汪李婳谢了，把它们放进自己的斜挎工作包里。禄爷说，丫头，今天我会给你双份小费！你不要舍不得教我啊。

汪李婳似笑非笑，但她确实一路指导得格外用心：……这个洞，主要的威胁是正中那个长三十码的大沙坑，即使不入坑，坑边斜坡的长草区也非常麻烦。所以，开球超过二百六十码的球手要小心，不过，你现在还没有这个力道。

……这个洞吧，看起来有点儿设置不合理哟，和前一个一样都是三杆洞，距离都是一百七十码左右，但是，和前一个洞相反，这个是从高往低打。选杆你可能要相隔二号，甚至三号……

……这杆可以用左曲球来救。用二号杆试试？必须先让左曲球低飞，让它穿过小树林之后，有劲道拉起向上，到果岭着陆………

彭景是突然被什么东西唤醒的，可能就是他自己悬而不安的心。

半夜里，他终于熬到怀里的河豚睡熟，假装去洗手间，一下床他就提起了河豚的球鞋。他把自己黑色的T恤轻轻铺在台灯下，把她的鞋底朝上，在鞋边放下一支笔，商标朝镜头，以利戴忆果做比例参照。他拍了正面和左右上下四面的侧光照片，一口气拍了五六张鞋底印。然后，再把鞋子小心放回去。

这件事情做完，彭景如释重负，简直有点儿扬扬得意。一分钟不到，他酣然睡去，他睡得很沉。天色刚亮的时候，河豚起来，他浅醒了一小会儿，模糊中看到赤裸上身的河豚，牛仔裤才提上，拉链未合，豆包就扑她的腿。河豚蹲跪下搂狗。两个一样高的女孩儿，在交颈拥抱。豆包似乎把鼻脸埋在河豚的颈窝，一人一狗，久久不动，宛如雕塑。彭景觉得又像是梦境。他再度沉沦于睡梦中，睡梦中，一阵米兰香抚摸过他的嘴唇，还有木门开启和关闭的响声，以及豆包眷恋的咻咻哀鸣，一切都在梦中。

彭景再次醒来，已经是天光大亮，苍穹青灰。已经是河豚离去一个多小时之后了。他当然不知道他错过了漫天泻红流金的美艳朝霞。稍微思索了一下，彭景依然眼帘沉重，差点儿又被困意埋没。听到豆包在他床前哀鸣着，似乎想上床。彭景闭着眼伸手抚摸豆包，脑子渐渐清晰，猛然地，如醍醐灌顶，他一跃而起，跳下床，光着脚直奔到桌上翻找一本杂志，他记得那杂志上，有贴块圆形贴纸：“仅供阅览，请勿带走。”下面是阳光高尔夫球场的预约电话。彭景边打电话，边飞快地穿衣、套鞋，冲出门外。

请问，李天禄先生，今天早球吗？

对方很快回答：是的，先生。您需要什么帮助吗？

李总的球童是谁？

汪李婳。

彭景狂奔在清晨的田野上，一步一瘸；豆包在他前面飞跑，又不断地回头接引催促彭景加油。彭景希望村口就有路过的出租车，私家车也行，不，摩托车、什么车都行！彭景觉得自己太他妈迟钝了，习惯性地按部就班思考，简直蠢不可及！居然还猎取河豚足印，到了这个时候，还需要如此多此一举吗？想想吧，河豚其实把什么都亮在明处了。我的天！

——她是来告别的！

——好好吃吧，这是你芭蕉屋的最后一次泡面。

——八百万像素，你明天就能得到它！

——不用，记着包养你的人。

——要珍惜每个纠错机会……

天哪！我的天，她正在矫正她的"甜蜜点"偏差！

彭景强行拦下一辆鲜花饰顶的打头婚车，而且美丽的新娘听说是警察，竟然喜悦地同意豆包也上车，尽管新郎愁容隐约。彭景控制着狗，脑子里在复原全部案件：李天禄那天在球场就被河豚盯上，她也许一直在等待这个机会。禄爷计划是去鸡肠岛豪赌，他本该死在上鸡肠岛的松林步行道上，但临时被李海山改变计划。不知变化的河豚一路尾随，直到晚宴地。当换车的李海山走向禄爷的车时，河豚在夜色中未发现目标错误。宝来一路跟踪宝马SUV到湿地公园，在大门口，宝来车狡猾地避开监控，当SUV驶向公园荒芜后区，有备而来的河豚，立刻换自行车追赶。通往后区，只有一条汽车道。当李海山走向断头大坝时，河豚确认杀机已到。她手持球杆，悄然逼近。两情缱绻的李海山，把整个后脑勺留给了河豚做球。为什么要杀小鹿呢？小鹿一定在叫喊，手机里还有拨了一半的电话，拨了两个数字"11"。是报警吗？小鹿经常做事一根筋，完全可能在情绪冲动下，做出损人不利己的选择，引来杀祸。

彭景觉得自己太自负、太迟钝了。螳螂捕蝉黄雀在后，河豚看他一清二楚。他竟然还满嘴谎言，很不屑地糊弄着、算计着以为涉世未深的天真对手。

为什么好端端的，她和豆包结缘？

为什么她从不怀疑他简陋的逃亡解释？

为什么她从来没有对他的家庭有正常的好奇心？

为什么每一次历险，她都出手相助？

为什么她在危险中，总是超然地镇定自若，视死如归？

为什么她的哥哥对隐情讳莫如深？

为什么她对高尔夫如数家珍却说自己是搞广告的？

为什么她说我们是你死我活的关系？

为什么她对他如此包容爱护？

为什么她要说，拔错好牙的牙医，其实很难过？

我×——太傻了我！彭景叹息。

二十五

四辆婚车接连冲进球会大门时，惊呆了阳光高尔夫俱乐部大门保安。呼啸的婚车队，也把坡道上值班迎客球童和来打球的客人们都看傻了。彭景跳下车，直奔里面球会出发服务台：警察！请带我马上找到汪李婳！

服务人员显然对这个着沙滩裤的光头男人很疑惑，尤其是他身边还有一条黑棕土狗。他们索要证件。来不及带！彭景怒喝：情况紧急！涉及李天禄客人的生命安全！——他们在哪儿？！

一个总台人员怀疑他是精神病。但值班领导说，既然结婚新人都相信他，我们也相信他吧，毕竟人命关天。球场同意用球车带彭景去找汪李婳。

此时，李天禄汪李婳已经在六号洞果岭。在六号果岭的斜前方，很容易看到龙庭村和石廊村交界的杂树丘陵地带，再过去，就是堰塞湖陈坝水库改造的“贝加尔湖畔”，湖畔都是一栋栋红瓦尖顶小别墅楼。

李天禄满脸喜悦而逢迎地憨笑。今天，这个冷漠霸道的球童，是如此温柔又美好，美丽的贝齿，不时回应着朝阳之光。她轻声细语地介绍着、手把手地指导着他，如何确定风向、把握草势、抓果岭线。李天禄即使接连犯错，她也恬淡温柔，给足了暴发户尊严与面子。李天禄暗自思忖：球童终于知道了老林是什么人物，也终于知道了我禄爷的魅力。

……这个洞，职业球手都叫它狗腿洞。左边是陡坡杂树林，右边是球场唯一的悬崖峭壁，球道不容易看清。和林先生一起的那次，你在发球台上，把球直接打进了树林里。当时我不是你的球童，也不好建议什么。不过，你今天上果岭这三杆都非常漂亮。

六洞果岭上，球童递给禄爷推杆。就是这个时候，汪李婳隐约听到了远方球车道上的人声，球车在驱驰。似乎有人在叫喊什么。李天禄没有注意，他手持推杆，正全神贯注地琢磨球线，把球推进洞。这个距离有二十码，以他的水准，三推都不可能成功。这就是禄爷脑子在快乐运行中最后思考的一个问题。

他身后的汪李婳，从他的崭新球包抽出了七号铁杆。

球车不能开进球道草地，开车球童很死板机械。彭景在六号洞最近的地方下车，冲向果岭。可以说，他是看着河豚一个漂亮的随挥动作，收杆横过肩头之际，李天禄已栽倒在地。天地间，果岭上，彭景看到了潇洒遒劲、美轮美奂的女子挥杆。河豚听到也看到了彭景，因为彭景的叫喊，让这一杆的劲道有所折损，她决定再补一杆的时候，被扑过来的彭景一把抱住。两人一起摔在丝绒般的果岭老鹰草上。

李天禄脸朝下，已经像一具尸体。

彭景打了120，打了110，打了洪彦电话。

绿草茵茵的果岭上，河豚和彭景面对面站着。马尾辫高扎的河豚，手持球杆，英气逼人、姿容俊美。球场的工作人员，正在往这里赶来。更远的阳光高尔夫乡村俱乐部门口，警车已经到达。

怎么知道我在这儿？河豚说。

你偷的杂志，封面贴着“仅供阅览，请勿带走”，下面有地址电话。

河豚笑。

你拦我，意义不大。

剩下的事交给我吧。彭景说，我会连根拔掉李家。替你哥哥们、替所有被欺侮的人，找回公道。

河豚指着左前方：从这往下看，山林里有个被人刨掉的空坟，那是我外婆的。尸骨至今找不到，但我知道，她还在这里。她非常固执。每次路过这我都在想，我要在这个地方，打出甜蜜点最正的这个球，那样，我外婆就看得到。她绝对会用本地话大喊：Nice shot！

彭景点头。

雨开始下了，越下越大。

河豚伸手，她的食指，像涂唇膏一样，圈抹着对面彭景的嘴唇。那手指似乎在探测告别的其他可能性。彭景略有犹疑，但旋即一把搂过河豚，以决绝的深吻回应着河豚。豆包在他们腿边跳脚，想参加拥抱。

拥吻中，河豚把她的手机塞进彭景的沙滩裤大口袋：

对不起，瘸子哥哥，终于还你清白自由了。

这就是你要送我的手机？

不然怎么叫一模一样呢。

彭景抱紧河豚。他知道，人们正在围近，也许已经就在他身后。雨中，河豚在耳语："甜蜜点"失误的球杆，还有劳力士表、项链，都在球会的集体宿舍里。彭景回以耳语：

嗯。回头，你自己告诉警察。

二十六

汪李婳杀李天禄案，案件性质与情节的激烈程度，都不亚于几个月前警察嫉恨月下情杀的劲爆，类似于高台跳水，但是，这个案子落水的水花，小到了最低程度。有外媒将此报道为"球童杀土豪案"，本地警方也睁一只眼闭一只眼。由于凶犯对此案案情以及超级月夜误杀经过均供认不讳，凶器、赃物都面面俱到，案子毫无阻力、毫无悬念地终结，之后按程序走公诉、走审判流程去了。

李天禄头骨爆裂、脑袋受到重创，下半身瘫痪了。老天似乎恶意地保存了他清醒的头脑和半条老命，就是为了给他、给李氏家族一个梳理反省这十几年暴虐涂炭百姓的机会。但即使禄爷只剩半条老命，在乡里仍威势不减。扫黑警察关于龙庭村黑社会势力的调查取证工作，推进得比预估的艰难，很多村民看到警察模样的陌生人，转身就进屋关门了。直到球童汪李婳被执行枪决的那天。当日傍晚，龙庭村村民活动中心的老榕树下，忽然出现了第一束鲜花。随后，又出现了三束花，还有带着狗尾巴草的，后来出现了一个白色的高尔夫球和一整枝的蓝紫色的牵牛花。次日，更多的东西出现了：杧果芭乐各种水果，还有冥币、糕点。那颗高尔夫球被人放进一个新竹编小箩，球也变成了两个，随后，箩里小白球变成三个、四个、五个，越来越多，球漫出了小扁箩。巨大的老榕树下，摆放着越来越多的小白球。龙庭村和石廊村村民，经常借口看自家林地，进出球场，顺便捡球。捡来的球洗净后，会以三元、五元、十元的便宜价格再卖给打球者，补贴家用。不少人家囤积了上百个。

大树下，越来越多的高尔夫球，宣示了哀思对象，也宣示着村民越来越袒露的愤怒。老榕树下，人们看到了共同的心愿，也看到彼此的力量。人心在老榕树下微妙地连接呼应。抑制邪恶的气场，悄然出现。而这种公然祭奠的冒犯行为，竟然没有被村里的大喇叭追责。

村民认为，这就是一个邪不压正的信号。

渐渐地，越来越多的知情人，开始悄悄帮助便衣调查的警察，越来越多的受害人主动联络扫黑警方，尽管多名知情人要求以秘密证人的方式作证。扫黑警察也在马不停蹄地推进。这座盘根错节、黑色触须正伸向权势与荣誉阶层的黑恶蚁穴，渐渐松垮。虽然阻力重重，推进艰难，但是，彭景等扫黑兄弟们，在艰苦鏖战了一年多后，终于收集好扎实证据，撬动了根基。

在大逮捕行动的那天凌晨，警方调度了刑侦、特警、派出所等十一个小组、三百多警力实施抓捕围捕。李海狮、李海龙兄弟公然持枪、大刀、白蜡棍、弓弩等与警方激烈对峙，双方各有负伤。

经过四十七天的持续开庭，一审法院最终形成的一审判决书就有六百七十三页。它涉及一百六十七个证人、四十八个被害人、五十三名被告人。近五厘米厚度的一审判决书，就像一本大《辞海》。

……以被告人李天禄为首的黑社会性质组织，盘踞在茂田区恩留湾一带，通过实施违法犯罪活动，欺压残害百姓、称霸一方。李天禄、李海狮、李海龙、李治奎、李治忠、付良明、张鼎、赵勇全、余亮、陈四来、李巍、李有光、贺进、贺红均有违法犯罪的前科劣迹。多名成员有持枪犯罪记录。

该犯罪团伙依仗组织势力，干扰基层选举，非法介入市、区重点项目建设，动辄以暴力手段谋取经济利益，严重破坏当地的社会管理、经济秩序，涉嫌持枪寻衅滋事、故意伤害、聚众斗殴等严重刑事犯罪。该团伙长期为非作歹、鱼肉乡里，对多数被害人进行强制、威慑，致使多数被害人受到侵害而不敢报案。该组织犯下了一系列违法、恶性案件，给本地及外来人员造成严重心理压力和精神恐慌，影响了百姓的正常生活，严重影响了当地的社会治安，使政府的公信力遭到破坏，影响了政府对当地社会的管控，致使当地的社会、经济秩序遭到严重破坏。

为了便于对组织的掌控，被告人李天禄以金龙公司为掩护，采取四级管理模式，被告人李海狮、李海龙直接听命于被告人李天禄；被告人李治奎、李治忠、付良明、张鼎则对李海狮、李海龙负责；余下被告人赵勇全、余亮、陈四来、李巍等，又对上级“四大金刚”负责。其中，被告人李海狮，侧重以打架斗殴、寻衅滋事等暴力方式，争夺利益，争抢工地，进行日常管理秩序运作与维护；被告人李海龙侧重赌场放贷、娱乐场所控制、强收保护费、暴力讨债、非法拘禁、敲诈勒索等方式，获取各种非法经济收入，豢养打手小弟。

经审理查明；被告人李天禄为首的黑社会性质组织，共实施了聚众斗殴、干扰选举、寻衅滋事、敲诈勒索、非法拘禁、强迫交易、故意伤害、妨害公务等犯罪、违法案件共计五十一起。以上事实，有以下证据予以证实：

……

证人李世杰陈述（卷28　P39—42 ）……李天禄刑满释放后次日，抢夺村民张金球儿子的地材供应工程，打掉张金球六颗牙齿……

证人李二香陈述（卷22　P17—19）……龙尾后社李过年的母亲出殡的时候，李天禄父子去现场摆场子打架，因为李过年牵头和几个村民写了告状信，告红树林补贴款为什么村民一分钱都拿不到。当时，那个场面吓得请来的法师都没办法念经了，直到李过年全家人跪下认错……李旺来儿子结婚的时候，没有给禄爷家发红包报喜，迎亲当日，李天禄儿子派人送来了两个白色大花圈……

证人林珍英陈述（卷20　P12—17）……那些土方车的土乱撒，全部流进虾池，村民李英国就阻挡土方车，叫他不要污染虾池。马上，李天禄家大儿子，叫来了五六个带锄头柄的人，李英国的摩托车一下子被打成烂铁，他也被打得满脸是血，最后不得不跳进虾池逃跑……

证人苏清柱陈述（卷26　P7—10）……因驾驶十八米长货车到龙庭村高远纸品厂载货，出来后被一辆黑色小车挡道，其下车触碰该车，期望报警引出主人移车让道，结果冲出七八个银发青年，砸烂货车窗、踩断其胸骨，最后找中间人赔礼道歉才放行……

证人黄学莲陈述（卷26　P10—12）……其夫走在村委路口，一辆白色小轿车开过，后视镜刚到他的手臂，其夫骂了一句，吐了一口口水（其实根本看不出来）。他不知道是村主任的老婆开的新车。晚上禄爷叫其夫马上到他公司去。其夫不敢不去。其见其夫深夜未归，就过去寻找，其夫已经在公司车辆办公室，被几个银发年轻人打得脸部红肿，他们要他把车后顶舔一遍，把唾沫舔干净。其火冒三丈大骂禄爷，拉起其夫就走。没想到，禄爷上来就是一耳光。其与其夫都吓呆了，没想到，李天禄连女人也打……

证人胡松林（卷27　P41—43）……恩留湾区几乎所有工厂的工业废品都是李天禄妹夫在垄断回收，乾龙电子集团（港资企业）不卖工业废品给他们，乾龙负责人的路虎车就被禄爷手下的银发帮给砸烂了。砸车小弟，被抓后很快就无罪释放了……

证人陈东美……

证人屠小英……

证人李英国……

证人李国威……

证人陈四海……

秘密证人1——

秘密证人2——

秘密证人3——

……

罄竹难书大概就是指这样如山的控诉证言了。在这本厚如《辞海》的判决书里：

李天禄数罪并罚，被判处十八年有期徒刑，罚金一百二十七万；

李海狮数罪并罚，被判处十五年有期徒刑，罚金四十四万；

李海龙数罪并罚，被判处十四年有期徒刑，罚金四十四万；

……

在监外执行的李天禄，成天在床上用他受损的脑袋瓜愤懑追怨：这一切，就是因为李海山不在了。如果他还在，谁敢撼动我龙庭金龙?！作恶者从不思量多行不义必自毙的老话，而账总是要还的。他当然不知此次警方矢志不移要彻底捣毁李氏黑恶势力的恒心与毅力。

从北京飞往伊尔库茨克航班上，五个结伴旅行的声乐学生总在关注一个独行者。这四女一男大学生模样的旅行人，在候机长椅上，就注意到了那个落落寡合的中年男。他沉默、阴郁、礼貌，耳朵里始终有耳机。有个耳尖的姑娘，告诉同伴，他在听《贝加尔湖畔》。因为目的地一致，且看他腿脚不便，年轻人热情拉他入伙同行。双方在伊尔库茨克下榻地不同，但在奥利洪岛，年轻人再度和他相遇，并下榻于同一个推窗即景的、屋顶积雪的小旅馆，随后，他们又一同前往奥利洪岛北部。女大学生们对这个深沉而瘸腿的同胞，母爱友爱情爱各种温暖关注。男人似乎更加退避，他耳朵里始终塞着耳机，一副谢绝打扰的姿态。一月份是贝加尔湖旅游的淡季，游客很少。湖面已是厚冰，就这么几个中国人伴行在冰天雪地的贝加尔湖畔。如此朝夕相伴，男人依然是沉默寡言，用语淡漠简省。

第三天，他们乘破冰船登上奥利洪岛北部。看到蓝冰的时候，大学生们欣喜欲狂，在冰上飞旋追逐狼嚎。中年男子趴在蓝冰上，对准冰下，拍了好多照片。后来他仰面看天，一动不动。一个活泼外向的女大学生，迈着欢乐的舞步，突然弯腰，摘掉男子耳朵里塞的耳机线，塞进自己耳朵。女学生对同伴欢悦叫嚷：——又是《贝加尔湖畔》!

中年男子牵牵嘴角，轻浅的笑意，只是礼貌地告慰对方：他没有生气。

后来，他们一起倚靠在巨礁旁等候日落。他们一起面对灰蓝中逐渐泛出微红的天空，看着冰面上反射着越来越浓烈的橘色；远远的前方，横亘在天空与辽远湖面间的山脉，也由灰湖蓝色转为灰棕、深棕色，天空则泛出大片的金晖，原先灰蓝云系，也转为漫天丝状红雾，长空如火，年轻人欢呼尖叫，小伙子、姑娘都含着手指，在打响亮的呼哨。

他们相约，明天一早，要看贝加尔湖畔的日出。

他们的中年同伴，早已经避开年轻人的喧腾，独自走向巨礁的另一边。

次日，曙光初白，许多浅灰色的条状流云，还不及撤出夜场，旭日已是红光开道，漫天是奶蓝色，洁白的轻质晨云，为日出准备了最纯净的美好天空。

中年男子并没有欣赏日出的打算，当热情活泼的女学生们把这名同胞强行拽出屋子时，太阳已经出来了。金色的晨风从贝加尔湖的冰面吹来。大学生们的歌声是突然袭来的，男大学生的口琴，一下子就把孤独者导往他熟悉的心路，女学生们凭着细腻感情及专业乐感，把旋律诠释得温暖深情而丰富，在纯净辽阔的冰雪中，折光闪耀着无限的忧伤。小旅馆俄罗斯女主人置身队列，在帮忙打节拍；

在我的怀里
在你的眼里
……
多少年以后　如云般游走
那变换的脚步　让我们难牵手
这一生一世　有多少你我
被吞没在月光如水的夜里

本来一直在耳机里听着男歌手歌唱的人，猝不及防地和这些显然专业的合唱女声相遇，他的心忽然就紧缩起来，紧缩着、不断紧缩着，就像被高压警棍电击，随后那颗孤独焦裂的心就爆燃了。那清澈、甜美和声所刻画的意境里，他第一次听到了河豚包括但不止于爱情的对美好生活的无数憧憬与向往。

……
多想某一天　往日又重现
我们流连忘返　在贝加尔湖畔
多少年以后　往事随云走
那纷飞的冰雪容不下那温柔
这一生一世　这时间太少

不够证明融化冰雪的深情

……

小旅馆门口，靠在覆满积雪的木护栏上的男人，一直面对冰金色冰面的朝晖。那些特意献歌于同胞的美好学生们，不能分辨他是在欣赏歌声、欣赏冰雪朝阳，还是在欣赏在晨风中欢乐追逐的几条狗。没有人注意到，男人的墨镜下面，一颗泪珠沿着鼻梁无声滑落。

（2017.10.16）

（2017.11.09）

敬 告

由于编选时间仓促、工作量大，未及与所选作者一一取得联系，请见谅。

现仍有部分作者地址不详，为及时奉上稿酬和样书，请有关作者与责任编辑赵维宁联系。

地址：沈阳市和平区十一纬路25号

邮编：110003

电话：024-23284306

E-mail：249972579@qq.com

微信号：zhaoweining10

辽宁人民出版社

2019年1月